हिन्द पॉकेट बुक्स

सफेद फूल

कृश्न चन्दर हिन्दी और उर्दू के कहानीकार थे। उनका जन्म 23 नवंबर 1914 को वज़ीराबाद, ज़िला गूजरांवाला (अब पाकिस्तान) में हुआ था। उनका बचपन पुंछ (जम्मू और कश्मीर) में बीता। उन्होंने अनेक कहानियाँ और उपन्यास लिखे हैं। उनके जीवनकाल में उनके बीस उपन्यास और 30 कथा-संग्रह प्रकाशित हो चुके थे। उन्होंने रेडियो नाटक और फिल्मी पटकथाएँ भी लिखीं। 1973 की प्रसिद्ध फिल्म मनचली के संवाद उन्हीं के लिखे हुए थे। उनकी भाषा पर डोगरी और पहाड़ी का प्रभाव दिखता है। उनकी कहानी पर धरती के लाल (1946) और शराफत (1970) जैसी फिल्में बनीं।

1969 में उन्हें पद्मभूषण से सम्मानित किया गया था। उन्होंने मुख्यतः उर्दू में लिखा, किन्तु भारत की स्वतंत्रता के बाद हिन्दी में लिखकर राजभाषा के प्रचार प्रसार में योगदान दिया। उनका निधन 8 मार्च 1977 को मुंबई में हुआ था।

सफेद फूल

लोकप्रिय लेखक की कश्मीर संबंधी चुनी हुई कहानियां

कृश्न चन्दर

हिन्द पॉकेट बुक्स
पेंगुइन रैंडम हाउस इम्प्रिंट

हिन्द पॉकेट बुक्स

यूएसए। कनाडा। यूके। आयरलैंड। ऑस्ट्रेलिया। सिंगापुर
न्यू ज़ीलैंड। भारत। दक्षिण अफ्रीका। चीन

हिन्द पॉकेट बुक्स, पेंगुइन रैंडम हाउस ग्रुप ऑफ़ कम्पनीज़ का हिस्सा है,
जिसका पता global.penguinrandomhouse.com पर मिलेगा

पेंगुइन रैंडम हाउस इंडिया प्रा. लि.,
चौथी मंजिल, कैपिटल टावर -1, एम जी रोड,
गुड़गांव 122 002, हरियाणा, भारत

प्रथम संस्करण हिन्द पॉकेट बुक्स द्वारा 1968 में प्रकाशित
यह संस्करण हिन्द पॉकेट बुक्स में पेंगुइन रैंडम हाउस द्वारा 2022 में प्रकाशित

10 9 8 7 6 5 4 3 2

ISBN 9789353495510

मुद्रकः रेप्रो इंडिया लिमिटेड

www.penguin.co.in

क्रम

सफेद फूल

महण्डर गांव के मोची का नाम कबाला था। कबाला को आज तक किसी से झूठ बोलते अथवा गाली देते नहीं सुना था। इसके दो कारण थे—एक तो यह कि उसका स्वभाव बड़ा अच्छा था और दूसरा यह कि वह जन्म का गूंगा था और फिर वैसे भी महण्डर बौद्धों का गांव था, जहां का प्रत्येक निवासी सत्य और अहिंसा का पुजारी था। वहां चोरी एवं डकैती नाम को नहीं हुई थी। सारांश यह कि महण्डर के लोगों का जीवन ऐसा सुखी था जैसे वे स्वर्ग में रहते हों। हां, इतनी बात अवश्य थी कि सामाजिक उलझनों में फंसकर गांव के लोग कभी-कभी ऐसा कार्य कर बैठते थे, जिसपर उनको बाद में पछताना पड़ता था। वैसे, इस प्रकार की बातों के अवसर बहुत कम आते थे, और यदि ऐसी बातें हो भी जाती थीं तो इसमें दोष तो समाज के नियमों का होता था। वे स्वयं दोषी कैसे ठहराए जा सकते थे?

कबाला की दुकान पर्वत की चोटी के समीप देवदारु के दो विशाल वृक्षों की छाया के नीचे लकड़ी के तख्तों को जोड़कर बनाई गई थी। यह कबाला की दुकान भी थी और मकान भी। महण्डर का सुन्दर गांव नीचे तराई पर बसा हुआ था। जब सूर्य देवता अपने स्वर्ण-रथ पर सवार होकर देवदारु के वृक्षों की चोटियों के ऊपर से निकलते, तो नीचे गांव की चित्रित छतें और प्राचीन बौद्ध मन्दिर का मंगोली बुर्ज सुनहरी किरणों में जगमग करने लगता। प्रतिदिन सूर्य उदय होते ही, कबाला दुकान के बाहर एक छोटे-से अखरोट के पेड़ के नीचे आ बैठता और जूतियां गांठते-गांठते अपनी मोटी-मोटी विस्मयपूर्ण आंखों से दूर नीचे

पगडंडी पर से जाती हुई युवतियों की ओर देखता जो मिट्टी की गागरें सिर पर उठाए हुए अथवा कूल्हों पर रखे हुए गीत गाती हुई धीरे-धीरे जा रही होतीं। जब वे पगडंडी पार कर जातीं तब वह उन्हें ताकता रहता। उसे ऐसा लगता मानो उनके पांव से छू जाने के कारण पगडंडी की मिट्टी का प्रत्येक कण कुंदन बनकर दमक रहा हो। उसके नेत्रों में अश्रु की बूंदें झलक आती और उसके हृदय के अन्धकार में एक स्वर्ण की लकीर-सी खिंच जाती। उसके अभिलाषी मन में उत्कट अभिलाषा उत्पन्न होती कि वह उच्च स्वर में गाने लगे। यहां तक कि दूर नीचे चलती हुई युवतियों के पांव रुक जाएं··· और नैना, गांव के नम्बरदार की वह लावण्यमय, सुन्दर पुत्री भी एक हाथ गागर पर रखे और दूसरे हाथ से अपनी बसन्ती धोती का आंचल संभालते हुए उसकी ओर देखने लग जाए, और···पर्वत की चोटी के ऊपर उड़नेवाले सफेद-सफेद बादल सहसा थम जाएं, और उसका मार्मिक गीत सुनने के लिए ऊंचे-ऊंचे देव-दारु के वृक्षों के ऊपर आकर बैठ जाएं। परन्तु जब कबाला गाने के लिए अपना मुंह खोलता तो उसके मुंह से सिवाय एक दबी हुई कर्कश चीख के और कुछ न निकलता। उस चीख को सुनकर आसपास के वृक्षों पर बैठे हुए नन्हे-नन्हे पक्षी—कुक्कू, सन्होले तथा रतगजे आदि भयभीत होकर फड़फड़ाते हुए उड़ जाते और कबाला लज्जित होकर अपने होंठ ज़ोर से भींच लेता, जैसे उसने सूत के टांकों से उन्हें स्वयं ही सी दिया हो।

कबाला की आकृति बहुत सुन्दर थी। उसकी बड़ी-बड़ी आंखें हरिण की आंखों जैसी थीं और प्रत्येक अंग मानो सांचे में ढला हुआ था। जब वह अखरोट के पेड़ के नीचे बैठा हुआ जूतियां बना रहा होता तो उसका भोला और पवित्र चेहरा किसी देवता जैसा लगता।

परन्तु बाह्य आकृतियां कितना धोखा देती हैं! कबाला को देखकर कोई व्यक्ति यह कल्पना नहीं कर सकता था कि आज से कोई दो सौ वर्ष पूर्व इस मोची के एक पूर्वज ने इस गांव के एक बौद्ध साधु को गला घोंटकर मार डाला था, क्योंकि उसे यह सन्देह था कि वह साधु उस लड़की को भगाने का प्रयत्न कर रहा है जिससे कबाला का वह पूर्वज प्रेम करता था। गांव में इस घटना से पहले शायद किसीकी हत्या नहीं हुई थी। गांव के पंचों ने बहुत गहरे विचार के पश्चात् निश्चय किया

कि किसीके प्राणों के बदले में दूसरे व्यक्ति के प्राण लेना अधर्म है। हां, इस अपराध के फलस्वरूप उन्होंने कबाला के उस पूर्वज को गांव से बाहर निकाल दिया था और साथ ही यह आज्ञा दे दी थी कि जब तक इस वंश की सात पीढियां इस पाप का प्रायश्चित्त न कर लें, तब तक इस वंश का कोई भी व्यक्ति गांव की सीमा के अन्दर पांव नहीं रख सकेगा। उस दिन से लेकर अब तक गांव के मोची की दुकान पहाड़ की चोटी पर थी। गर्मी हो या सर्दी, धूप हो या वर्षा, चार पीढ़ियों से गांव के मोची ने गांव में पांव नहीं रखा था। वह अपनी आवश्यकता की वस्तुएं खनेत्तर गांव से लाता था जो महण्डर के पर्वत की दूसरी ओर एक छोटी-सी घाटी में बसा हुआ था। और फिर कुछ वर्षों से तो खनेत्तर के मोची वंश से कबाला की इतनी गहरी छनने लगी थी कि वह बौद्ध पंचों के दिए हुए दण्ड को भूल-सा गया था।

हां, युवक कबाला के हृदय में कभी-कभी एक टीस-सी अवश्य उठती थी क्योंकि वह नवयुवक था, और था अकेला और गूंगा। उसके माता-पिता मर चुके थे और खनेत्तर के मोची वंश की दोनों लड़कियां अर्दाई तथा जीशी, उसके गूंगा होने के कारण घृणा करती थीं और उसके हाथों के विचित्र संकेतों की, जिनसे वह वाणी का काम लिया करता था, नकल करके उसकी खिल्ली उड़ाया करती थीं। और जब इस हंसी-ठट्ठे में उनके तीनों बड़े भाई भी सम्मिलित हो जाते तो गूंगे के हृदय का भाव रिस-रिसकर बहने लगता और वह चीखें मारता हुआ वहां से भाग जाता।

कबाला का एक मित्र भी था। उसका नाम था खण्डा। कबाला ने खण्डा को एक दिन खनेत्तर से लौटते हुए रास्ते पर पड़ा पाया था। वह उस समय भूख से विकल होकर चिल्ला रहा था। उसकी डाइन मां उसे रास्ते में ही छोड़कर कहीं भाग गई थी। कबाला उसे उठाकर अपने घर ले आया और पाल-पोसकर बड़ा कर लिया। खण्डा भी कबाला को बहुत चाहता था। कई बार जब खण्डा कबाला को उदास देखता तो चंचल दृष्टि से उसको ताकता और पूंछ हिला-हिलाकर इस तरह से चिल्लाता मानो कह रहा हो, "गूंगे भैया, उदास क्यों हो? मेरी ओर देखो, मैं भी तुम्हारी तरह ही हूं, बातचीत करने में असमर्थ; परन्तु क्या मैं प्रसन्नचित्त नहीं रहता? वह देखो, इस अखरोट की शाख पर कैसी

सुन्दर चिड़िया बैठी है। लो, वह तो उड़ गई।" फिर खण्डा भौंकते-भौंकते कबाला के पांवों के चारों ओर नाचने लगता, यहां तक कि कबाला का दुःख दूर हो जाता। उसका मुख खिल उठता, और वह अपने प्यारे साथी की पीठ को ज़ोर से थपककर उसे अपने पास बिठा लेता। उस समय उसकी आंखें मानो स्पष्ट रूप से कह रही होतीं, "खण्डा भैया! तुम बहुत चंचल हो और बहुत प्यारे भी हो। चंचल तो अर्दाई और जीशी भी हैं, परन्तु वे प्यारी नहीं हैं। और नैना में चंचलता नहीं है, परन्तु वह बहुत प्यारी है। क्या तुम नैना को नहीं जानते? वह हमारे गांव के नम्बरदार की लड़की है। वह जो उस दिन अपने बाप के साथ यहां आई थी। नहीं जानते तुम उसे? नीच कुत्ते। चलो हटो यहां से!"

और खण्डा गुर्राकर कहता, "मैं नम्बरदार की क्या परवाह करता हूं, और मैं किसी नैना-वैना को नहीं जानता, और तुम मुझे अपने पास से नहीं हटा सकते। मैं जंगल के भेड़िये के समान हूं, मुझे ऐसा-वैसा कुत्ता न समझना, समझे!"

जिस दिन कबाला ने नैना को पहले-पहल देखा था उस दिन धुंध छाई थी—एक हल्की, बारीक धुन्ध जो देवदारु के वृक्षों को अपने सफेद आंचल में लपेटे हुए, नीचे पृथ्वीतल से लेकर ऊपर आकाश में फैले हुए बादलों तक भरी हुई थी। प्रातःकाल का समय था। चारों ओर पूर्ण निस्तब्धता छाई हुई थी; न तो पवन ही गतिमान था और न ही पक्षियों की बोलियां सुनाई देती थीं। इस गूंगी सृष्टि में कबाला पहाड़ी झरने से स्नान करके लौट रहा था कि रास्ते में उसने धुन्ध की देवी को एक चट्टान पर खड़े हुए देखा···हां हां, वह धुन्ध की देवी ही तो थी, लम्बा कद, सिर से पांव तक सफेद साड़ी में लिपटी हुई। कबाला को उसका चेहरा ऐसा लगा मानो ओस की बूंदों से धुला हुआ गुलाब का फूल धुन्ध की हल्की और सफेद लहरों में तैरा रहा है। कबाला ठिठककर खड़ा हो गया और आश्चर्य में मुंह खोले हुए उसे निहारने लगा। धुन्ध की देवी ने कहा, "मैं रास्ता भूल गई हूं; मैं नैना हूं—गांव के नम्बरदार की बेटी—मुझे गांव का रास्ता दिखला दो।"

कबाला कुछ क्षणों तक मूर्ति के समान निश्चल खड़ा रहा। फिर वह धीरे-धीरे पीछे मुड़ गया और नैना को हाथ के संकेत से अपने साथ

आने को कहा। धुन्ध गहरी होती जा रही थी। वे साथ-साथ चल रहे थे और कबाला सोच रहा था, 'तुम नैना हो, तुम धुन्ध की देवी हो, और रास्ता भूलकर आ गई हो, रास्ता।' कबाला नैना के पांवों की ओर देखने लगा। नन्हे से, प्यारे-प्यारे कोमल पांव हैं! वह चप्पल क्यों नहीं पहने हुए है? अच्छा अच्छा, तो वह अब उसके लिए एक ऐसी बढ़िया चप्पल तैयार करेगा कि धुन्ध की देवी उसे पहनकर हर्षित हो उठेगी। पतला-सा हल्का-सा चमड़ा, और उसपर बारीक रुपहले तारों के फूल। चप्पल बहुत सुन्दर और कोमल होगी—जैसे नैना के पांव। उसके मन में आया कि देवी के चरण-कमलों पर अपना सिर रख दे और कह दे कि अपने पुजारी को इनकी पूजा कर लेने दो। फिर सहसा उसे याद आया कि वह तो कुछ भी नहीं कह सकता। और वह इस महान भेद को हृदय से अपने अन्त-स्तल में छुपाने के लिए तैयार हो गया। अब चलते-चलते उसे प्रतिक्षण यह डर लगने लगा कि कहीं नैना उससे कोई बात न पूछ बैठे, नहीं तो उसे पता लग जाएगा कि वह गूंगा है—प्रकृति ने उसे सदा के लिए मौन कर दिया है—मौन और व्यर्थ। कदाचित् जन्म के समय वह एक बार चिल्लाया होगा, परन्तु अब तो उसमें बोलने की शक्ति लेशमात्र भी विद्यमान नहीं थी। उसकी जीवन-वीणा नितान्त मौन एवं गतिहीन थी—मृत्यु के समान।

गांव की सीमा के निकट पहुंचकर कबाला रुक गया और हाथ से धुंध में लिपटे हुए रास्ते की ओर संकेत कर दिया। नैना ने क्षण-भर के लिए रुककर पूछा, "तुम कौन हो, कहां से आए हो? मैंने पहले तुम्हें कभी गांव में नहीं देखा? तुम कहां रहते हो?"

कबाला पर मानो बिजली गिर पड़ी। उसने आंखें नीची करके पहाड़ की चोटी की ओर संकेत कर दिया। कुछ क्षणों के पश्चात् नैना बोली, "ओह! तुम हो कबाला।"

कबाला देर तक गर्दन झुकाए खड़ा रहा। और जब वह चलने लगी तो वह अपनी बड़ी-बड़ी विस्मयपूर्ण हरिण की सी आंखों से नैना की ओर देखने लगा। वह कुछ कहना चाहता था, परन्तु वह क्या कहना चाहता था? वह कह ही क्या सकता था? काश! वह कुछ कह सकता।

नैना रास्ते पर चलने लगी। सफेद धुन्ध में उसके लुप्त होते हुए

शरीर को देखकर कबाला की आंखों में आंसू भर आए।

जिस दिन नैना रास्ता भूलकर कबाला के मन में उतर आई थी उस दिन से कबाला को ऐसा प्रतीत होने लगा था कि मानो पृथ्वी के सारे सोए हुए सपने जाग उठे हैं, महण्डर के स्वर्गीय दृश्यों में एक नयी छटा, एक नयी मोहिनी भर गई है, और उसके अन्तस्तल में हर्ष और विषाद की सीमाएं फैलते-फैलते एक-दूसरे के संग मिल गई हैं। यदि वह गूंगा नहीं होता तो सम्भव है उसके भाव इतने प्रचण्ड, इतने उग्र नहीं होते; परन्तु अब जब उसकी भावनाओं की भयंकर बाढ़ ने अपने चारों ओर प्रकृति के लगाए हुए लौह-बन्धन को देखा तो उसकी आत्मा तड़प उठी, उसका मर्म पिघल उठा, और वह तड़प, वह कवित्व उसकी बनाई हुई जूतियों और चप्पलों में ढलने लगे। उन दिनों उसने जूतियों और चप्पलों के ऐसे-ऐसे सुन्दर और हृदयहारी नमूने तैयार किए कि शीघ्र ही उसकी ख्याति चारों ओर फैल गई, और लोग दूर-दूर से आकर उससे जूते और चप्पलें बनवाने लगे। खनेत्तर के मोची ने संकेतों द्वारा उससे कहा कि अब जबकि तुम्हारी दुकान चमक उठी है, तुम्हें विवाह कर लेना चाहिए। वह अब बिना कुछ लिए-दिए कबाला के साथ अर्दाई अथवा जीशी को ब्याह देने के लिए तैयार था। अर्दाई और जीशी ने भी तो अब उसको तंग करना छोड़ दिया था। अब उनके मन में कबाला के प्रति सम्मान का भाव था...और शायद सम्मान की भावना के साथ-साथ कुछ और भी भावना सम्मिश्रित थी। अब उनके नेत्रों में घृणा का स्थान चंचलता ने ले लिया था। शायद वे दोनों अपने-अपने मन में कबाला को अपना भावी पति समझने लगी थीं। अब उन्हें ऐसा लगने लगा था कि कबाला में पुरुषत्व के सारे गुण विद्यमान हैं। उसके लम्बे गठीले शरीर को देखकर उनके मन में श्रद्धा का भाव उत्पन्न होने लगा था और उसकी देवताओं जैसी आकृति तथा विशाल नेत्र उन्हें बहुत अच्छे लगने लगे थे। जिस प्रकार तालाब में कागज़ की एक हल्की-सी नाव डाल देने से लहरें उत्पन्न हो जाती हैं और वे बढ़ती हुई, बड़े-बड़े घेरे बनाती हुई, चारों ओर फैलती चली जाती हैं, ठीक उसी प्रकार कबाला के प्रेम की नाव ने भी महण्डर के निस्तब्ध, निश्चल वातावरण में हिलोरें उत्पन्न कर दी थीं और लहरों ने चारों ओर फैलकर सबका ध्यान अपनी ओर आकृष्ट कर लिया था। कबाला यद्यपि अपने मुंह से

किसी भी व्यक्ति के सामने अपना प्रेम व्यक्त नहीं कर सका था तथापि खण्डा को, नैना की सहेलियों को और शायद गांव के प्रत्येक वासी को, इस बात का पता लग गया था। जब नैना की सहेलियां उसे इस बात पर छेड़तीं तो नैना को कबाला पर बहुत क्रोध आता। वह उसे मूर्ख, दुष्ट, पागल, चमार इत्यादि न जाने क्या-क्या कह डालती।

कबाला बेचारे को क्या पता था कि नैना का पिता बहुत दिन पहले ही उसे ताशीपुर के बौद्ध सरदार को सौंपने का निश्चय कर चुका है। मामला तीन सहस्र से अधिक रुपया देने का नाम भी न लेता था। इस पर नैना के पिता ने साफ-साफ कह दिया था कि वह अपनी प्यारी बेटी को नरक-कुंड में फेंकने के लिए तैयार नहीं है। ताशीपुर नरक से कम नहीं था। ऊंचे-ऊंचे कठोर भयानक पर्वत, कठिन दुर्गम पथ, आठों पहर वर्षा, हिमपात—ताशीपुर सचमुच बर्फ का नरक था। उसने दृढ़ता-पूर्वक कह दिया था कि वह अपनी कोमल बेटी को, उस अबोध बालिका को, ताशीपुर के बौद्ध सरदार के साथ कभी नहीं ब्याहेगा। तीन सहस्र रुपये की भेंट होने पर उसे अपना मत बदलना पड़ा।

उन्हीं दिनों नैना दो बार अपनी चप्पलों का माप देने के लिए कबाला की दुकान पर आई थी। यह बात कबाला को आनंदविभोर करने के लिए पर्याप्त थी। नैना के लिए उसने इतने सुन्दर चप्पल तैयार किए थे कि उन्हें देखकर गांव की युवतियां ईर्ष्या के मारे जल-भुन गई थीं। नैना के पैरों को छूकर—जिन्हें प्रकृति ने स्वयं अपने हाथ से गढ़ा था—कबाला के मन में यह अभिलाषा आग की भांति भड़क उठी थी कि वह इन दो कमल-पुष्पों को उठाकर अपने हृदय में छिपा ले। नैना के पिता ने कबाला से प्रसन्न होकर उसको वचन दिया था कि वह बौद्ध पंचों से कहकर उसके वंश को दण्ड के शेष भाग से छुड़ा देगा, और सम्भवतः शीघ्र ही कबाला को फिर अपने गांव में आकर बसने का अवसर मिल जाएगा। यह सुनकर नैना की आंखें भी हर्षोत्फुल्ल हो गई थीं और उसने बहुत विनय तथा अनुरोधपूर्वक अपने पिता से कहा था कि वे अवश्य ही बेचारे कबाला पर वह कृपा कर दें। ये बातें याद करके जूतियां गांठते-गांठते कबाला अपने-आप मुस्करा पड़ता था।

हां, वह सचमुच बहुत प्रसन्न था। वह दिन-भर सुन्दर-सुन्दर चप्पलें बनाता, सन्ध्या समय खण्डा के साथ खेलता और प्रातः तथा संध्या समय

अखरोट के पेड़ के नीचे खड़ा होकर दूर, नीचे घाटी की सुनहली पगडंडी पर से जाती हुई देवकन्याओं को देखता। उनमें नैना भी होती थी—पीले आंचलवाली नैना।

और फिर एक दिन अकस्मात् गांव के लुहार ने कबाला को बताया कि गांव के नम्बरदार की पुत्री का विवाह ताशीपुर के बौद्ध सरदार के साथ होने वाला है। उसने यह भी बताया कि विवाह-सस्कार अवन्तीपुर में होगा जोकि महण्डर और ताशीपुर के नीचे बीचोबीच हिमाच्छादित पर्वतों के एक त्रिकोण के बीच में स्थित है, और विवाह-संस्कार अवन्तीपुर का माननीय बौद्ध पुजारी कराएगा। यह सूचना देकर लुहार कहने लगा, "नैना बड़ी भाग्यशाली है जो इतने बड़े सरदार से ब्याही जाएगी। ताशीपुर का सरदार एक राजा के समान है। और सुना है कि नैना के पिता ने सरदार से तीन सहस्र रुपया लिया है। अब ये बौद्ध पंच कहां सो गए हैं?" गांव का लुहार इसी प्रकार कुछ देर तक कबाला से बातचीत करता रहा और कबाला सिर झुकाए हुए चप्पल में सूत के टांके लगाता रहा। लुहार बातें करके गांव को लौट गया। थोड़ी देर बाद नम्बरदार का भेजा हुआ एक व्यक्ति वहां आ पहुंचा और कबाला से कहने लगा कि नम्बरदार ने सन्देश भेजा है कि नैना के विवाहोत्सव के लिए चप्पलों की एक जोड़ी कल सवेरे तक तैयार कर दे, क्योंकि उन्हें कल सवेरे ही अवन्तीपुर के लिए प्रस्थान करना है। परसों नैना का विवाह है।

नैना का विवाह? कबाला के मन में पहले तो यह विचार उत्पन्न हुआ कि वह चप्पल बनाने से इन्कार कर दे, नम्बरदार के भेजे हुए उस व्यक्ति का गला घोंट दे, नम्बरदार को जान से मार डाले और फिर इसी पहाड़ की चोटी से गिरकर नीचे की चट्टान से टकराकर अपना सिर तोड़ डाले। परन्तु बड़े यत्न के पश्चात् उसने अपने भावों और विचारों को अपने वश में किया। क्रोध, निराशा और उमड़ते हुए आंसूओं को बलपूर्वक दबाकर उसने नम्बरदार के आदमी को संकेत द्वारा कहा कि वह नम्बरदार की आज्ञा का अवश्य पालन करेगा। उसके पास इस समय रुपहले तार नहीं हैं, वह उन्हें खनेत्तर से ले आएगा और प्रातः-काल तक चप्पल अवश्य तैयार कर देगा।

परन्तु अगले दिन जब नम्बरदार का आदमी चप्पल लेने आया तो कबाला ने हाथ जोड़कर उससे सकेत द्वारा कहा कि चप्पल तो तैयार

नहीं है। वह खनेत्तर गया था, परन्तु उसे रुपहले तार नहीं मिल सके और उसे वहां से निराश लौटना पड़ा। उसने संकेतों द्वारा ही उपयुक्त बात पर बहुत खेद प्रकट किया और साथ ही अपनी विवशता भी। जब नम्बरदार के आदमी ने ये सब बातें जाकर नम्बरदार को बतलाई तो वह बहुत लाल-पीला हुआ। उसने अभागे चमार को बहुत सारी गालियां दे डाली, "कमीना, दुष्ट, शैतान कहीं का, बदमाश, गूंगा, वह अपने को बहुत चालाक समझता है क्या? क्या वह समझता है कि चप्पल के बिना विवाह रुक जाएगा? मैं उस पाजी को विवाह के पश्चात् ठीक करूंगा और देखूंगा कि महण्डर के लोग तो क्या, आसपास के किसी गांव का कोई भी व्यक्ति इसके अपवित्र हाथों का बना हुआ जूता न पहने। बस मैं अपनी पुत्री के विवाह से निवृत्त हो जाऊं, फिर देखूंगा उसे अच्छी तरह।" नम्बरदार बहुत देर तक इसी प्रकार चिल्लाता रहा।

कुछ देर पश्चात् कबाला ने उसी अखरोट के पेड़ के नीचे खड़ा होकर देखा कि गांव के नर-नारी अवन्तीपुर के मार्ग की ओर एकत्रित हो रहे हैं—गांव के नम्बरदार की शुभ यात्रा पर मंगलकामना करने तथा उसे विदा देने के लिए। थोड़ी देर में पवित्र मन्त्रों का पाठ होने लगा। और नकीरी, ढोल इत्यादि बजने लगे। नम्बरदार ने अपनी बेटी नैना तथा अपने अन्य कुटुम्बियों और गांववासियों की शुभकामनाओं के साथ अवन्तीपुर की ओर प्रस्थान किया। कबाला देर तक खड़ादे खता रहा—यहां तक कि सामान से भरे हुए खच्चर आदि भी मार्ग के अगले मोड़ से निकलकर लुप्त हो गए। अन्तिम खच्चर के ओझल होते ही कबाला के हृदय की गहराई से एक अत्यन्त वेदनापूर्ण आह निकली। तो क्या यही उसके प्रेम का अन्त है? परन्तु उसने सोचा, इससे अच्छे परिणाम की उसे आशा ही क्यों हुई? उसे अधिकार ही क्या था, ऐसी आशा बांधने का? वह चुपचाप सिर झुकाए हुए अपने लकड़ी के घर में चला गया। खण्डा उराके पैरों के साथ चिपटने का प्रयास कर रहा था। कबाला ने क्रुद्ध होकर उसकी कमर पर एक-दो ठोकरें जमा दीं। परन्तु बेचारा खण्डा चिल्लाया नहीं अपितु अपने स्वामी को उदास निगाहों से देखता हुआ उसके पीछे-पीछे मकान के अन्दर चला गया। कबाला ने खाट पर बैठ-

कर अपने चेहरे को दोनों हाथों से थाम लिया और खण्डा अपनी थुथनी उसके दोनों पैरों के बीच रखकर बैठ गया। बहुत देर के पश्चात् कबाला ने धीरे से खण्डा को उठा लिया और उसे गले से चिपटाकर फूट-फूटकर रोने लगा—बेचारे गूंगे का अर्थहीन रुदन!

कुछ देर पश्चात् जी हल्का होने पर सहसा उसकी आत्मा उसे धिक्कारने लगी। उसने नैना के लिए चप्पल क्यों न तैयार कर दी? उसके पास चमड़ा भी था और रुपहले तार भी। यह उसने कैसी कमीनी बात कर डाली? फिर इसमें बेचारी नैना का क्या दोष था? क्या अब नैना बिना चप्पल पहने ही ब्याही जाएगी?—नंगे पांव! कितनी घोर लज्जा की बात होगी यह। परन्तु वह तो अब भी उसके लिए ऐसी सुन्दर चप्पल तैयार कर सकता है कि देखनेवाले को यह भ्रम हो जाए कि शायद ये कमल के दो पुष्प हैं। फिर उसने सोचा कि वह क्यों न उसके लिए अभी से चप्पल तैयार करने बैठ जाए। वह रातोंरात चल-कर अगले दिन प्रातःकाल अवन्तीपुर पहुंच सकता है। उसने निश्चय किया कि वह ऐसा ही करेगा और स्वयं अपने हाथों से नैना के पद-कमलों में बे कमलसदृश चप्पल पहनाएगा। यह विचार आते ही वह चारपाई से उठ बैठा और अखरोट के नीचे बैठकर चमड़ा साफ करने में जुट गया।

संध्या समय तक कबाला ने चप्पल तैयार कर डाली। उस समय पश्चिम दिशा में अन्तरिक्ष से लालिमा लुप्त हो चुकी थी। चारों ओर पहाड़ों पर काले-काले बादल उमड़ आए थे और सांस रोके हुए पहाड़ी का घेरा डाले हुए खड़े थे। तब धीरे से अंगड़ाई लेकर रात की रानी जाग उठी और घनघोर घटाओं को अपने चारों ओर देखकर मस्ती से नाचने लगी। उसके पायल की झंकार बौद्ध मन्दिर के मंगोली बुर्जों और गांव की चित्रित छतों में कम्पन करती हुई प्रतीत होती थी। उसकी कलाइयों में पड़े हुए सुनहले कंकण बारम्बार अपनी द्युति से पृथ्वी तथा आकाश को देदीप्यमान कर देते थे। इन्हीं के प्रकाश में गांव के लुहार तथा कुम्हार ने देखा कि कबाला सिर झुकाए, बगल में कुछ दबाए और खण्डा को साथ लिए हुए अवन्तीपुर के टेढ़े-मेढ़े और दुर्गम रास्ते पर चला जा रहा है।

और लोग यह भी कहते हैं कि उस रात महण्डर की घाटी में एक

भयंकर तूफान आया। नम्बरदार के ऊंचे घर की चित्रित छत उड़ गई और प्राचीन बौद्ध मन्दिर का बुर्ज टुकड़े-टुकड़े हो गया। उत्तरी हवाओं के प्रबल झोंकों ने चारों ओर ओले बरसाए और फिर भयानक हिमपात हुआ जिससे प्रातःकाल तक महण्डर, खनेत्तर और ताशीपुर की पर्वत-मालाएं बर्फ की एक मोटी चादर में लिपट गईं। और दूसरे दिन ताशी-पुर के बौद्ध सरदार ने अपनी नवविवाहिता के साथ ताशीपुर की ओर प्रस्थान किया। बरात शहनाइयां बजाती हुई अवन्तीपुर की बीचवाली ऊंची घाटी में से निकली तो बरातियों ने देखा कि घाटी में सफेद बर्फ पर दूर तक पैरों के निशान पड़े हुए हैं और एक विशाल वृक्ष के नीचे एक अभागा पथिक मरा पड़ा है। उसका कुत्ता उसके पांव में मुंह दिए हुए अकड़ गया था, पथिक के हाथ उसकी छाती पर बंधे हुए थे और वह बड़ी मज़बूती के साथ उसमें किसी वस्तु को पकड़े हुए था—वह चप्पल का जोड़ा था, जो पतले कागज़ी चमड़े का बना हुआ था और जिसपर चांदी के तारों से कमल के दो सुन्दर सफेद फूल कढ़े हुए थे।

पूरे चांद की रात

अप्रैल का महीना था। बादाम की डालियां फूलों से लद गई थीं और वायु में बरफीली ठण्डक के बावजूद वसन्त ऋतु की सी सुन्दरता आ गई थी। ऊंची-ऊंची चोटियों के नीचे मखमल-जैसी दूब पर कहीं-कहीं बरफ के टुकड़े सफेद फूलों की तरह खिले हुए नज़र आ रहे थे। अगले मास तक ये सफेद फूल इसी दूब में समा जाएंगे और दूब का रंग गहरा सब्ज़ हो जाएगा; और बादाम की शाखाओं पर हरे-हरे बादाम पुखराज के नगीनों की तरह झिलमिलाने लगेंगे। और नीले-नीले पर्वतों के चेहरों से कुहरा छंटता चला जाएगा; और इस झील के पुल के पार पगडंडी की धूल मुलायम भेड़ों की जानी-पहचानी 'बा-आ' से झनझना उठेगी; और फिर इन ऊंची-ऊंची चोटियों के नीचे चरवाहे भेड़ों के शरीरों पर से शरद् ऋतु की पली हुई मोटी गफ ऊन कतरते जाएंगे और गीत गाते जाएंगे।

लेकिन अभी अप्रैल का महीना था। अभी चोटियों पर पत्तियां न फूटी थीं। अभी पर्वतों पर बरफ का कुहरा था। अभी पगडंडी की छाती भेड़ों के स्वर से न गूंजी थी। अभी समल की झील पर कमल के दीप न जले थे। झील का गहरा सब्ज़ पानी अपनी छाती के भीतर उन लाखों रूपों को छिपाए बैठा था जो वसन्त ऋतु के आगमन पर एकाएक इसके स्तर पर एक सरल, मृदु हंसी को तरह खिल उठेंगे। पुल के किनारे-किनारे बादाम के पेड़ों की शाखाओं पर कलियां चमकने लगी थीं। अप्रैल की अन्तिम रात्रि में, जब बादाम के फूल जागते हैं और वसन्त ऋतु के सूचक बनकर झील के पानी में अपनी नौकाएं तैराते हैं,

फूलों के नन्हे-नन्हे शिकारे पानी के स्तर पर नृत्य करते हुए वसन्त ऋतु की प्रतीक्षा में हैं।

पुल के जंगले का सहारा लेकर मैं देर से उसकी प्रतीक्षा कर रहा था। तीसरा पहर समाप्त हो गया था और सन्ध्या उतर आई थी। वुल्लर झील को जानेवाले हाउस-बोट पुल की पथरीली महराबों के बीच में से निकल गए थे और अब क्षितिज की रेखा पर कागज़ की नाव की तरह कमज़ोर और बेबस नज़र आ रहे थे। सन्ध्या की लालिमा आकाश के इस छोर से उस छोर तक फैलती गई और फिर लालिमा सुर्मई से स्याह होती गई, यहां तक कि पगडंडी भी बादाम के पेड़ों की पंक्ति की ओट में सो गई और फिर रात की चुप्पी में पहला सितारा किसी पथिक के गीत की तरह चमक उठा। वायु की शीतलता असह्य होती गई और नथने उसके बरफीले स्पर्श से सुन्न हो गए।

और फिर चांद निकल आया।

और फिर वह आ गई।

तेज़-तेज़ पग उठाती हुई, बल्कि पगडण्डी की ढलवान पर दौड़ती हुई, वह बिल्कुल मेरे समीप आकर रुक गई, फिर धीरे से बोली:

"हाय!"

उसका श्वास तेज़ी से चल रहा था। बीच में रुक जाता, फिर तेज़ी से चलने लगता। उसने मेरे कन्धे को अपनी उंगलियों से छुआ और अपना सिर वहां रख दिया। और उसके काले केशों का घना जंगल मेरी आत्मा के भीतर दूर तक फैलता चला गया। और मैंने उससे कहा:

"तीसरे पहर से तुम्हारी प्रतीक्षा कर रहा हूं।"

उसने हंसकर कहा, "अब रात हो गई है, बड़ी अच्छी रात है यह।"

उसने अपना कोमल, नन्हा-सा हाथ मेरे दूसरे कन्धे पर रख दिया ···जैसे बादाम के फूलों से लदी हुई टहनी झुककर मेरे कन्धे पर सो गई।

देर तक वह चुप रही। देर तक मैं चुप रहा। फिर वह आप ही आप हंसी, फिर बोली, "मेरे अब्जा पगडण्डी के मोड़ तक मेरे साथ आए थे, क्योंकि मैंने कहा, मुझे डर लगता है। आज मुझे अपनी सहेली राज्जो के घर सोना है, सोना नहीं जागना है। क्योंकि बादाम के पहले फलों की खुशी में हम सब सहेलियां रात-भर जागेंगी और गीत गाएंगी।

और इसीलिए तो तीसरे पहर से इधर आने की तैयारी कर रही थी। लेकिन धान साफ करना था और कपड़ों का यह जोड़ा, जो कल धोया था, आज सूखा न था। इसे आग पर सुखाया। और अम्मा जंगल से लकड़ियां चुनने गई थी, वह अभी आई न थी, और जब तक वह न आती, मैं मक्की के भुट्टे और सूखी खूबानियां और जरदालू तुम्हारे लिए कैसे ला सकती थी? देखो, यह सब कुछ लाई हूं तुम्हारे लिए। तुम तो सचमुच नाराज़ खड़े हो। मेरी तरफ देखो, मैं आ गई हूं। आज पूरे चांद की रात है। आओ, किनारे से लगी हुई नाव खोलें और झील की सैर करें।" उसने मेरी आंखों में झांका और मैंने उसकी प्रेम और हैरानी में डूबी हुई पुतलियों की ओर देखा, जिसमें इस समय चांद चमक रहा था, और यह चांद मुझसे कह रहा था, "जाओ, नाव खोलकर झील की सैर करो। आज बादाम के पहले फूलों का खुशी-भरा त्योहार है। आज उसने तुम्हारे लिए अपनी सहेलियों, अपने अब्बा, अपनी नन्ही बहन, अपने बड़े भाई—सबको धोखे में रखा है, क्योंकि आज पूरे चांद की रात है और बादाम के श्वेत और शीतल फूल बर्फ के गोलों की तरह चारों ओर फैले हुए हैं। और कश्मीर के गीत, बच्चे के दूध की तरह, उसकी छातियों में उमड़ आए हैं। तुमने उसकी गर्दन में मोतियों की यह सतलड़ी देखी? यह सुर्ख सतलड़ी उसके गले में डाल दी गई और उसे कहा गया—'तू आज रात-भर जागेगी। आज कश्मीर की बहार की पहली रात है। आज तेरे गले से कश्मीर के गीत यों खिलेंगे जैसे चांदनी रात में केसर के फूल खिलते हैं,—ले, यह सुर्ख सतलड़ी पहन ले।'

चांद ने यह सब कुछ उसको हैरान पुतलियों से झांककर देखा। फिर एकाएक किसी पेड़ पर एक बुलबुल चहचहा उठी, दूर नौकाओं में दीपक झिलमिलाने लगे और चोटियों से परे बस्ती में गीतों का मध्यम स्वर उभरा। गीत और बच्चों के कहकहे और पुरुषों को भारी आवाज़ें और बच्चों का मीठा-मीठा चीत्कार। छतों से जीवन का धीरे-धीरे उठता हुआ धुआं और सन्ध्या के खाने की महक। मछली और भात और कड़म के साग का नरम और नमकीन स्वाद और पूरे चांद की रात का पूरा यौवन। मेरा क्रोध धुल गया। मैंने उसका हाथ अपने हाथ में ले लिया और उससे कहा, "आओ, चलें झील पर।"

पुल गुज़र गया। पगडण्डी गुज़र गई। बादाम के वृक्षों की पंक्ति

समाप्त हो गई। तल्ला गुज़र गया। अब हम झील के किनारे-किनारे चल रहे थे। झाड़ियों में मेंढक टर्रा रहे थे। मेंढक और झींगुर और बींडे। उनका ऊटपटांग शोर भी एक संगीत बन गया था। एक स्वप्न-मय वातावरण, सोई हुई झील के बीच में चांद की नाव खड़ी थी निश्चेष्ट, चुपचाप, प्रेम की प्रतीक्षा में—हज़ारों साल से इसी प्रकार खड़ी थी, मेरे और उसके प्रेम की प्रतीक्षा में। तुम्हारी और तुम्हारे प्रेमी की मुस्कान की प्रतीक्षा में। मानव के मानव को चाहने की आकांक्षा की प्रतीक्षा में। यह पूरे चांद की सुन्दर, निर्मल रात किसी कुमारी के अछुते शरीर की तरह प्रेम के पवित्र स्पर्श को प्रतीक्षा में है।

नाव खूबानी के एक पेड़ से बंधी थी जो बिल्कुल झील के किनारे उगा हुआ था। जहां पर जमीन बहुत नरम थी और चांदनी पत्तों की ओट से छन-छनकर पा रही थी और मेंढक हौले-हौले गा रहे थे और झील का पानी बार-बार किनारे को चूमता जाता था और बार-बार उसके चुम्बनों का स्वर हमारे कानों में पड़ रहा था। मैंने अपने दोनों हाथ उसकी कमर में डाल दिए और उसे ज़ोर से अपनी छाती से लगा लिया। झील का पानी बार-बार किनारे को चूम रहा था। पहले मैंने उसकी आंखें चूमीं और झील के स्तर पर लाखों कमल खिल उठे। फिर मैंने उसके गाल चूमे और निर्मल वायु के कोमल झोंके एकाएक ऊंचे होकर सैकड़ों गीत गाने लगे। फिर मैंने उसके होंठ चूमे और लाखों मंदिरों, मसजिदों और गिरजाओं में प्रार्थनाओं का शोर उठा और धरती के फूल और आकाश के तारे और वायु में उड़नेवाले बाज सब मिलकर नाचने लगे। फिर मैंने उसकी ठोड़ी को चूमा और फिर उसकी गर्दन को; और कमल खिलते-सिमटते गए, कलियों की तरह। और गीत उभर-उभरकर मौन होते गए और नृत्य धीमा पड़ता-पड़ता थम गया। अब वही मेंढकों की आवाज़ थी, वही झील के नरम-नरम चुम्बन; और कोई छाती से लगा सिसकियां भर रहा था।

मैंने धीरे से नाव खोली। वह नाव में बैठ गई। मैंने चप्पू अपने हाथ गें ले लिया और नाव को खेकर भील के मध्य में ले गया। यहां नाव आप ही आप खड़ी हो गई। न इधर बहती थी, न उधर। मैंने चप्पू उठाकर नाव में रख दिया। उसने पोटली खोली। उसमें से जरदाल निकालकर मुझे दिए और स्वयं भी खाने लगी।

जरदालू सूखे थे और खट्टे-मीठे!

वह बोली, "ये पिछली बहार के हैं।"

मैं जरदालू खाता रहा और उसकी ओर देखता रहा।

वह धीरे से बोली, "पिछली बहार में तुम न थे।"

पिछली बहार में मैं न था और जरदालू के पेड़ फूलों से लद गए थे और ज़रा-सी टहनी हिलाने पर टूटकर मोतियों की तरह बिखर जाते थे। पिछली बहार में मैं न था और जरदालू के पेड़ फलों से लदे-फदे थे। हरे-हरे जरदालू। बेहद खट्टे जरदालू जो नमक-मिर्च लगाकर खाए जाते थे और ज़बान सी-सी करती थी और नाक बहने लगती थी; और फिर भी खट्टे जरदालू खाए जाते थे। पिछली बहार में मैं न था और ये हरे-हरे जरदालू पककर पीले, सुनहले और लाल होते गए। और डाल-डाल में प्रसन्नता के लाल फूल झूल रहे थे और प्रसन्नता-पूर्ण आंखें, चमकती हुई सरल आंखें, उन्हें ,झूमता हुआ देखकर नृत्य-सा करने लगती थीं। पिछली बहार में मैं न था···और सुन्दर हाथों ने लाल-लाल जरदालू एकत्रित कर लिए। सुन्दर होंठों ने उनका ताजा रस चूसा और उन्हें अपने घर की छत पर ले जाकर सूखने के लिए डाल दिया। जब ये जरदालू सूख जाएंगे, जब एक बहार गुज़र जाएगी और दूसरी बहार आने को होगी, तो मैं आऊंगा और इनके स्वाद से प्रसन्न हो सकूंगा।

जरदालू खाकर हमने सूखी हुई खूबानियां खाईं। खूबानी पहले तो कुछ इतनी मीठी मालूम न होती, लेकिन जब मुंह के लुआब से घुल जाती तो शहद और शक्कर का स्वाद देने लगती।

"नरम-नरम, बहुत मीठी हैं ये," मैंने कहा।

उसने दांतों से एक गुठली को तोडा और खूबानी का बीज निकालकर मुझे दिया, "खाओ।"

बीज बादाम की तरह मीठा था।

"ऐसी खूबानियां मैंने कभी नहीं खाईं।" उसने कहा, "यह हमारे आंगन का पेड़ है। हमारे यहां खूबानी का एक ही पेड़ है; मगर इतनी बड़ी, इतनी मीठी खूबानियां होती हैं इसकी कि मैं क्या कहूं। जब खूबानियां पक जाती हैं तो मेरी सब सहेलियां इकट्ठी हो जाती हैं और खूबानियां खिलाने को कहती हैं। पिछली बहार में···"

और मैंने सोचा, पिछली बहार में मैं न था मगर खूबानी का पेड़ आंगन में इसी तरह खड़ा था। पिछली बहार में वह कोमल-कोमल पत्तों से भर गया था,फिर उसमें कच्ची खूबानियों के सब्ज़ और नोकीले फल लगे थे। अभी उसमें कच्ची खूबानियां पैदा हुई थीं और ये कच्चे खट्टे फल दुपहर के खाने के साथ चटनी का काम देते थे। पिछली बहार में मैं न था और इन खूबानियों में गुठलियां पैदा हो गई थीं और खूबानियों का रंग हलका सुनहला होने लगा था और गुठलियों के भीतर नरम-नरम बीज अपने स्वाद में हरे बादामों को मात करते थे। पिछली बहार में मैं न था और ये लाल-लाल खूबानियां जो अपनी रंगत में कश्मीरी युवतियों की तरह सुन्दर थीं और वैसी ही रसीली, हरे-हरे पत्तों के झूमरों से झांकती नज़र आती थीं। फिर अल्हड़ लड़कियां आंगन में नाचने लगीं और छोटा भाई पेड़ पर चढ़ गया और खूबानियां तोड़-तोड़कर अपनी बहन की सहेलियों के लिए फेंकने लगा। कितनी मीठी थीं वे पिछली बहार, की रस-भरी खूबानियां···जब मैं न था···खूबानियां खाकर उसने मक्की का भुट्टा निकाला। ऐसी सोंधी-सोंधी सुगन्ध थी···सुनहला सेंका हुआ भुट्टा और मोतियों-जैसी आभा लिए, कुरकुरे दाने और इतना मीठा!

वह बोली, "यह मिसरी-मक्की के भुट्टे हैं।"

"बेहद मीठे," मैंने भुट्टा खाते हुए कहा।

वह बोली, "पिछली फसल के रखे थे घड़ों में, अम्मा की नज़रों से छुपाकर।"

मैंने एक जगह से भुट्टा खाया। दानों की कुछ पंक्तियां रहने दीं, फिर उसने उसी जगह से खाया और दानों की कुछ पंक्तियां मेरे लिए रहने दीं, जिन्हें मैं खाने लगा। और इसी प्रकार हम दोनों एक ही भुट्टे को खाते रहे और मैंने सोचा, यह मिसरी-मक्की के भुट्टे कितने मीठे हैं। यह पिछली फसल के भुट्टे, जब तू थी, लेकिन मैं न था। जब तेरे पिता ने हल चलाया था, खेतों में गोड़ी की थी, बीज बोए थे, बादलों ने पानी दिया था। धरती ने हरे रंग के छोटे-छोटे पौधे लगाए थे, जिनमें तूने नलाई की थी। फिर पौधे बड़े हो गए थे और उनके सिरों पर सुरियां निकल आई थीं और हवा में झूमने लगी थीं और तू मक्की के पौधों पर हरे-भरे भुट्टे देखने जाती थी···जब मैं न था, परन्तु भुट्टों

के अन्दर दाने पैदा हो रहे थे। दूध-भरे दाने, जिनकी कोमल त्वचा के ऊपर यदि ज़रा-सा भी नाखून लग जाए तो दूध बाहर निकल आता था, ऐसे नरम और नाज़ुक भुट्टे इस धरती ने उगाए थे—और मैं न था। और फिर ये भुट्टे जवान और तगड़े हो गए। उनका रस पक गया। अब नाखून लगाने से कुछ न होता था, अपने ही नाखून टूटने का भय था। भुट्टों की मूंछे, जो पहले पीली थी, अब सुनहली और फिर अन्त में काली होती गईं। मक्की के भुट्टों का रंग ज़मीन की तरह भूरा होता गया˙˙˙मैं तब भी न आया था और फिर खेतों में खलिहान लगे और खलिहानों में बैल चले और भुट्टों से दाने अलग हो गए; और तूने अपनी सहेलियों के साथ प्रेम के गीत गाए और थोड़े-से भुट्टे छुपाकर और सेंककर अलग रख लिए, जब मैं न था, धरती थी, उपज थी, प्रेम के गीत थे, आग पर सेंके हुए भुट्टे थे, लेकिन मैं न था।

मैंने प्रसन्नता से उसकी ओर देखा और कहा, "आज पूरे चांद की रात में जैसे हर बात पूरी हो गई है। कल तक पूरी न थी, लेकिन आज पूरी है।"

उसने भुट्टा मेरे मुंह से लगा दिया। उसके होंठों का गरम-गरम सहज स्पर्श अभी तक भुट्टे पर था। मैंने कहा, "मैं तुम्हें चूम लूं?"

वह बोली, "हुश!˙˙˙नाव डूब जाएगी।"

"तो फिर क्या करें?" मैंने पूछा।

वह बोली, "डब जाने दो।"

वह पूरे चांद की रात मुझे अब तक नहीं भूलती। मेरी आयु अब सत्तर वर्ष के लगभग है, परन्तु वह पूरे चांद की रात मेरे मस्तिष्क में उसी तरह चमक रही है जैसे वह अभी कल आई थी। ऐसा पवित्र प्रेम मैंने आज तक न किया होगा। उसने भी न किया होगा।वह जादू ही कुछ और था जिसने पूरे चांद की रात को हम दोनों को एक-दूसरे से यों मिला दिया कि वह फिर घर न गई। उसी रात मेरे साथ भाग आई। और हम पांच-छ: दिन प्रेम में खोए हुए, बच्चों की तरह इधर-उधर जंगलों में, नदी-नालों के किनारे अखरोटों की छाया-तले घूमते रहे। फिर मैंने उसी झील के किनारे, एक छोटा-सा घर खरीद लिया और उसमें हम दोनों रहने लगे। कोई एक मास के बाद मैं श्रीनगर गया और उससे यह कहकर गया कि तीसरे दिन लौट आऊंगा। तीसरे दिन मैं लौट आया, लेकिन क्या देखता हूं कि

वह एक नौजवान से घुल-मिलकर बातें कर रही है। वे दोनों एक ही रकाबी में खाना खा रहे हैं। एक-दूसरे के मुंह में कौर डालते हैं और हंसते जाते हैं। मैंने उन्हें देख लिया, लेकिन उन्होंने मुझे नहीं देखा। वे अपने-आपमें इतने खोए हुए थे कि वे किसी भी दूसरी ओर न देख रहे थे; और मैंने सोचा कि यह पिछली बहार या उससे भी पिछली बहार का प्रेमी है, जब मैं न था; और शायद आगे और भी कितनी ही ऐसी बहारें आएंगी। कितनी ही पूरे चांद की रातें, जब मुहब्बत एक बदकार स्त्री की तरह बेकाबू हो जाएगी और नग्न होकर नृत्य करने लगेगी। आज तेरे घर में खिजां आ गई है, जैसे हर बहार के बाद आती है। अब तेरा यहां क्या काम? यह सोच मैं उनसे मिले बिना ही वापस चला गया और फिर अपनी पहली बहार से कभी नहीं मिला।

और अब मैं अड़तालीस वर्ष के बाद लौटकर आया हूं। मेरे बेटे मेरे साथ हैं। मेरी पत्नी मर चुकी है, परन्तु मेरे बेटों की पत्नियां और उनके बच्चे मेरे साथ हैं। और हम लोग सैर करते-करते समल झील के किनारे आ निकले हैं; और अप्रैल का महीना है, और तीसरे पहर से सन्ध्या हो गई है और मैं देर तक पुल के किनारे खड़ा बादाम के पेड़ों की पंक्तियां देखता जाता हूं, और शीतल वायु में सफेद फूलों के गुच्छे लहराते जाते हैं और पगडंडी की धूल पर से किसी के जाने-पहचाने कदमों का स्वर सुनाई नहीं दे रहा। एक सुन्दरी हाथों में एक छोटी-सी पोटली दबाए हूए पुल पर से भागती हुई गुज़र जाती है और मेरा दिल धक्-से रह जाता है। दूर पार चोटियों से परे बस्ती में कोई पत्नी अपने पति को आवाज़ दे रही है। वह उसे खाने पर बुला रही है। कहीं से एक दरवाज़ा बन्द होने का स्वर सुनाई देता है, और एक रोता हुआ बच्चा सहसा चुप हो जाता है। छतों से धुंआ निकल रहा है और पक्षी शोर मचाते हुए वृक्षों की घनी शाखाओं में अपने पंख फड़फड़ाते हैं और फिर एकदम चुप हो जाते हैं। कोई नाविक गा रहा है और उसका स्वर गूंजते-गूंजते क्षितिज के उस पार लीन होता जा रहा है।

मैं पुल को पार करके आगे बढ़ता हूं। मेरे बेटे और उनकी पत्नियां और बच्चे मेरे पीछे आ रहे हैं, अलग-अलग टोलियों में बंटे हुए। यहां पर बादाम के पेड़ों की पंक्ति समाप्त हो गई, तल्ला भी निकल गया, झील का किनारा है। यह खूबानी का पेड़ है, लेकिन कितना बड़ा हो

गया है! परन्तु यह नाव···यह नाव है, परन्तु क्या यह वही नाव है? सामने वह घर है। मेरी पहली बहार का घर। मेरी पूरे चांद की रात का प्रेम।

घर में प्रकाश है। बच्चों का शोर है। कोई भारी आवाज़ में गाने लगता है। कोई बुढ़िया उसे चीखकर चुप करा देती है। मैं सोचता हूं, आधी शताब्दी हो गई। मैंने उस घर को नहीं देखा। देख लेने में क्या बुराई है? आखिर मैंने उसे खरीदा था। देखा जाए तो मैं अभी तक उसका मालिक हूं, देख लेने में बुराई ही क्या है। मैं घर के भीतर चला जाता हूं।

बड़े सुन्दर प्यारे-प्यारे बच्चे हैं। एक युवा स्त्री अपने पति के लिए रकाबी में खाना रख रही है। मुझे देखकर ठिठक जाती है। दो बच्चे लड़ रहे थे। मुझे देखकर आश्चर्य से चुप हो जाते हैं। बुढ़िया, जो अभी क्रोध से डांट रही थी, थंभ के पास खड़ी होती है। कहती है, "तुम कौन हो?"

मैंने कहा, "यह घर मेरा है।"

वह बोली, "तुम्हारे बाप का है?"

मैंने कहा, "मेरे बाप का नहीं है, मेरा है। कोई अड़तालीस साल हुए मैंने इसे खरीदा था! इस वक्त तो योंही मैं इसे देखने चला आया, आप लोगों को निकालने के लिए नहीं आया हूं। यह घर तो अब आप ही का है, मैं तो योंही···" मैं यह कहकर लौटने लगा। बुढ़िया की उंगलियां सख्ती से थंभ पर जम गईं। उसने ज़ोर से श्वास भीतर खींचा। बोली, "तो तुम हो···अब इतने साल के बाद कोई कैसे पहचाने···" वह थंभ से लगी देर तक मौन खड़ी रही। मैं नीचे आंगन में चुपचाप खड़ा उसकी ओर ताकता रहा। फिर वह आप ही आप हंस दी। बोली, "तो आओ, मैं तुम्हें अपने घर के लोगों से मिलाऊं···देखो, यह मेरा बड़ा बेटा है। यह इससे छोटा है, यह बड़े बेटे की स्त्री है, यह मेरा बड़ा पोता है, सलाम करो बेटा! यह पोती···यह··· यह मेरा खाविन्द, है हश! इसे जगाना नहीं, परसों से इसे बुखार आ रहा है, सोने दो इसे···"

वह फिर बोली, "तुम्हारी क्या सेवा करूं?"

मैंने दीवार पर खूंटी से टंगे हुए मक्की के भुट्टों की ओर देखा—सेंके हुए भुट्टे, सुनहले मोतियों के से चमकीले दाने।

हम दोनों मुस्करा दिए।

वह बोली, "मेरे तो बहुत-से दांत झड़ चुके हैं, जो हैं वे भी काम नहीं करते।"

मैंने कहा, "यही हाल मेरा भी है, भुट्टा न खा सकूंगा!"

मुझे घर के भीतर घुसते देखकर मेरे घर के लोग भी भीतर चले आए थे! अब खूब चहल-पहल थी। बच्चे शीघ्र ही एक-दूसरे से मिल-जुल गए।

हम दोनों धीरे-धीरे बाहर चले आए। धीरे-धीरे झील के किनारे चलते गए।

वह बोली, "मैंने छः साल तक तुम्हारी बाट देखी, तुम उस दिन क्यों नहीं आए?"

मैंने कहा, "मैं आया था, लेकिन तुम्हें किसी दूसरे नवयुवक के साथ देखकर वापस चला गया था।"

"क्या कहते हो?" वह बोली।

"हां, तुम उसके साथ खाना खा रही थीं; एक ही रकाबी में और वह तुम्हारे मुंह में, और तुम उसके मुंह में कौर डाल रही थीं।"

वह एकदम चुप हो गई, फिर ज़ोर-ज़ोर से हंसने लगी।

"क्या हुआ!" मैंने आश्चर्य से पूछा।

वह बोली, "अरे, वह तो मेरा सगा भाई था।"

वह फिर ज़ोर-ज़ोर से हंसने लगी। "वह मुझसे उसी दिन मिलने के लिए आया था। उसी दिन तुम भी आनेवाले थे। वह वापस जा रहा था। मैंने उसे रोक लिया कि तुमसे मिलकर जाए···लेकिन तुम न आए।"

वह एकदम गंभीर हो गई। "छः साल तक मैंने तुम्हारा इन्तज़ार किया। तुम्हारे जाने के बाद खुदा ने मुझे बेटा दिया, तुम्हारा बेटा, लेकिन एक साल बाद वह भी मर गया। चार साल और मैंने तुम्हारी राह देखी, मगर तुम नहीं आए, फिर मैंने शादी कर ली।"

दो बच्चे बाहर निकल आए। खेलते-खेलते एक बच्चा दूसरी बच्ची को मक्की का भुट्टा खिला रहा था।

उसने कहा, "वह मेरा पोता है।"

मैंने कहा, "वह मेरी पोती है।"

वे दोनों भागते-भागते, झील के किनारे-किनारे, दूर तक चले गए। हम देर तक उन्हें देखते रहे। वह मेरे निकट आ गई। बोली, "आज तुम आए हो तो मुझे अच्छा लग रहा है। मैंने अब अपना जीवन बना लिया है। इसकी सारी खुशियां और गम देखे हैं। मेरा हरा-भरा घर है, और आज तुम भी आए हो। मुझे ज़रा भी बुरा नहीं लग रहा है।"

मैंने कहा, "यही हाल मेरा है। सोचता था, जीवन-भर नहीं मिलूंगा। इसीलिए इतने साल इधर कभी नहीं आया। अब आया हूं तो रत्ती भर भी बुरा नहीं लग रहा।"

हम दोनों चुप हो गए। बच्चे खेलते-खेलते हमारे पास वापस आ गए। उसने मेरी पोती को उठा लिया, मैंने उसके पोते को; उसने मेरी पोती को चूमा, मैंने उसके पोते को; और हम दोनों प्रसन्नता से एक-दूसरे की ओर देखने लगे। उसकी पुतलियों में चांद चमक रहा था और वह चांद आश्चर्य से और प्रसन्नता से कह रहा था, 'मनुष्य मर जाते हैं, परन्तु जीवन नहीं मरता। बहार समाप्त हो जाती है, परन्तु फिर दूसरी बहार आ जाती है। छोटे-छोटे प्रेम भी समाप्त हो जाते हैं, परन्तु जीवन का महान, सच्चा प्रेम सदैव स्थिर रहता है। तुम दोनों पिछली बहार में न थे। यह बहार तुमने देखी, इससे अगली बहार में तुम न होगे, परन्तु जीवन होगा और प्रेम भी; और जवानी भी होगी और सौंदर्य और माधुर्य और सरलता...।'

बच्चे हमारी गोद से उतर पड़े क्योंकि वे अलग खेलना चाहते थे। वे भागते हुए खूबानी के पेड़ के निकट चले गए जहां नाव बंधी हुई थी।

मैंने पूछा, "यह वही पेड़ है?"

उसने मुस्कराकर कहा, "नहीं, यह दूसरा पेड़ है।"

जेहलम में नाव पर

गाटियालियां तक सफर अत्यन्त कष्टप्रद रहा। लारी मुसाफिरों से खचाखच भरी हुई थी और सूरज की गर्मी ने और भी उमस पैदा कर दी थी। मैं दरमियाने दर्जे में बैठा हुआ था (अब लारी वालों ने भी रेलवे की तरह विभिन्न दर्जे बना दिए हैं) और अपनी किस्मत को कोस रहा था कि कोई कार नहीं मिली, नहीं तो रास्ता आसानी से कट जाता। वैसे भी सारी लारी में दिलचस्पी का कोई सामान न था। मेरे दाईं तरफ मोर की तरह तुर्रा फैलाए हुए एक थानेदार साहब विराजमान थे, जो बार-बार मूंछों को ताव देते जाते थे। सबसे आगे पहले दर्जे की सीट पर अर्थात् ड्राइवर के बिलकुल पास एक तहसीलदार साहब बैठे थे, जिनकी हंसती पेशानी और ढीले साफे से उनके मानसिक सन्तोष का पता चलता था। मेरे सामने की सीट पर चार औरतें बैठी थीं। दो बिल्कुल बूढ़ी थीं और अधेड़ आयु की थीं; किन्तु जो औरत मेरे बिलकुल सामने बैठी और जो अपनी गोद में एक छोटे-से बच्चे को लिए थी, वह बाकी औरतों से उम्र में कम और अधिक बदसूरत थी। वह कभी-कभी घूंघट की आड़ से मुझे देख लेती थी। इस संसार में हर व्यक्ति एक हसीन की तलाश में है। यह तो मैं दावे से नहीं कह सकता कि मैं उसकी आंखों में जंच गया, लेकिन इसमें भी कोई सन्देह नहीं कि मैं भी एक हसीन की तलाश में था। मैंने टाई की गांठ ठीक की और लारी के अन्दर चारों तरफ निगाह दौड़ाई। लेकिन, आह! उस मुसाफिरों से भरी हुई लारी में, जो अपनी मंज़िल की ओर बेतहाशा भागी जा रही थी, मुझे कहीं भी रोमांस नज़र न आया। विरक्त

चेहरे थे और हुक्के, या फिर थानेदार साहब का मोर्छल। मैने एक क्षण के लिए अपनी आंखें बन्द कर लीं और मन ही मन में कहा कि इस लारी में सब कुछ है पर हुस्न नहीं है। दूसरे क्षण जब मैंने आंखें खोलीं तो देखा कि कम उम्र बदसूरत औरत अपने छोटे बच्चे पर झुकी हुई उसे अत्यन्त मद्धिम स्वर में मेरी गोद में चले जाने को कह रही थी।

उसने अपने सांवले माथे से पसीने की बूंदें पोंछकर घुटे हुए स्वर में कहा, "आह! मैं कितनी थक गई हूं, मेरी सांस घुटी जाती है।"

बेचारी गरीब औरत! मेरा मतलब यह है कि यद्यपि उसने रेशमी वस्त्र धारण कर रखे थे और अत्यधिक कुरूप थी, फिर भी औरत स्वभावत: गरीब और कमज़ोर होती है। अतएव मैंने छोटे बच्चे को अपनी रानों पर ले लिया।

औरत ने कृतज्ञ दृष्टि से मेरी ओर देखा, फिर खिड़की से मुंह बाहर निकालकर कै करने लगी।

'इश्क की मजबूरियां लाचारियां' मैंने जल्दी से बच्चे को थानेदार साहब की गोद में ढकेल दिया और खुद उठकर ड्राइवर को लारी ठहराने के लिए कहा।

ड्राइवर बोला, "सरकार, यहां लारी ठहराने से क्या फायदा? बस गाटियालियां का घाट कोई पौन मील रह गया है, वहीं ठहराऊंगा। कस्टम की चौकी पर, नदी के किनारे। नदी की ठंडी हवा से इनका जी ठीक हो जाएगा।"

अतएव यही हुआ।

गाटियालियां और जेहलम नगर के बीच जेहलम नदी बहती है, इसलिए जेहलम नगर को जाने के लिए गाटियालियां की चुंगी पर प्रायः हर समय भीड़-सी लगी रहती है। रियासत जम्मू को जाते हुए मुसाफिरों का तांता, रियासत जम्मू से जेहलम आए हुए लोग, असबाब से लदे हुए बैल या गधे, चुंगी पर ठहरी हुई अनगिनत लारियां और नदी के किनारे बंधे हुए लम्बे-लम्बे मछुए एक छोटे-से बन्दरगाह का नज़ारा पेश करते हैं। इसी भीड़-भाड़ में मैंने थानेदार साहब, तहसीलदार साहब और कम उम्र बदसूरत औरत को भी खो दिया। मेरा असबाब थोड़ा-सा था इसलिए चुंगीवालों से जल्द छुटकारा मिल गया और एक छोटे-से कुली पर असबाब लादकर मैं नदी की ओर चला।

जैसा कि मैंने पहले कहा, गाटियालियां तक सफर अत्यन्त कष्टप्रद रहा। सर में दर्द भी पैदा हो गया था, किन्तु अब जैसे-जैसे नदी के फैले पानी से ठंडी हवा के झोंके आने लगे, तबीयत साफ होती गई। और जब नदी के किनारे पहुंचा हूं तो यह महसूस हो रहा था कि अभी-अभी नहाकर उठा हूं। लम्बी-लम्बी दरियाई घास में, जो किनारे पर उगी हुई थी, एक भीनी सुगन्ध थी, जिसने बेसुध नथुनों को सचेत कर दिया। जहां तक निगाह काम करती थी, पानी ही पानी दिखाई पड़ता था; जिसपर चलते हुए बड़े-बड़े मछुए और छोटी किश्तियां मल्लाहों की कोलाहलमय रागनियों और लम्बी-लम्बी डांडों के पानी को चीरने की मद्धम आवाज़ें एक मादक दृश्य प्रस्तुत कर रही थीं।

छोटे-से दुबले-पतले कुली ने काउ के एक छोटे-से पेड़ के नीचे मेरा असबाब उतारकर रक्खा। उसी पेड़ की छिदरी-छिदरी छांव में एक लड़का और लड़की बहुत-सा असबाब लिए बैठे थे। शायद किश्ती का इन्तज़ार कर रहे थे। मैंने कुली को जेब से दुअन्नी निकालकर दी और उससे पूछा, "तुम्हारा नाम क्या है?"

"अब्दुल्ला।"

"तो अबदुल्ला, हमें कहीं से किश्ती का इन्तज़ाम कर दो! देखो, ज़रूर।"

अब्दुल्ला मुस्कराकर कहने लगा, "साहब, एक किश्ती तो मेरी अपनी ही है। ठहरिए, मैं अपने छोटे भाई को बुलाता हूं। हम दोनों आपको पार ले चलेंगे। साढ़े तीन रुपये किराया होगा!"

जब अब्दुल्ला चला गया तो मैंने ज़मीन पर बैठकर इधर-उधर देखा। रेत के बड़े-बड़े टीले, काउ और तुंग के पेड़ों के झुण्ड, उड़ते हुए माहीखोर। फिर मैंने अपने साथियों की तरफ ध्यान दिया। लड़की पीठ मोड़े नदी की ओर मुंह किए बैठी थी। वह एक गहरे रंग की हरी साड़ी पहने हुए थी, जिसका किनारा सुनहरा था। लड़का मेरी तरफ देख रहा था। उसने भूरे रंग का कोट और एक खाकी नेकर पहन रक्खी थी। गले में एक खुश-रंग टाई भी थी। मुझे अपनी ओर मुड़ते देखकर कहने लगा, "आप कहां जा रहे हैं?"

"जेहलम के पार एक गांव है, वहां मेरा घर है, बस वहीं जा रहा हूं। और आप?" मैंने सवालिया निगाहों से लड़की को देखते हुए

पूछा।

लड़के ने उत्तर दिया, "हम लाहौर जा रहे हैं। मैं तो जम्मू में पढ़ रहा हूं, पर यह मेरी बहन हैं। लाहौर में एफ० ए० में पढ़ रही हैं। इन्हें पहुंचाने जा रहा हूं। इस सफर में बहुत परेशानी उठानी पड़ती है। अब यहां मल्लाह बहुत तंग करते हैं। आधे घण्टे से बैठे हैं कि कोई छोटी-सी किश्ती हमारे लिए अलग मिल जाए तो उसमें सवार होकर पार चले जाएं। पर यह मल्लाह लोग कहते हैं कि कोई छोटी किश्ती सिरे से है ही नहीं। सब बड़े-बड़े मछुए हैं, जिनका किराया भी बहुत मांगते हैं। आठ रुपये, दस रुपये; यह तो दिन-दहाड़े डाका है। सचमुच कितनी परेशानी उठानी पड़ती है।"

मैंने उसे तसल्ली देते हुए कहा, "आप घबराइए नहीं, अभी किश्ती मिल जाएगी। मैंने सब इन्तज़ाम किए देता हूं। और हम सब आराम से जेहलम पार पहुंच जाएंगे।"

लड़की ने मेरी तरफ देखा। अगर मैं यह कह दूं कि उस जैसा सुन्दर और भोला-भाला चेहरा मैंने आज तक नहीं देखा तो यह वास्तव में एक झूठ होगा। लेकिन यह कह देने में मुझे ज़रा भी संकोच नहीं कि उसके चेहरे में कुछ ऐसा विचित्र आकर्षण और मोहिनी थी जिसने मुझे एकदम मुग्ध कर लिया। केवल एक क्षण के लिए उसने मेरी ओर देखा और फिर उसकी घनी-घनी पलकें उसके गालों पर झुक गईं। वह कश्मीर की अलौकिक सुन्दरता का एक अद्भुत नमूना थी। आकर्षक नख-शिख, सुडौल शरीर, मनोहर रंग। किन्तु जिस चीज़ ने मुझे अधिक प्रभावित किया वह उसकी ज़ाहिरी खूबसूरती से बढ़कर उसकी निगाहों की निराशा और उदासी थी, जिसे मैं एक झलक में ही पा गया। ओफ! वे उदासी की गहराइयां! उस एक क्षण में मुझे ऐसा अनुभव हुआ मानो मैं बिजली की सी तीव्रता के साथ किसी गहरे समुद्र में डूबा जा रहा हूं। फिर एकाएक मुझे ठोकर-सी लगी और मैंने अपने-आपको किनारे पर पाया। कितना विचित्र अनुभव था! किन्तु यह अनुभव केवल एक क्षण तक ही रहा। दूसरे क्षण वह जेहलम के फैले हुए पानी की ओर जिज्ञासु दृष्टि से देख रही थी। अब उसका चेहरा स्पष्ट और भोला-भाला था। हर प्रकार की भावनाओं से खाली। मेरे हृदय में एक विचित्र व्याकुलता उत्पन्न हो गई।

इतने में और दो मुसाफिर पेड़ के नीचे आकर बैठ गए। पहले एक बूढ़ा आदमी, श्वेत बालोंवाला, लाठी टेकता हुआ आया और 'राम-राम' करता हुआ मेरे निकट बैठ गया। फिर बच्चा उठाए हुए वही कम उम्र की बदसूरत औरत दिखाई पड़ी। उसके साथ एक कुली ट्रंक और गठरी उठाए हुए था। वह औरत भी लड़की के पास जाकर बैठ गई और छोटा बच्चा हरी साड़ी के पल्लू को खेंचने लगा।

थोड़ी देर के बाद अब्दुल्ला भी आ गया और कुछ मिनटों के बाद उसका भाई एक किश्ती किनारे पर ले आया। अब्दुल्ला ने मुझसे मुस्कराकर कहा, "चलिए, किश्ती में बैठिए।"

बूढ़ा आदमी उसको सम्बोधित कर बोला, "मुझे भी ले चलो बाबा, राम तुम्हारा भला करे।"

बदसूरत औरत भी उठ खड़ी हुई। कहने लगी—"अगर आप बुरा न मानें तो मैं भी इस किश्ती में बैठ जाऊं। मुझे आज गुजरानवाला पहुंचना है। और अगर यह गाड़ी न मिली तो फिर…अब शाम भी होती जा रही है और मैं अकेली हूं।"

हम सब किश्ती में जाकर बैठ गए। कुलियों ने माल-असबाब किश्ती में करीने से रख दिया।

अब्दुल्ला और उसके भाई ने आस्तीनें ऊपर चढ़ा लीं और एक-एक डांड हाथ में लेकर किश्ती के दोनों सिरों पर खड़े हो गए।

अल्लाह का नाम लेकर किश्ती चली। अब्दुल्ला ने गाना शुरू किया:

जिस दा नां लेंदियां बेड़ा पार वे
डाची वालिया मोड़ मुहार वे

अब्दुल्ला ने रुककर पूछा, "आपको मेरे गाने पर कोई एतराज़ तो नहीं?"

लड़की ने जल्दी से कहा, "नहीं, नहीं, ज़रूर गाओ, तुम्हारी आवाज़ बहुत अच्छी है!"

अब्दुल्ला ने फिर गाना शुरू किया। वही 'डाची' का पुराना गीत, जिसे गाने के लिए सोज़ चाहिए साज़ नहीं।

एक सांडनी सवार को सहरा में से गुज़रते देखकर एक उदास सुन्दरी, जो अपने प्रेमी की तलाश में परेशान है, उसे रुक जाने को

कहती है और फिर उससे प्रार्थना करती है कि तू मुझे सांडनी पर बैठाकर मेरे बिछुड़े हुए प्रेमी से मिला दे।

डाची वालियां! मोड़ें महांर वे
डाची वालियां! ले चल नाल वे

लड़के ने धीरे से कहा, "ज़ालिम बहुत अच्छा गाता है, क्या सुरीला गला है! मुझे गाने का बहुत शौक है, जरा सुनो तो···"

मैंने लड़की की तरफ देखा। वह अपने भाई के कंधों से सर लगाए एक तरफ बैठी थी। धीरे से उसने आंखें बन्द कर लीं। उसके होंठों पर एक अजीब निराशापूर्ण मुस्कराहट आ गई। बहुत धीरे से उसने अपने बाज़ू छाती पर बांध लिए और टांगें फैलाकर सीट पर लेट गई—इस तरह कि मैं उसके आधे चेहरे को देख सकता था, उसके खूबसूरत हाथों को, नाज़ुक टखनों को।

मेरी डाची ने गल विच टल्लियां
मैं तां माही नूं मनावन चल्लियां

अब्दुल्ला की सोज़-भरी आवाज़ ने मेरी भावनाओं की सिमटी हुई दुनिया में हलचल पैदा कर दी। मेरा दिल एक अजीब दर्द की लज़्ज़त के मज़े लेने लगा। यह कैसी टीस थी, हल्की, मीठी— ऐसा मालूम होता था कि गीत की हर लय में किसी विरह की मारी सुन्दरी की रुह खिंची चली आ रही है, या जेहलम नदी का फैला हुआ पानी एक सहरा है जिसमें हमारी किश्ती 'डाची' बनी हुई प्रेमी की तलाश में जा रही है—रूठे हुए प्रेमी को मनाने के लिए।

डाची···मैं तां माही नूं मनावन चल्लियां।

लड़की ने चुपके से साड़ी के आंचल से अपने आंसू पोंछे। उसके भाई ने नहीं देखा लेकिन मैंने देख लिया। क्या डाची के सुन्दर गीत ने लड़की के दिल में प्रेम की दबी हुई आग को भड़का दिया था? नहीं तो ये आंसू कैसे? मेरा दिल इस भेद को जानने के लिए बेताब हो गया। वह किस बिछुड़े हुए प्रेमी की याद में रो रही थी? मैंने चाहा कि मैं गुलाब की नर्म नाज़ुक पंखुड़ियों से उसके आंसू पोंछ डालूं और उससे पूछूं, "बता हे सुन्दरी! तुझे क्या गम है?"

इसके बजाय मैंने उस बदसूरत औरत की निगाहें अपने चेहरे पर जमी हुई देखीं। मुझे देखकर उसने लजाकर अपनी आंखें नीची कर ली

और अपने बच्चे पर झुक गई।

छलक···छलक···छलक···छलक।

किश्ती भागी जा रही थी, डांडें बारी-बारी हिल रही थीं। पश्चिम में सूरज डूब रहा था, नदी में डूब रहा था। नदी की खामोश सतह पर एक अजीब, नाज़ुक, निराली जादू-भरी रोशनी फैल गई थी। मैंने समझा यह सूर्यास्त नहीं, प्रभात का प्रारम्भ है, पश्चिम नहीं पूर्व है, प्रकाश का महास्रोत है, हम अमर इंसान हैं जो इस कभी न डूबने वाली किश्ती पर सवार होकर अपने प्रेमी से मिलने जा रहे हैं, अपने अमर प्रेमी से।

मैं तां माही नूं मनावन चल्लियां

चप···चप···शप···शप···

किश्ती भागी जा रही थी।

शाम हो गई। अंधेरा बढ़ता गया, अब्दुल्ला खामोश हो गया। फिर एक मनोहर ढंग से सफेद, दूध जैसी बेदाग चांदनी खिल गई और मुझे डल में तैरते हुए कमल के फूल याद आ गए। किश्ती के चारों तरफ दूर-दूर तक पानी की हल्की टूटती हुई लहरों पर ऐसा मालूम होता था कि कमल के लाखों फूल खिल गए हैं।

बूढ़ा धीरे-धीरे 'राम-राम' जप रहा था। बदसूरत औरत चोर निगाहों से कभी मुझे, कभी खामोश लेटी हुई लड़की को देख लेती थी। लड़के ने एक-दो बार अपनी बहन की तरफ देखा और फिर मुझको सम्बोधित कर कहा, "बेचारी श्यामा, सफर की थकान से चूर होकर आखिर सो गई है। कितना परेशानी-भरा सफर है!"

क्या वह सचमुच सो रही थी या आंखें बन्द किए कुछ सोच रही थी। वह बिलकुल बेसुध, अचेत, एक संगमरमरी मूर्ति के समान पड़ी थी, या शायद वह किसी सपने की ठण्डी छांव में सितारों की कंपकंपाती हुई असीम, अनन्त दुनिया में अपने प्रेमी से मिल रही थी, या फिर उसकी स्वच्छन्द आत्मा चांद की किरणों में भटकी हुई किसीको तलाश कर रही थी। हां, मगर किसको?

आखिर एक लम्बे समय के बाद इस लम्बी खामोशी को अब्दुल्ला ने तोड़ दिया, "लो वह किनारा आ गया।" उसने डांड को ज़ोर-ज़ोर से हिलाते हुए कहा।

किनारे पर पहुंचकर मैंने लड़के से कहा—"आप जाकर तांगा ठीक

करें, मैं यहां कुलियों का इन्तज़ाम करता हूं।"

तांगे वालों का अड्डा कोई फर्लांग भर दूर था। लड़का तांगे का इंतजाम करने गया। मैंने अब्दुल्ला से कहा, "ज़रा कहीं से कुलियों को तो बुला दो।"

अब्दुल्ला कहने लगा, "अब इस वक्त यहां नदी के किनारे कुली कहां से आएंगे?"

"तो फिर अब क्या किया जाए?"

"मेरी समझ में तो यही आता है कि हम दोनों भाई दो-तीन फेरे लगाकर आपका असबाब तांगे पर रख दें। चार आने फी फेरा लेंगे।"

"अच्छा योंही सही। उठाओ असबाब और इन (बदसूरत औरत की तरफ इशारा करके) को भी अड्डे पर ले चलो।"

अब्दुल्ला के आखिरी फेरे पर मैंने किश्ती में सोई हुई लड़की को जगा दिया—"उठिए, अब तो जेहलम का दूसरा किनारा भी आ गया।"

मेरी ज़बान से पहला शब्द सुनकर ही वह उठ खड़ी हुई। वह अवश्य ही सो रही थी। चांदनी रात में उसका रंग केशर के फूल की तरह पीला पड़ गया था, और होंठों पर वही निराशा-भरी मुस्कराहट थी।

मैंने बटुए से एक रुपया निकालकर कहा—"एक रुपये की रेजगारी होगी?"

उसने हैंड-बैग खोलकर पैसे निकाले और मुझे दे दिए। वह नर्म व नाज़ुक उंगलियां बर्फ की तरह ठंडी थीं।

मैंने अब्दुल्ला को इनाम दिया। उसने झुक कर हमको सलाम किया और फिर हमारी तरफ पीठ मोड़कर किश्ती में बैठ गया।

हम खामोश चले जा रहे थे। हमारे आगे बूढ़ा लाठी टेकता जा रहा था। चन्द कदम चलकर मैंने श्यामा से हिम्मत करके पूछा, "आप किश्ती में रो रही थी, क्यों?"

वह खामोश चलती गई, सर झुकाए हुए।

मैंने फिर कहा—"विश्वास कीजिए, मैंने सच्चे दिल से सवाल किया है, मैं दिल से चाहता हूं कि आप अपना दुःख मुझसे कह सकें और मैं आपके किसी काम आ सकूं। इसमें कोई हर्ज है?"

उसने भीगी आंखों से मेरी तरफ देखा। वह कुछ कहना चोहती

थी कि एकाएक कुछ सुनकर वह एक हल्की-सी चीख मारकर ठिठक गई। वह गिरने को थी कि मैंने उसे एक बाज़ू से थामकर सहारा दिया। अब्दुल्ला चांद की ओर मुंह किए गा रहा था:

साडी डाची दे गल विच ढोलना
झूठे सजनां दे नाल की बोलना
डाची वालियां मोड़ें.........

आवाज़, ऐसा मालूम होता था कि दूर परे जेहलम के फैले हुए पानी पर चांद की जादू बरसाती किरनों पर कांपती हुई आ रही है। वर्णन-शैली में बला की शोखी थी और शब्दों में एक असीम व्यंग्य, जो दिल को छेद डालता था। मैंने लड़की की तरफ देखा। वह कांप रही थी और जल्द कदम उठाने की कोशिश कर रही थी। शायद वह उस करुण गीत के शक्तिशाली तूफान से भागना चाहती थी, वह तूफान जो उसकी व्याकुल आत्मा के पीछे भाग रहा था।

शेष रास्ता हमने चुपचाप तय किया।

जब मैं उन्हें तांगों पर सवार कर चुका तो लड़के ने हाथ मिलाते हुए कहा, "धन्यवाद, बहुत-बहुत धन्यवाद! हमने आपको बहुत कष्ट दिया—क्या आपका गांव यहां से नज़दीक है...?"

"बस कोई तीन-चार मील होगा, वह सीधी पगडंडी जा रही है... पैदल ही जाना होगा...।"

बदसूरत औरत ने मेरी तरफ देखकर हाथ जोड़े और फिर सर झुका लिया।

मैंने हाथ जोड़कर सर झुकाया। दो बार, एक बार बदसूरत औरत को देखकर और दूसरी बार लड़की को देखकर। लड़की ने मेरी तरफ अस्पष्ट खुमारी-भरी, उदास निगाहों से देखा। वे निगाहें शायद खुलकर दिल का राज़ कह देना चाहती थीं, पर कामयाब न हो सकीं। उन आंखों में एक हल्की-सी चमक पैदा भी हुई, लेकिन फिर तुरन्त ही गुम हो गई। जैसे कोई सुन्दर कंकड़ समुद्र के गहरे नीले पानी में खो जाए। उसका दायां बाज़ू थोड़ा-सा ऊपर उठा, फिर नीचे गिर गया। चूड़ियों की झंकार पैदा भी हुई और फिर एक क्षण में कांपती हुई कहीं विलीन हो गई—जैसे आसमान से कोई तारा टूटे और वायुमण्डल में घुल जाए। ...अब वह नज़र नीचे किए साड़ी का पल्लू ठीक कर रही थी।

"गुड बाई," मैंने जल्दी से कहा। तांगा चलने लगा। लड़के ने ज़ोर से हाथ हिलाते हुए कहा, "गुड बाई।"

सीधी, खेतों के बीचोबीच पगडंडी जा रही थी। आकाश पर सितारों के बीच भी इसी तरह एक पगडंडी बनी हुई थी···यह सफर कब शुरू हुआ?—मैं सोचने लगा—ये दोनों पगडंडियां किधर जा रही है? ···क्या यह सफर कभी खत्म होगा?

हुस्न और हैवान

प्रभात की उड़ती, घुलती हुई स्याही और सफेदी में वह एक छोटे-से नाले के समीप पहुंच गया और अपने कपड़े उतारकर नंगधड़ंग नाले में घुस गया। पानी एक-दो जगह इतना गहरा था कि कमर तक आता था। पांव कहीं कोमल, मुलायम रेत और नीले-नीले पत्थरों पर फिसलते मालम होते थे। शोख चंचल मछलियां अपने रुपहले घड़ों को हिलाती हुई इधर-उधर घूम रही थीं। कई पत्थरों पर ऊदी, हरी या स्याह काई जमी हुई थी, और जब नहाते-नहाते सहसा उसके पांव उन पत्थरों से जा लगते तो उसके शरीर के रोएं-रोएं में एक विशेष प्रकार के ऐन्द्रिक आनन्द का ज्ञान जाग उठता, और प्रसन्न होकर मुंह में पानी रभकर ज़ोर-ज़ोर से गलु-गलु-गलु करने लगता और कुल्लियों के छोटे-छोटे फव्वारे छोड़ता और हंसता, गाता, पानी में नाचता और दोनों हाथों से छींटे उड़ाता—जैसे उसके सम्मुख उसका गहरा दोस्त खड़ा हो।

लेकिन नाले में उस समय उसके सिवा और कोई नहीं था। केवल चट्टान के किनारे एक लाल रंग का केकड़ा अपनी चीनी आंखों से उसकी दिलचस्प हरकतें देख रहा था और उसकी विचित्रता से आनन्दित हो रहा था। नाले के तीनों तरफ ऊंची-ऊंची घाटियां थीं। चौथी तरफ नाला बहता हुआ जेहलम नदी से मिल जाता था। जेहलम के पार मरी की पर्वत-राशि फैली हुई थी और उनके सीने को चीरती हुई मोटर की सड़क एक बड़े अजगर की सफेद केंचुली की तरह बल खाती हुई दिखाई देती थी। नीरवता, पूर्ण सन्नाटा, न मोटर की घौं-घौं न

चीड़ के वृक्षों की सांय-सांय, न गिटारियों की करांय-करांय। नाले का पानी तक सोया हुआ मालूम होता था और कहीं-कहीं चट्टानों के समीप पानी के गुज़रने से तिरिल-रिल तिरिल-रिल की आवाज़ पैदा होती थी। लेकिन यह आवाज़ इतनी मद्धिम-सी मालूम होती थी कि सन्नाटे से सध्वनित जान पड़ती थी। वह आंखें बन्द करके पानी में गोता लगाता और गोता लगाते ही पानी में आंखें खोल देता। और कुछ क्षणों के लिए इस अन्तर-जल के सुन्दर संसार का तमाशा देखता और फिर जब उसकी सांस घुटने लगती तो वह अपना सिर पानी की सतह के ऊपर उठा लेता और उस तिरिल-रिल तिरिल-रिल की मद्धिम मीठी आवाज़ को सुनता जो या तो सृष्टि की नीरवता की प्रतिध्वनि थी या उसकी तेज़-तेज़ सांस की लय या प्रभात के सूक्ष्म चुम्बनों का स्पर्श।

नहाते-नहाते जब उसे अपने बदन के प्रत्येक रोम में बर्फ की सुइयां-सी चुभती महसूस हुईं और जब नाले के स्रोत पर उड़ते हुए बादलों के किनारे सूरज के उबलते हुए सोते-से दमकने लगे तो उसे अपने दिन-भर के सफर का विचार आया। बीस मील का लम्बा सफर और उसे कल सुबह धरेला के मिडिल स्कूल में हेडमास्टर का चार्ज लेना था। पथ अज्ञात था और कठिन भी। आशा थी कि रास्ता पूछ-ताछ कर लक्ष्य पर जा पहुंचेगा। कुछ देर के मानसिक असमंजस के बाद वह नाले से बाहर निकला, झोले से तौलिया निकालकर बदन पोंछा, फिर नाश्ता निकाला और एक ऊंची चट्टान पर बैठकर खाने लगा। रोटी के कणों ने जो बार-बार पानी में गिरते थे मछलियों को अपनी ओर आकर्षित कर लिया और वह चट्टान के गिर्द इस तरह जमा हो गईं जिस तरह चुम्बक के गिर्द लोहचूर्ण के कण इकट्ठे हो जाते हैं। रोटी, उसने सोचा, दुनिया में सबसे बड़ा चुम्बक है और अब तो वह लाल रंग का केकड़ा भी अपने अनगिनत हाथ हिलाता हुआ, पानी में तैरता हुआ, उन कणों की ओर आ रहा था। बीस मील का सफर था लेकिन इस सफर के आखिर में भी एक रोटी का टुकड़ा ही लगा हुआ था जिसकी तरफ वह खिंचा जा रहा था। अचानक उसे महसूस हुआ कि वे बीस मील बंसी के एक लम्बे तार की तरह थे जिसके सिरे पर एक हुक में एक रोटी का टुकड़ा लगा हुआ था। नाश्ता करते-करते उसने अपने-आपको उस बेबस मछली की तरह जाना, जिसके गले में बंसी का

कांटा अटक गया हो। वह खांसने लगा और उसकी आंखों में आंसू भर आए। फिर वह मुस्कराने लगा, अपनी कल्पना की छलांग पर। नाले के स्रोत पर बादलों का रंग गुलाबी हो गया था और उसके पीछे तरल सोना उबलता हुआ मालूम होता था। थोड़ी देर में यह उबलता हुआ तरल सोना बादलों को फाड़कर बह निकलेगा और दिन चढ़ जाएगा। उसे अब चलना चाहिए।

जब वह चला तो केकड़े ने एक मछली को पकड़ लिया और अब वह अपनी चीनी आंखों से अपने शिकार की ओर उल्लासपूर्ण निगाहों से देख रहा था।

पहले पांच मील की चढ़ाई कठिन थी। पगडंडी बल खाती हुई ऊपर ही ऊपर चढ़ती चली जा रही थी, जैसे आकाश को छूकर ही दम लेगी। बेवकूफ पगडंडी, भला आकाश को कौन छू सकता है? उसे पगडंडी की इस अशिष्ट हरकत पर बहुत क्रोध आया। अगर वह आराम से मज़े-मज़े में चलती चली जाती तो न मुसाफिरों को थकान महसूस होती न उसकी सांस की धौंकनी तेज़ होती, न उसका शरीर पसीने में शराबोर होता। लेकिन अब यह सब कुछ था, और पगडंडी थी कि बराबर ऊंची होती चली जा रही थी जैसे वह आकाश को छू लेगी। पगडंडी की यह अभिलाषा एक अपूर्ण आकांक्षा की सी थी क्योंकि वास्तव में आकाश कहीं भी नहीं है, इसकी वास्तविकता एक भ्रम की भांति है। जो चीज़ न हो उसे कोई क्योंकर पा सकता है। लेकिन पगडंडी। खैर, मुझे अब सुस्ता लेना चाहिए। उसने सोचा मुझे इस पगडंडी पर बीस मील चलना है। पगडंडी के पाप पगडंडी के मुसाफिरों को भी अपनी लपेट में ले लेते हैं; बाइबिल में साफ लिखा है। यही अच्छा है कि इस फगवाड़े के वृक्ष के नीचे थोड़ी देर विश्राम कर लिया जाए।

वह पहाड़ी अंजीर के वृक्ष के नीचे सहारा लगाकर बैठ गया। इस वृक्ष के सामने अंजीर का एक और वृक्ष था। नीचे एक तलहटी थी जहां दो छोटे-छोटे खेतों में मकई के पौदे उगे थे। उनके परे बंज की बाढ़ थी और उससे परे वह नीला आकाश और मरी की पर्वत-शृंखला और उनके वृक्षों को चीरती हुई मोटर की सड़क। उसने इस दृश्य की ओर देखते-देखते यह महसूस किया कि यह सारा दृश्य नकली है।

आकाश की नीली सतह पर किसी अक्षय चित्रकार ने कुछ आड़ी-तिरछी रेखाएं खींच दी थीं। इसमें जान बिलकुल न थी, न रूप, न लावण्य। फिर कहीं से एक लारी चींटी की तरह रेंगती हुई मोटर की सड़क पर चलती नज़र आई। आकाश पर चील अपने पर तोलती हुई नज़र आई। बंज की बाढ़ से एक पुरुष और स्त्री बाहर निकले और मकई के पौदों में घुस गए। सामने अंजीर के वृक्ष पर दो चिड़ियां नज़र आईं और फुदक-फुदककर एक-दूसरे से चोंच मिलाने लगीं। अब हर तरफ हर-कत थी। निश्चल तस्वीरों में प्रकम्पन पैदा हो गया था। नीरवता में संगीत उत्पन्न हो गया था और आकाश की नीली सतह पर समुद्र की सी गहराई। उसने सोचा, द्रव्य से गति और गति से कल्पना पैदा होती है। इस पगडंडी की कल्पना की ओर देखो। इसकी हिम्मत, इसका साहस, इसके प्रयत्न की सराहना न करना अन्याय होगा। और एक मैं हूं कि आध घण्टे से यहीं सुस्ताने बैठा हूं। और अभी तक वह स्त्री और पुरुष खेतों से बाहर क्यों नहीं निकले? शायद खेतों की नलाई कर रहे हैं। चिड़ियों ने हंस-हंसकर कहा, चूं चूं चूं, यानी हम ज़्यादा अच्छी तरह जानते हैं, जाओ अपनी राह लो और हमारी खुशियों में खलल न डालो। वह घुटनों का सहारा लेकर उठा और आगे चल पड़ा।

पगडण्डी का रंग ज़र्द था, किनारों पर हरी घास झुकी हुई थी। कहीं-कहीं जंगली फूल खिले हुए थे। लेकिन मुर्झाए-से जैसे सफर की थकान से चूर हो गए हों। जैसे उन्हें प्यास लगी हो और उन्हें कोई पानी देनेवाला न हो। वह आगे बढ़ता गया और उसकी प्यास चमक उठी। पगडण्डी अब तक ऊंचे खेत की मेड़ के नीचे से गुज़र रही थी। उसने सिर उठाकर देखा तो एक कोमल-शरीर बकरी खेत की मेंड़ पर चरती नज़र आई। उसने अपने होंठों पर ज़बान फेरी और बकरी ने सिर उठाकर उचटती नज़र से उसकी तरफ देखा और फिर, ऊं-ऊं में-में करके मुंह फेर लिया, जैसे कह रही हो, मियां आगे बढ़ो, यहां कोई पाली-वानी नहीं, और मेरे थनों में जो दूध है वह मेरे मालिक के लिए है।

उसने टोपी उठाकर कहा, "बहुत अच्छा मादाम, तुम्हारा शरीर तुम्हारे पति के लिए है। तुम्हारा दूध तुम्हारे मालिक के लिए है। तुम्हारा

आत्मा हिन्दुस्तानी औरत की तरह है! इस देश में प्यासे मुसाफिरों के लिए कोई ठिकाना नहीं। सफर को इसीलिए यहां एक झंझट समझा जाता है, खुशी नहीं, और काले पानी पार जाना तो एक पाप है। बहुत अच्छा मादाम, यूं ही सही, क्षमा चाहता हूं।"

प्यास से हलक में कांटे-से चुभने लगे। और यह पगडण्डी अभी ऊपर ही जा रही थी। रास्ते में उसे एक किसान मिला। उससे पूछा, "भई, यहां कोई पानी का चश्मा है?"

"है तो सही, लेकिन यहां से कोई तीन मील ऊपर चढ़कर—"

"बहुत प्यास लगी है भाई, कोई चश्मा निकट हो तो बता दो, बड़ा उपकार होगा।"

किसान ज़मीन पर बैठ गया। उसने अपनी लाठी से बंधी गठरी को खोला और उसमें से एक केशरी रंग की मोटी-सी तरेड़ी निकाली, खूब रसदार थी और ताज़ी। उसने उसे पत्थर पर तोड़कर उसके दो टुकड़े कर दिए। आधी तरेड़ी देकर कहा, "पहले तो इसका रस पी जाओ, फिर रास्ते में इसकी फांके बनाकर खाते जाना, भगवान ने चाहा तो तीन मील तक अब प्यास न लगेगी।"

खट्टा-सा स्वादिष्ट रस था जैसे गोलगप्पे बेचनेवाले के यहां होता है। बीजों समेत उसके हलक में उतरता चला गया। और उसकी आंखों की चमक फिर लौट आई। तरेड़ी का एक कतला-सा उतारकर खाते हुए उसने किसान को धन्यवाद कहा। किसान ने आत्मीयता से पूछा, "कहां जा रहे हो?"

"मौज़ा धरेला।"

"ठीक यही रास्ता है।"

"और तुम कहां जा रहे हो?"

"मैं कोहाले जा रहा हूं, सुना है वहां मोटर सड़क पर बोझ उठाने वालों की ज़रूरत है, अबकी फसल कुछ अच्छी नहीं हुई···।"

लगान, रिश्वत, नम्बरदार, बच्चे, बीवी। किसान गठरी कांधे पर रखकर नीचे की तरफ उतर गया। यह मकनातीस (चुम्बक) की दूसरी सिम्त थी, या वही बंसी का कांटा जो मुक्ति पाने तक ज़िन्दगी के गले में अटका रहता है? प्यास बुझ चुकी थी और वह तरेड़ी के कतले खा रहा था। एक सर्व के वृक्ष के नीचे एक बूढ़ा किसान और

एक नन्ही-सी लड़की नज़र पाई—किसान हंसकर मुर्गे की बोली बोल रहा था, "कुकड़ कूं—कुकड़ू कूं।"

नन्ही लड़की हंसते-हंसते लोट-पोट हो गई—"अब्बा कुकड़ू कूं, कुकड़ कूं।"

मुसाफिर को तरेड़ी खाते देखकर वह मचल उठी—"अब्बाजी, मैं भी तरेड़ी खाऊंगी, मैं भी तरेड़ी खाऊंगी।"

मुसाफिर मुड़ा और सर्व के वृक्ष के नीचे जाकर बैठ गया।

"सलाम, ओ राही।" बूढ़े ने कहा।

"सलाम बाबा।"

"मैं तरेड़ी खाऊंगी अब्बाजी!"

मुसाफिर ने तरेड़ी का एक कतला लड़की के हाथ में दे दिया। लड़की के गुलाब-से कपोल अरुणिम हो गए। उसने उसे अपनी गोद में ले लिया। वह बड़े मज़े से उसकी गोद में बैठकर तरेड़ी खाने लगी।

"कितनी प्यारी लड़की है! यह तुम्हारी लड़की है न, क्या नाम है इसका?"

"जरी (यानी नन्ही)। जी, यह मेरे बेटे की लड़की है लेकिन यह मुझे अब्बा कहकर पुकारती है, क्योंकि मेरा बेटा लाम पर गया हुआ है, यह उस समय चार महीने की थी।"

लाम, युद्ध, यह सुन्दर गोल चेहरा, गुलाबी गाल, चमकती हुई निष्कपट आंखें, मशीनगनों की तड़ातड़, चीखते हुए बम और तारों पर उलझी हुई आंतें। उसने सोचा कि कुछ प्यासें ऐसी होती हैं कि उन्हें बुझाने के लिए मनुष्य मनुष्य को कतल कर डालते हैं, बिलकुल इसी तरेड़ी की तरह, लेकिन तरेड़ी तो एक निश्चल चीज़ है और मनुष्य एक चंचल विकल शोला।

द्रव्य से गति पैदा होती है और गति से कल्पना। लेकिन इस मनुष्य की कल्पना देखो और फिर इस पगडण्डी की कल्पना···चुम्बक की दो विपरीत सिम्तें।

बूढ़े ने चिल्लाकर कहा, "कुकड़ू कूं।"

तीन मील ऊपर चढ़कर वह एक चश्मे के किनारे पहुंच गया। वृक्षों के झुण्ड में बहुत-से राही बैठे हुए थे। चश्मे के मुंह पर लकड़ी का नल लगा हुआ था, जिसमें से पानी एक मोटी धार की तरह नीचे गिरता

था। उसने अपनी ओक इस मोटी धार के नीचे रख दी और पानी पीने लगा। पानी उसके हलक के नीचे उतर रहा था, उसकी आंखों में जा रहा था। उसके बालों में, उसके गालों पर बह रहा था। पांव धोकर और ताज़ा दम होकर वह वृक्षों के झुण्ड की तरफ चला गया। यहां बहुत-से लोग बैठे हुए थे, कई एक खाना तैयार कर रहे थे। कुछ लोग बनिये की दुकान से, जो वृक्षों के झुण्ड के करीब ही थी, आटा और गुड़ खरीद रहे थे। एक घास के प्लाट पर चन्द एक खच्चरें चर रही थीं और उनका मालिक उन्हें दाने के लिए करीब बुला रहा था। एक राही मकई की रोटी गुड़ के साथ खा रहा था और तीन ग्रासों के बाद पानी के दो घूंट पी लेता था। मकई की रोटी करीब-करीब हरएक के पास थी, किसीके पास पिसा हुआ नमक-मिर्च था तो किसीके पास प्याज़। हां, सालन किसीके पास न था, न अचार, न मुरब्बे, न मक्खन। ये लोग खच्चरों की तरह अत्यन्त तन्मयता से अपने जबड़े हिलाने में व्यस्त थे। मकई की रोटी, उसे मालूम था, इतनी खुश्क होती है कि मुंह का गीलापन उसे हलक से नीचे उतारने के लिए काफी नहीं होता। इसीलिए तो बार-बार पानी पिया जाता है। जब सालन मौजूद न हो तो पानी ही श्रेष्ठ सालन होता है। एक हज़ार साल की व्यावहारिक और आर्थिक प्रगति के बाद भी मानव-सभ्यता इससे ज़्यादा कुछ न कर सकी कि मनुष्यों की अधिकतर आबादी को खुश्क रोटी और पानी मुहैया कर सके, खुश्क रोटी और पानी; और खच्चरों की तरह चलते हुए जबड़े और ज्योतिहीन आंखें। उसने चुपड़ी हुई गेहूं की लचकीली रोटी पर मुरब्बा लगाते हुए सोचा कि वह आज इन वृक्षों के झुण्ड के नीचे बैठे हुए किसानों में मुरब्बा और मक्खन और अचार बांटकर हज़ारों साल की परम्परा को तोड़ देगा। फिर उसने सोचा कि उसे अभी पन्द्रह मील और सफर करना है और वैसे भी हज़ारों साल की भूख मुरब्बे के एक छोटे टुकड़े से नहीं मिटाई जा सकती।

जब वह अपना थैला बन्द करके चलने को था तो उसकी निगाह आदमियों की एक टोली की तरफ गई जो ऊपर पगडण्डी से चश्मे की ओर आ रही थी। दो आदमी जिनके सरों पर लाल व पीली पगड़ियां थीं और जिन्होंने खाकी रंग के वस्त्र पहन रखे थे और जिनके कन्धों पर पीतल के चमकते हुए बिल्ले लगे थे। वे एक युवक किसान को

अपने बीच में पकड़े हुए ला रहे थे। कुछ समय बाद उसने देखा कि इस युवक के हाथ पीठ पर हथकड़ियों से बंधे हुए थे। उनके पीछे-पीछे एक और आदमी आ रहा था और वह अपने साथ एक लड़की को लिए चला आ रहा था और उससे मुस्करा-मुस्कराकर बातें कर रहा था। लड़की की निगाहें नीची थीं और कदम लड़खड़ाए हुए।

जब वह वृक्षों के झुण्ड के नीचे पहुंचे तो सारे किसान राही उनके सम्मान के लिए खड़े हो गए। बनिया भी अपनी दुकान से बाहर निकल आया और हाथ जोड़कर उनके सामने आ खड़ा हुआ। फिर उनके लिए दो चारपाइयां दुकान से बाहर निकाल लाया और उनपर उजली चादरें बिछाकर उन्हें बैठने के लिए कहने लगा। उनकी गर्वपूर्ण शान और इनकी त्रस्त नम्रता कहे देती थी कि यह नये लोग ऐसी रहस्यपूर्ण शक्ति के मालिक हैं जो इन दूसरे मनुष्यों को हासिल नहीं! एक आदमी जो इन सबका सरदार मालूम होता था उसने लड़की को परे एक वृक्ष के नीचे बैठने को कहा। और फिर उसने उन दो आदमियों को सम्बोधन किया जो उस युवक को पकड़े हुए थे:

"ओ दुल्ले, शहबाज़, इस हरामी की हथकड़ी ज़रा ढीली कर दो और इसे पानी वगैरा पिलाओ।"

बनिया बोला, "हुज़ूर जल लाऊं, ठंडा मीठा शरबत, कोहाले से नई-नई मिश्री मंगवाई है।"

दुल्ला और शहवाज़ किसान को हथकड़ियों से जकड़े हुए चश्मे की ओर ले जा रहे थे, जहां पहले ही एक खच्चर वाला अपने खच्चर को पानी पिला रहा था।

हुज़ूर ने उत्तर दिया, "हां, हां, शाहजी, शर्बत पिलाइए, बहुत प्यास लगी है; और हम खाना भी यहीं खाएंगे। कोई मुर्गी वगैरह है?"

"जी हुजूर, अभी सब इन्तज़ाम हुआ जाता है।" बनिये ने हाथ जोड़ते हुए, बत्तीसी निकालते हुए, सिर हिलाते हुए कहा।

खच्चर वाला खच्चरों को पानी पिलाकर उनपर सामान लादने लगा। दुल्ला और शहबाज़ किसान को पानी पिलाकर वापस ले आए और उसे अपने सरदार के सामने बिठा दिया।

हुज़ूर ने किसान से कहा, "कान पकड़ो।"

"मैं कहता हूं हरामज़ादे, कान पकड़ो।"

किसान ने अपनी बांहें टांगों के बीच से गुज़ारकर कान पकड़े। दुल्ले ने पत्थर की एक भारी सिल उसकी पीठ पर रख दी। कान पकड़ने वाले जानवर के मुंह से हाय निकली। लड़की के होंठ कांप रहे थे, हुज़ूर शर्बत पी रहे थे। एक-दो घूंट पीकर कहने लगे, "शहबाज़, इसकी पीठ पर एक और सिल रख दो।"

लड़की की आंखों से आंसू बह निकले, उसने अपना मुंह लाल सूसी के दुपट्टे में छिपा लिया।

ऐसा मालूम होता था जैसे किसान की कमर दोहरी होकर टूट जाएगी। हुज़ूर ने पूछा, "बोल अब भी स्वीकार करता है कि तू इस नबालिग लड़की को भगाकर लाया है, या नहीं?"

"नहीं," किसान ने रुक-रुककर कहा, "यह नाबालिग नहीं है, यह अपनी मर्ज़ी से आई है।"

"मजनू के साले, अब भी बराबर इन्कार किए जाता है! शहबाज़, इसकी कमर पर एक और पत्थर रख दो।"

खच्चर घबराई हुई निगाहों से इस दृश्य को देख रही थी। राहियों रंग उड़ गए थे। यह सब किसी रहस्यपूर्ण शक्ति से भयभीत मालूम होते थे। लड़की ने चीखकर कहा, "इसे छोड़ दो, मैं तुम्हारे पांव पड़ती हूं, इसे छोड़ दो, यह मर जाएगा, इसका कोई कसूर नहीं। मैंने ही इसे उकसाया था और यह मुझे भगाकर लाया है। दरअसल मैं इसके साथ भागकर आई हूं यानी मैं ही इसे भगाकर लाई हूं।"

हुज़ूर ने मुस्कराकर कहा, "देखो-देखो, कैसी वकीलों की सी बातें करती है। तेरी सब शेखी निकाल दूंगा, ज़रा ठहर तो, पहले मुझे इससे निपट लेने दे। क्यों बे उल्लू के पट्ठे!"

उल्लू के पट्ठे ने हांपते हुए कहा, "मैंने किसीको नहीं भगाया!"

"इसे इसी तरह रहने दो।" हुज़ूर ने फैसला सुनाया, "जब तक हम खाना वगैरह खाएंगे।"

यह कहकर उन्होंने मुंह फेर लिया और बनिये से बातें करने लगे, "मैं मौज़ा धलेरकोट से आ रहा हूं। यह किसान इस खूबसूरत लड़की को भगाकर ले आया है। चार दिन से मारा-मारा इसकी तलाश में घूम रहा हूं। आज यह दोनों 'प्रेमी-प्रेमिका' हाथ लगे हैं। कोहाले से पार जाने की कोशिश में आए थे। लेकिन मैं इन्हें कब छोड़ने वाला था!

मैं उस रास्ते को सूंघ लेता हूं जहां से मुजरिम एक बार निकल जाए। अब यह बदमाश हामी नहीं भरता। एक तो जुर्म किया है, उसपर यह सीना-ज़ोरी।"

बनिया हाथ जोड़कर बोला, "हज़ूर हम तो हज़ूर की जान-माल को दुआ देते हैं। आपकी बरकत से इलाके में बिलकुल शान्ति है। चोरी, चकारी, डकैती का करीब-करीब खात्मा हो गया है। ये किसान लोग बहत निडर और बेशरम होते हैं। अब उसकी तरफ देखिए, दूसरे की बहू-बेटियों को ताकना कहां की शराफत है! और फिर इन्हें इस तरह भगाकर ले जाना। राम-राम, हज़ूर ऐसे मुजरिमों को तो पूरी-पूरी सज़ा मिलनी चाहिए।"

हुज़ूर ने उस युवती लड़की की तरफ ताकते हुए कहा, "कानून यही कहता है, शाहजी। हम तो कानून के बन्दे हैं। अगर कोई किसी औरत को भगाएगा या किसी की बहू-बेटी पर हाथ डालेगा तो हम उसे ज़रूर अपराधी ठहराएंगे और उसे सज़ा देंगे। वह मुर्गा आपने अभी हलाल करवाया कि नहीं? शहबाज़, जा, शाहजी से मुर्गा लेकर हलाल कर।"

युवक किसान का चेहरा ज़मीन से लगता जा रहा था। उसके शरीर से पसीना बह रहा था लेकिन उसने सोचा यह कोई रहस्यपूर्ण अज्ञात शक्ति थी जिसने युवक किसान को यों कष्ट उठाने पर मजबूर कर दिया; और यह बनिया इस किसान की तकलीफ पर क्यों इतना प्रसन्न है, यह खच्चर क्यों इतनी घबराई हुई निगाहों से इस दृश्य को देखने लगी है! अकस्मात् दो गुलदुमें एक झाड़ी से एकसाथ उड़ीं और खुशी से चीखें मारती हुई गायब हो गईं। यह गुलदुमें, उसने सोचा, एक-दूसरे को भगाकर ले जाती हैं, एक-दूसरे के साथ भाग जाती हैं, एक-दूसरे से प्रेम करती हैं, लेकिन इनकी पीठ पर क्यों कोई पत्थर नहीं रखता और यहां क्यों हर उस मनुष्य के सीने पर पत्थर की सिल रख दी जाती है जिसके दिल में किसीके लिए प्रेम की ज्वाला प्रज्वलित हो उठे? यह कैसा अंधेर है!

शहबाज़ ने मुर्गा पकड़ लिया। मुर्गा चिल्ला रहा था, "कुड़-कुड़-कूड़ कुड़ैं-कुड़ैं" और उसे वह बूढ़ा किसान याद आ गया जो अपनी पोती को मुर्गे की बोली सुनाकर खुश कर रहा था और जिसका बेटा लाम

पर गया हुआ था। युवक किसान के सब्र का बांध अब टूटने को था, उसका गला रुंध गया और वह कराह रहा था, "मेरे अल्लाह, मेरे अल्लाह!"

'मेरे अल्लाह!' लेकिन सृष्टि की अज्ञात शक्ति खामोश थी। किसान की यह सरल आशा कि यह अज्ञात शक्ति उसे बचाएगी, पगडंडी की झूठी आकांक्षा के समान थी। क्योंकि वास्तव में आकाश कहीं नहीं है। इसकी हकीकत भ्रम-जाल की सी है। जो चीज़ न हो उससे किसी को क्योंकर सहायता पहुंच सकती है?

लड़की एक बार आवेश में आकर उठी और उसने पत्थर की सिलें अपने हाथों से परे दे मारीं। किसान पसीने में तर-बतर उठ खड़ा हुआ। लड़की उसके गले से चिमट गई, रो-रोकर कहने लगी :

"स्वीकार कर लो, भगवान के लिए स्वीकार कर लो। मैं मर जाऊंगी, तुम भी मर जाओगे।" फिर वह हुज़ूर को सम्बोधन करके कहने लगी, "आप इसे कुछ न कहिए, मैं स्वीकार करती हूं कि यह मुझे ज़बरदस्ती भगाकर लाया है, मैं इसके साथ रहना पसन्द नहीं करती, मैं इससे नफरत करती हूं। मैं अपने मां-बाप के पास वापस जाने को तैयार हूं। अब आप इसे कुछ न कहिए। मैं हरएक आदमी के सामने यह बयान देने को तैयार हूं। परमात्मा के लिए इसे छोड़ दीजिए।"

तीसरा पहर गुज़रता जा रहा था। पहाड़ों की छायाएं निचली वादियों को अपने तिमिर में लपेट रही थीं। अब वह बहुत विकल था। थकन से तलवों, टखनों और घुटनों में हल्का-हल्का दर्द महसूस होने लगा। जैसे उसकी टांगें लकड़ी की टांगें हों और एक-एक जोड़ अलग-अलग हो। बहुत देर तक रास्ते पर वह अकेला चलता रहा। उसके विचार निराशाप्रद और कल्पना उन्मादमय होती चली जा रही थी। मनुष्य अभी मनुष्य नहीं है। यह युद्ध जो स्वतन्त्रता, सभ्यता और न्याय के लिए लड़ा जा रहा है, शायद अन्तिम युद्ध न होगा। अन्तिम युद्ध शायद इस निर्मम भावना के विरुद्ध होगा जो मानव-प्रेम के स्रोत पर सिल रखकर जीवन के इस रस को सदा के लिए खुश्क कर देना चाहती है। लेकिन यह युद्ध कब लड़ा जाएगा? कब—कब? शायद तब तक यह जीता न रहेगा, ज़िन्दा न होगा। अपने जीवन में प्रतिद्रोह की इस निराश्रय भावना से वह कभी आलिंगित न हो सकेगा जिसकी

प्यास से उसकी आत्मा का कण-कण कांप रहा है। व्यथा और क्षोभ से उसकी आंखों में आंसू भर आए और उसके कदम भारी हो गए। रास्ते में उसे मज़दूरों के कई काफिले मिले जो नमक के डले उठाए हुए अपने घर जा रहे थे। पहाड़ी देहातों में नमक इतना महंगा होता है कि ये लोग बनिये से खरीदकर इस्तेमाल करने की सामर्थ्य नहीं रखते। सामर्थ्य?...सामर्थ्य? आखिर यह किस चीज़ की सामर्थ्य रखते हैं? यह तो प्रेम करने की भी सामर्थ्य नहीं रखते...उसने सोचा कि उसे ऐसी बातें सोचने का कोई अधिकार नहीं। वह जवान है, सुखी और अविवाहित है, मिडिल स्कूल का हेडमास्टर है। जीवन की सारी खुशियां उसे प्राप्त हैं। कल प्रातः उसे अपनी नौकरी पर हाज़िर हो जाना है। लड़कों को पढ़ाना है—सच बोलो, मां-बाप का सम्मान करो, हाकिम का हुक्म मानो, बड़े होकर किसी औरत को भगाओ मत, यह बनिये की दुकान है, मुर्गा बोलता है कुकड़ूं कूं—

एक खच्चरवाला अपना खच्चर लिए जा रहा था। खच्चर पर पलान कसा हुआ था लेकिन असबाब नहीं लदा हुआ था। शायद किसी जगह सामान पहुंचाकर वापस लौट रहा था। उसने खच्चरवाले से पूछा

"कहां जा रहे हो?"

"खरन के दर्रे तक।"

'क्या यह दर्रा मौज़ा धलेर के रास्ते पर है!"

"हां, उससे पांच-छः मील परे।"

"मुझे इस खच्चर पर चढ़ाकर ले चलो, क्या लोगे?"

"जो जी में आए दे देना, मैं तो खच्चर वापस ले जा रहा हूं।"

"आठ आने।"

खच्चरवाले ने स्वीकृति में सिर हिला दिया और वह कूदकर खच्चर पर सवार हो गया। खच्चर ने बदन कसमसाया, कान हिलाए, नथुने फटफटाए और जब देखा कि कोई चारा नहीं तो चल पड़ा। खच्चरवाला हृदय-भेदी आवाज़ में गाने लगा:

"किसीकी खाक में मिलती जवानी देखते जाना!"

खरन के दर्रे पर वह खच्चरवाले से विदा हुआ और उससे रास्ता पूछकर आगे बढ़ा। चलते-चलते वह रास्ता भूल गया, या शायद उसने

समझा वह रास्ता भूल गया है और किसी अजीब दुनिया में आ निकला है। यहां पगडंडी एक तल्ले पर आकर खत्म हो जाती थी। इस जगह जंगली गुलाब खिले हुए थे और दो तरुण लड़कियां कांधों पर सोंटियां रखे एक सब्ज़ चट्टान पर बैठी लाज गा रही थीं:

लाजू आया, लाजू आया
भला केढ़े कम्मे लाया वे लाजुआ
लाजू आया, लाजू आया
चन महाड़ा चढ़िया, भला बटियां दे ओले

उसे देखकर पहले तो वह खिलखिलाकर हंस पड़ी, शरमा गईं और उन्होंने गाना बन्द कर दिया। मुसाफिर एक लम्बी सांस लेकर उनके निकट बैठ गया और कहने लगा—"और गाओ, मुझे लाजू बहुत पसंद है।" यह कहकर वह आहिस्ता-आहिस्ता गुनगुनाने लगा:

चन महाड़ा चढ़िया, भला बटियां दे ओले।
वे लाजूआ—
कीकर मलसां, भला जन्दरियां दे ओले
वे लाजूआ—
लाजू आया, लाजू आया।

लड़कियों ने हैरान होकर कहा—"तुम्हें तो 'लाजू' आता है?"

"हां, बल्कि मेरा तो नाम ही लाज़ू है।" उसने हंसकर झूठमूठ ही कह दिया—"और तुम्हारा नाम क्या है?"

एक ने कहा—"बानो"

दूसरी बोली—"बीरी"

उसने कहा—"अब तो लाजू गाओ।"

बानो और बीरी थोड़ी देर एक-दूसरे से कान में बातें करती रहीं। उनके ढंग कहे देते थे कि वह किसी शरारत पर आमादा हैं। फिर उन्होंने शोख सुरों में गाना शुरू किया और वह अपने हाथों से ताल देने लगा:

लाजू आया, लाजू आया
भला केढ़े कम्मे लाया वे लाजुआ
लाजू आया, लाजू आया
भला जोड़े गंडन लाया वे लाजुआ

गाते-गाते खिलखिलाकर वे हंस पड़ीं और मुसाफिर भी उनके इस सरल विनोद से बहुत खुश हुआ और उनकी हंसी में शामिल हो गया। कहने लगा, "अगर लाजू को बानो और बीरी के जूते गांठने के लिए कहा जाए तो उसे कभी इंकार न होगा!" प्रशंसा के इस वाक्य के बाद उसने बानो और बीरी के कपोलों पर वह जंगली गुलाब के फूल खिलते देखे जो उसके करीब बेलों में खिले थे।

कुछ देर तक वह उनके गीत सुनता रहा, और उनके गीतों में शरीक होता रहा। फिर जब सूर्य पश्चिमी पर्वत-शृंखला पर झुक गया तो उसने चलने की ठानी।

बानो ने धीमे लहजे में कहा, "अच्छा आज यहीं रह जाओ। हम तुम्हें अपने घर में जगह देंगे। तुम्हें सोने के लिए एक खाट चाहिए और एक कम्बल, ठीक है न?"

बानो की आवाज़ में एक हल्का-सा प्रकम्पन था और उसका चेहरा असाधारण तौर पर लाल हो गया था।

बीरी ने शोख निगाहों से मुसाफिर की ओर देखा।

और मुसाफिर ने इन पहाड़ी सुन्दरियों की ओर देखते हुए अपने दिल में कहा, नहीं, यह बात ठीक नहीं है, मैं इन उलझनों में पड़ना नहीं चाहता।

यद्यपि मुझे भी यह महसूस होता है कि तुम्हें बचपन से जानता हूं। मैं तुम्हारे साथ छुटपन से ही खेलता और मोहब्बत करता चला आया हूं, मैं शायद तुम्हारे बचपन का साथी हूं, तुम्हारे लापरवाह और मौजी भाई का मित्र, तुम्हारे गीतों का लाजू। मैंने नदी के नीले पानी में तुम्हारे साथ तैरते हुए तुम्हारे सुनहरी बालों की चोटी को पकड़कर यों घसीटा है कि तुम चिल्ला उठी हो। तुम्हारे हाथों में अपना हाथ दिए मैं अनेक बार बटंग के वृक्ष के नीचे नाचा हूं और आमलूक तोड़कर खाए हैं। तरनारी के फूलों के हार बनाकर एक-दूसरे के गले में पहनाए हैं। कई-कई बार जब चन्द्रमा अखरोटों के झुण्डों के पीछे से उदय हुआ है, मैंने चांदनी और अंधियारे की कांपती हुई शतरंज पर तुम्हारी प्रतीक्षा की हैं। तुम्हारी लचकती हुई कमर में हाथ डालकर तुम्हारे कसमसाते हुए शरीर को अपने सीने से लगाया है। मैं इन फूलों की पंखुड़ियों की तरह चंचल और कोमल होंठों का मज़ा जानता हूं। तुम्हारी सांस की मृदु-

लता और स्याह आंखों में चमकते हुए मोतियों की आभा से परिचित हूं। लेकिन मैं उलझनों में पड़ना नहीं चाहता। मैं अपने दिल में उस लौ को सुरक्षित कर लेना चाहता हूं जो शीशे की चारदीवारी के बाहर फूल की तरह सुन्दर परवानों की तरफ तकती है और जलती और जगमगाती रह जाती है—मुसाफिर ने निगाह फेरकर नीचे गांव की तरफ देखा। घाटी के आधे दायरे के नीचे गांव एक नीरव नदी के किनारे सोया पड़ा था। खेतों में मकई के पौधे चुपचाप खड़े थे। किनारों पर पीली-पीली घास किसान के हाथ और दरांती के संगीत की प्रतीक्षक मालूम होती थी। कच्चे घरों की छतों पर ऊदे रंग की बजरी ढलती हुई धूप में चमक रही थी। इन छतों के किनारों पर कहीं-कहीं पीली, हरी और लाल अल्लें रखी थी या गोल-गोल लाल मिर्चें। मुसाफिर ने फिर निगाह फेरकर बानो और बीरी की ओर देखा और पूछा, "मौज़ा धलेर यहां से कितनी दूर है?"

बानो ने उदास लहजे में कहा, "कोई तीन-चार मील।"

बीरी बोली, "दिन ढलता जा रहा है।"

मुसाफिर उठ खड़ा हुआ, बोला, "अभी बहुत समय है, अगले गांव पहुंच जाऊंगा।"

मुसाफिर पगडंडी पर चलने लगा। यह पगडंडी चीड़ और काऊ के जंगलों में छिपती हुई कभी नीचे कभी ऊपर आगे जा रही थी। पहाड़ के आखिरी मोड़ पर यह नीले आकाश से मिल जाती थी। अकस्मात् उसे अनुभव हुआ कि पगडंडी की अभिलाषा एक विफल प्रयास न था। उसे मालूम हुआ कि यह पगडंडी पहाड़ के कोने से मुड़ नहीं जाती बल्कि सीधी नीले आकाश में से गुज़रती हुई आगे जा रही है। मुसाफिर का दिल किसी अलक्ष्य प्रसन्नता से परिपूर्ण हो गया। उसने सोचा, क्यों न वह इसी रास्ते से गुज़रता हुआ नीचे आकाश की पगडंडी पर चलता जाए, सौन्दर्य के किसी नये संसार में। उसे विचार आया कि पहाड़ का वह कोना जहां यह पगडंडी जाहिरी तौर से समाप्त हो जाती है एक असीम नीली झील का किनारा है और वह सोचने लगा कि वह अपने सशक्त बाज़ुओं से उसे अवश्य पार करेगा। वह इसमें से तैरता हुआ और नीले पानी को उछालता हुआ आगे बढ़ता चला जाएगा। या शायद यह नीला आकाश ही हो; तब भी वह

इस सुन्दर आकाश की नीलिमा में वायु का एक हल्का-सा झोंका बनकर उड़ जाएगा और चारों ओर फैलता जाएगा और उसके दिल की खुशी बढ़ती जाएगी। यहां तक कि वह नीले आकाश की आत्मा में घुस जाएगा। मुसाफिर को इस विचित्र अनुभव की खुशी में ऐसा मालूम हुआ कि उसका सारा शरीर हल्का सूक्ष्म हो गया है और वह तेज़ी से पगडंडी पर छलांगें लगाता हुआ भागने लगा।

फिर अचानक वह ठिठक गया और पीछे मुड़कर देखने लगा।

सूर्य चोटी पर अस्त हो रहा था। जंगली गुलाब की बेलों का सहारा लिए दो सोने की मूरतें उसकी ओर तक रही थीं। झुटपुटे की निस्तब्धता में उसके निकट से गुज़रती हुई हवा उदास मालूम होती थी, उदास और मीठी, जैसे उसने जंगली फूलों की डण्डियों का सारा शहद बाहर खींच लिया हो, सारी वायु में जंगली गुलाब की सुगन्ध और सन्ध्या की रंगीनी घुलती हुई मालूम देती थी। वह कुछ देर तक उसी जगह खड़ा हुआ उसकी ओर ताकता रहा, फिर उसने बाज़ू घुमाकर उन्हें विदा कही और रास्ते पर मुड़ गया।

लेकिन अब उसके मन की असाधारण प्रसन्नता में एक अजीब उदासी आ गई थी। उसके कदम भारी हो गए और वह चलते-चलते हर्ष और विषाद की इन दोनों सीमाओं के बीच खड़ा होकर सोचने लगा कि न तो औरतें ही सुन्दर होती हैं और न ही गुलाब के फूल, वरन् समय के ऐसे ही कुछ एक क्षण, जो जीवन की सम्पूर्ण निशा में प्रकाशमान तारों की तरह झिलमिलाते रहते हैं।

वेक्सीनेटर

"जब मैं एफ़० ए० में फेल होकर इस गांव में वेक्सीनेटर बनकर आया, तो वह चीज़, जिसने सबसे अधिक मुझे अपनी ओर आकर्षित किया, रेशमां थी। रेशमां की सुन्दरता की चर्चा तो मैं इससे पहले भी बहुतों से सुन चुका था। विशेषकर रास्ते में एक पुलिस सार्जेण्ट ने, जब उसे मालूम हुआ कि मैं पिंडोर के गांव में वेक्सीनेटर बनकर जा रहा हूं, मुझे बताया, "पिंडोर की मनोहर घाटी में तो बहुत-सी चीज़ें और स्थान देखने के योग्य हैं—लक्ष्मण कुण्ड जिसकी गहराई का पता आज तक कोई अंग्रेज़ भी न लगा सका! जागीरदार साहब का पुराना महल, जिसके चौकोर बुर्ज धूप में सोने की तरह चमकते हैं, और जो आज-कल उजाड़ पड़ा है और केवल उसी समय काम में लाया जाता है, जब जागीरदार साहब या उनके मेहमान या लड़के-बाले कभी पिंडोर की घाटी में शिकार खेलने के उद्देश्य से आते हैं। खट्टे अनारों का जंगल, जो पिंडोर की पश्चिमी पहाड़ियों पर फैला हुआ है और जहां जंगली सेब, आलूचे और अमलुक के पेड़ भी पाए जाते हैं, जहां जंगली गुलाब की बेलें किसी प्रेमी की बांहों की भांति उन फलदार वृक्षों से हर समय लिपटी रहती हैं और जिनकी गोद में बनफशे के फूल प्रतिक्षण मुस्कराते और शरमाते हैं। हां, पिंडोर की घाटी में बहुत-सी चीजें दर्शनीय हैं। लेकिन अगर वहां तुमने रेशमां को न देखा, तो समझ लेना कि तुमने पिंडोर में कुछ भी नहीं देखा।"

"सचमुच ?" मैंने धीरे से पूछा।

"खुदा की कसम !" पुलिस सार्जेण्ड ने एक लम्बी आह भरकर कहा,

और घोड़े पर सवार होकर चला गया।

यद्यपि मुझे विश्वास तो अब भी न हुआ, लेकिन रेशमां को देखने का चाव दिल में घर कर गया। आखिर वह भी ऐसी क्या हसीन परी होगी। इन पुलिस वालों की बातों पर विश्वास कम ही करना चाहिए। और फिर औरतों के विषय में तो उनका यह विश्वास है कि हर औरत सुन्दर होती है; चाहे वह मिट्टी ही की क्यों न हो!

अब तो मेरी हालत उस बूढ़े मुर्गे की सी है जो जवानी चली जाने पर भी अपने को जवान समझता है। लेकिन उन दिनों जब मैं नया-नया वेक्सीनेटर बनकर यहां आया था, तो मेरा रंग-रूप बहुत-से लोगों के लिए ईर्ष्या का कारण था। इसमें भी संदेह नहीं कि उन दिनों गांव-भर में मैं ही अपने ढंग का सजीला जवान था और फिर एण्ट्रेंस पास और सफेद लट्ठे की सलवारें पहनने वाला! ग्यारह रुपये वेतन था, कुलाह पर तुर्रेदार पगड़ी, पांव में कामदार जूते और चेहरे पर मूंछ साइकिल के हैंडिल की तरह मुड़ी हुई। हां, वह जमाना था मेरे बांकपन का। अब तो यौवन का वसन्त पतझड़ में बदल चुका है।

आह दोस्त, वे भी क्या दिन थे! काश, तुमने मुझे जवानी में देखा होता! गालिब के दीवान में एक शेर मुझे बहुत पसन्द है, वह है—वह है ···आह, इस समय कमबख्त मुझे याद नहीं आ रहा है, दिमाग चकरा ···ज़बान पर आ रहा है, लेकिन ···अच्छा ···

हां, तो मैं रेशमां के विषय में कह रहा था, लेकिन रेशमां के विषय में क्या कहूं?

रेशमां की आंखें, उन नीली पुतलियों की अथाह गहराइयां, वे आंखें उन दो स्वच्छ व पवित्र झीलों की भांति थीं, जो किसी ऊंचे पर्वत की चोटी पर स्थित हों, जहां किसी मनुष्य के कदम भी न पहुंचे हों। रेशमां के कोमल होंठ, शरमाए और लजाए-से होंठ—मानो वे अपनी सुन्दरता पर स्वयं लजा रहे हों। उसके कोमल हाथ, सफेद अंगुलियों की पोरें जंगली गुलाब की कलियों की तरह सुन्दर थीं। उनकी चाल—जैसे बसन्त की देवी अपनी समस्त मनोहरता और सौंदर्य के लिए वायु के झोंकों पर इठलाती हुई आ गई हो। उसको आवाज़ सनोबर के जंगलों में घूमते हुए गड़रिये की बांसुरी की भांति मधुर, और शीतल झरनों के स्वर की भांति लाचदार। उसका कद—फारसी का एक शेर

है, एक बहुत ही उपयुक्त शेर है, लेकिन ˙˙˙कमबख्त याद नहीं आ रहा, बिलकुल ज़बान पर फिर रहा है, आह! क्या खूब शेर था, नज़ीरी का शेर, नहीं, इरफी का,आह! अब स्मरण-शक्ति कितनी कमज़ोर हो गई! कुछ याद नहीं रहता—कुछ याद नहीं रहता। मुझे अब तो अपनी कविताएं भी याद नहीं। आश्चर्य है, उन दिनों मेरी स्मरण-शक्ति कितनी प्रबल थी।

तो यह थी रेशमां, पिंडोर की सुन्दर घाटी की सुन्दरी। निस्सन्देह वह एक दुर्लभ चीज़ थी और लोग दूर-दूर से उसे देखने के लिए आया करते थे। उसके बाप के पास प्रतिदिन रेशमां के सम्बन्ध के लिए सन्देश आया करते। कोई पांच सौ रुपये, कोई एक हज़ार, कोई डेढ़ हज़ार, और कोई मनचला तीन हज़ार रुपये तक देने को तैयार था, लेकिन उसका बाप शायद जवाब में इन्कार करना ही जानता था। कम से कम मैने तो उसे किसी से हामी भरते नहीं देखा, न सुना—खुदा जाने उसके मन में क्या था! शायद वह अपनी लड़की को किसी बादशाह के साथ ब्याहना चाहता था और यों रेशमां भी तो किसी बादशाह के घर के ही योग्य थी।

लेकिन, जैसाकि मैंने कहा, जवानी बुरी बला है, और जवानी का प्रेम उससे भी अधिक खतरनाक! मैंने रेशमां को देखते ही समझ लिया कि दुनिया में रेशमां केवल मेरे लिए है, और मैं उसके लिए। और यह ठान लिया कि चाहे उसके बाप को जान ही से क्यों न मार डालना पड़े, लेकिन अगर विवाह करूंगा, तो केवल रेशमां से, नहीं तो जान पर खेल जाऊंगा। उसके सारे घर की हत्या कर डालूंगा, सारे गांव को आग लगा दूंगा, उसके सामने पहाड़ी पर से नीचे नाले में कूदकर मर जाऊंगा, लेकिन यह कभी न होगा कि मेरे जीते जी मेरी रेशमां को कोई और व्यक्ति, चाहे वह जागीरदार का बेटा ही क्यों न हो, ब्याह कर ले जाए। जवानी में आदमी कैसी कैसी विचित्र बातें सोचा करता है—मूर्खता की बातें—फिजूल, खतरनाक, अदूरदर्शिता की बातें!

तो साहब! बने रेशमां के प्रेम में सिर-धड़ की बाज़ी लगा दी। लोगों को टीका-वीका लगाना कैसा? हर समय रेशमां के पीछे-पीछे फिरने लगा, पागल कुत्ते की तरह। वह झरने पर पानी भरने जाती, तो मुझे पहले ही मौजूद पाती। चरवाहों के साथ जंगल जाती, तो

मैं भी अपनी तोड़ेदार बन्दूक लिए हुए जंगल में पहुंच जाता। मैं उन दिनों गाना भी बहुत अच्छा गाता था; मेरा मतलब है कि मैं माहिया बहुत बढ़िया गाया करता था, और बहुधा लोग मेरे माहिया गाने पर बहुत प्रसन्न होते थे। कहते थे कि कोई मीरासी भी इतना अच्छा माहिया नहीं गा सकता। लेकिन अब वह दिन कहां? अब तो दिन में मुझे दस बार खांसी की शिकायत होती है। तुम शहर में रहते हो, कभी कोई अच्छी-सी दवा ही भेज दिया करो। नहीं तो तुम्हारे शहर में रहने से हमें क्या फायदा?

खैर!···एक दिन की बात है—मैं किसी निकट के गांव से चेचक के टीके लगाकर वापस आ रहा था। शाम हो चुकी थी और पश्चिम से हल्की-हल्की हवा चल रही थी। मैं बहुत दुःखी था, क्योंकि दिन-भर मैं गांव से बाहर रहने के कारण रेशमां के दर्शन से वंचित रहा था, अत: बहुत ही करुण स्वर में धीरे-धीरे—'फिराक़े जानां में हमने साकी लहू पिया है शराब करके।'—गाता हुआ चला आ रहा था। मैं उस समय बहुत उदास था। मेरी आंखों में शायद उस समय आंसू झलक रहे थे और मुझे अपने-आपपर बहुत क्रोध आ रहा था। गांव की सीमा में दाखिल होने से पहले रास्ते में एक खूबानी का वृक्ष आता है अत: जब मैं उस खूबानी के वृक्ष के निकट पहुंचा, तो क्या देखता हूं कि तने का सहारा लिए अपनी सुनहरी काकुलों को अपने कोमल कन्धों पर बिखराए रेशमां खड़ी मेरी राह देख रही है। मैं ठिठककर खड़ा हो गया।

कुछ क्षण सर्दियों की तरह बीते। फिर रेशमां बोली, अपने कोमल और मधुर स्वर में—"जी, आप मुझे क्यों तंग करते हैं?"

मैंने कहा—"इसलिए कि मैं तुम्हें चाहता हूं, और तुम्हें देखे बिना ज़िन्दा नहीं रह सकता।"

रेशमां बोली—"जी, मुझे सब सहेलियां ताने देती हैं और फिर आपका इस तरह मेरे पीछे-पीछे फिरना ठीक भी तो नहीं! मैं आपको गालियां दूंगी, तो फिर आप···"

मैंने कहा—"तो मैंने कब मना किया है? आप शौक से गालियां दें। मैं उन्हें सुनता जाऊंगा और फिर इकट्ठा कर लूंगा, फिर फूलों की तरह उनका हार बनाकर अपने गले में पहन लूंगा।"

रेशमां बोली—"हम ठहरी अनपढ़! भला हमें आपकी तरह बातें बनाना कहां आता है? लेकिन मैं आपसे फिर कहती हूं, खुदा के लिए आप मेरा पीछा करना छोड़ दें। अब्बा आपकी जान के गाहक हो रहे हैं। कहते थे—अगर वह लड़का न माना तो उसे कत्ल कर डालेंगे।"

मैंने सिर झुकाकर कहा—"यह सर हाज़िर है। अभी गरदन उड़ा दीजिए। अगर उफ भी कर जाऊं तो···"

रेशमां ने एक अजीब अदा से सिर हिलाकर कहा—"हाय, मैं यह कब कहती हूं कि आप मर जाएं, लेकिन आखिर···आप चाहते क्या हैं?"

"मैं कुछ नहीं चाहता।" मैंने अपना हाथ अपने कलेजे पर रखकर कहा—"हां, सिर्फ यह चाहता हूं, कि जब तुम यहां से चली जाओ तो तुम्हारे प्यारे चरणों की धूल अपने माथे पर लगा लूं, और तुम्हारा नाम लेता हुआ इसी दम इस संसार से विदा हो जाऊं।"

रेशमां मुस्कराई। एक बालिका की तरह नहीं, बल्कि एक स्त्री की तरह मुस्कराई। उसने पलकें उठाकर एक क्षण के लिए मुझे देखा, फिर वे पलकें गुलाब के फूलों की तरह सुन्दर और कोमल कपोलों पर झुक गईं। दूसरे क्षण वह हंसती हुई वहां से भाग गई। भागती जाती थी और मुड़-मुड़कर मेरी ओर देखती जाती थी।

कुछ क्षण तो मैं चुपचाप पत्थर की मूर्ति की भांति निश्चल खड़ा रहा, फिर मैंने भी रेशमां के पीछे तेज़ी से भागना शुरू किया। वह एक हिरणी के समान तेज़ भाग रही थी। उसके मुंह से हंसी की चीखें निकल रही थीं। धीरे-धीरे, लेकिन विश्वस्त रूप से, हम दोनों के बीच का अन्तर कम हो रहा था।

अब मैं उसके बिलकुल निकट आ गया था, लेकिन अभी उसे छू नहीं सका था।

वह अब अधिक तेज़ी से भागने लगी।

लेकिन मैं अब और भी निकट आ गया था और हमारे बीच बिलकुल थोड़ा-सा अन्तर रह गया था।

"देखो, हमें···हमारा पीछा मत करो···मैं कहती हूं, यह अच्छा नहीं···"

एक छलांग लगाकर मैंने उसे जा दबोचा और गोद में उठा लिया।

"अब किधर जाओगी?" मैंने कहा।

"मुझे छोड़ दो··· मुझे छोड़ दो··· मैं घर जाऊंगी।" उसने धीमे स्वर में कहा।

मैं एक चनार के वृक्ष के निकट जाकर रुक गया और उसे हरी घास पर धीरे-से गिरा दिया, और फिर उसके पास ही सुस्ताने के लिए बैठ गया।

"देखा तुमने? तुम मुझसे भागकर कहीं नहीं जा सकतीं।" मैंने हंसकर कहा।

वह चुप बैठी रही और अपने बिखरे बाल ठीक करती रही।

हम गांव से बहुत दूर निकल आए थे। संध्या की लाली गायब हो चुकी थी, लेकिन फिर भी नदी का पानी एक चांदी के तार की भांति चमक रहा था। हां, पहाड़ों पर अब जंगल नहीं दिखाई देते थे—अंधकार की कालिमा में लुप्त हो चुके थे। कहीं-कहीं तारे भी निकल आए थे।

मैंने रेशमां से पूछा—"तुम मुझसे विवाह कब करोगी?"

"कभी नहीं।"

"क्यों?"

"तुम तेली हो, हम मुगल हैं।" रेशमां ने शोखी से कहा।

"इससे क्या होता है!" मैंने रेशमां का हाथ अपने हाथ में लेकर कहा, "क्या तुम्हें मुझसे प्रेम नहीं है?"

"कभी नहीं।"

"तो फिर तुम मेरे पास क्यों बैठी हो?"

जवाब में रेशमां ने मुझे प्रेमपूर्ण दृष्टि से देखा, फिर सहसा वह कुछ सोचकर कांप उठी और धीरे-से कहने लगी—"मैं आज खूब पिटूंगी। अब्बा मुझे ढूंढ़ रहे होंगे। लेकिन यह कह तो आई थी कि मैं मौसी के यहां जा रही हूं, मगर अब देर भी तो बहुत···"

मैंने बात काटकर कहा—"तुम जैसी नटखट लड़कियां इसी योग्य हैं कि उन्हें खूब पीटा जाए।"

रेशमां बोली—"मैं जानती हूं कि तुम मुझे कभी नहीं पीटोगे।"

मैंने कहा—"हां, क्योंकि मैं एक तेली हूं और तुम मुगलज़ादी हो।"

रेशमां ने अपना कोमल हाथ मेरे कंधे से लगाया, फिर एकदम अपना सिर मेरी छाती पर रख दिया—"तुम कितने नासमझ हो!" उसने एक आह भरकर कहा।

और मुझे ऐसा जान पड़ा कि एकाएक आकाश के सितारे खिल-खिलाकर हंस पड़े हैं और चन्द्रमा के प्रकाश में सफेद-सफेद बादलों की कांपती हुई कोमल परछाइयां किसी अज्ञात प्रसन्नता के कारण नाचने लगी हैं और पछुआ वायु के झोंके चनार के पत्तों में छिप-छिपकर अमर जीवन के गीत गा रहे हैं। मैंने रेशमां की लम्बी-लम्बी लटों में उंगलियां फेरते हुए महसूस किया कि यह प्रसन्नता मेरे लिए असह-नीय होगी। और जब मैंने विवश होकर उसके होंठों पर अपने होंठ रख दिए, तो मुझे प्रतीत हुआ कि उन होंठों में पहाड़ी मधुरता है और धधकते हुए अंगारों की सी गरमी और जलन! दोनों ही विलक्षण अनुभव थे—एक कष्टप्रद प्रसन्नता और एक आनन्ददायक कष्ट!

इसके बाद आठ-दस दिनों का हाल मैं तुम्हें अच्छी तरह नहीं बता सकता। कुछ याद नहीं आता। जीवन एक सुखमय स्वप्न की भांति बीत रहा था, जिसमें मैं और रेशमां ही थे। कुछ विचित्र-सी हालत थी। शराब का सा नशा, मनोहर संगीत की सी मस्ती, सारा गांव स्वर्ग-सा दीख पड़ता था और दूर से जागीरदार साहब के पुराने महल के बुर्ज सोने के कलसों की भांति चमकते थे—विचित्र और रहस्यमय! मुझे ऐसा लगता था मानो यह समस्त संसार, प्रकृति की सुन्दरता, पक्षियों का कलरव, बेफिक्र गड़रियों के ठहाके हमारे ही लिए पैदा किए गए हैं—मेरे और रेशमां के लिए, ताकि शाम के झुटपुटे में हम दोनों छिपकर और बांहों में बांहें डालकर गांव से बाहर किसी नन्हे-से उपवन में जा बैठें और इन दृश्यों का आनन्द उठाएं।

मगर यह सब कुछ आठ-दस दिन के लिए था। इसके बाद एक क्रूर हाथ ने एक ज़ोरदार झटके के साथ मेरे मनोहर स्वप्न को बिखेर दिया। ठीक उस दिन जब हम दोनों ने गांव से भाग जाने की सलाह की थी, रेशमां के ज़ालिम बाप ने उसे जागीरदार साहब के बड़े लड़के के हवाले कर दिया। यह तो मुझे बाद में मालूम हुआ कि बहुत दिनों से गुप्त रूप से सलाह हो रही थी। जागीरदार साहब का बड़ा लड़का बड़ा दुरा-चारी है। जिस तरह बड़े आदमियों की आदत होती है, वह रेशमां पर

लट्टू था। कहीं शिकार खेलते, आते-जाते देख लिया होगा, बस रेशमां के बाप पर डोरे डालने शुरू कर दिए। इधर मेरी लापरवाही का यह हाल कि मुझे उस समय पता चला, जब रेशमां शहर में जागीरदार साहब के महल में पहुंचाई जा चुकी थी।

यह चोट इतनी गहरी और अचानक थी कि मैं अपने हवास ठीक न रख सका। लोग कहते हैं कि इस घटना के बाद दो वर्ष तक मैं पागल-सा रहा, सूखकर बिलकुल कांटा हो गया था, दर-दर घूमता था और लोगों से कहता था—"मुझे बचाओ, मुझे बचाओ, वह मुझे काटने को आ रही है।" बस यही शब्द थे, जो हर समय मेरी ज़बान पर रहते थे। सुना है कि एक दिन जब मैं जागीरदार साहब के शहर में घूम रहा था, उन्होंने मुझे कहीं देख लिया और जब किसी मुसाहिब से उन्होंने मेरी राम-कहानी सुनी, तो मुझपर बहुत तरस खाया और इलाज के लिए शिकारपुर के पागलखाने में भेज दिया। हां, जब मैं दो वर्ष के बाद स्वस्थ हो गया, तो मुझे फिर अपने पुराने स्थान पर उसी घाटी में नियुक्त करा दिया; लेकिन इस गांव में नहीं, बल्कि दूर के गांव में, जो यहां से दस मील दूर था।"

इतना कहकर वेक्सीनेटर चुप हो गया, और हुक्का गुड़गुड़ाने लगा। रशीद ने धीरे-से पूछा, "और रेशमा?···तुमने उसे फिर कभी देखा?"

"रेशमां जागीरदार साहब के बड़े लड़के के महल में है। यद्यपि वहां स्त्रियां बहुत हैं, लेकिन रेशमां को अपने स्वामी की चहेती होने का गर्व ज़रूर हासिल है। उसके दो लड़के भी हैं···मैंने उसे आठ-नौ वर्ष हुए, उसके बाप के घर इसी गांव में देखा था, जब वह अपने भाई के विवाह के अवसर पर यहां आई थी। उसका बाप, अब क्या यह भी बताने की ज़रूरत है, कि इस गांव का नम्बरदार है, और इलाके का ज़िलेदार। उसका मकान पत्थरों से बना है। तुमने रास्ते में देखा तो होगा, वह जिसपर टीन की छत है और जिसके पीछे एक बड़ा-सा बगीचा है, मैंने उसे बगीचे में देखा था। वह सुन्दर रेशमी वस्त्र पहने टहल रही थी। उसके साथ उसके दोनों छोटे-छोटे लड़के थे। वह अब बेहद सुन्दर थी। उसकी चाल राजकुमारियों जैसी थी। मैं देर तक बाड़े की ओट में खड़ा उसे देखता रहा। रेशमां, जो कभी मेरी पत्नी होती, रेशमी

कपड़ों के बजाय वह लाल धारी की भारी कमीज़ और छींट की कमीज़ पहनकर मेरे अपने बच्चों को लेकर यूं टहलती, यह सोचकर मेरी आंखों में आंसू भर आए और उन्हें पोंछने की कोशिश किए बिना ही मैं बाड़े की ओट से बाहर निकल आया, और उसे गालियां दी, उसके सारे खानदान को जी भरकर और चिल्लाकर कोसा और उस समय तक वहां से न टला, जब तक लोग मुझे वहां से खींचकर और घसीटकर दूर न ले गए।"

"और रेशमां ने तुम्हें कुछ न कहा?" रशीद ने पूछा।

"नहीं, मुझे देखकर वह ठिठककर खड़ी हो गई। फिर उसने गर्दन झुका ली और चुप-चुप गालियां सुनती रही। उसकी आंखों की नीली झीलों से आंसुओं के स्रोत बह निकले और उसने अपने कांपते हुए हाथों से अपने दोनों लड़कों को अपने साथ लिपटा लिया। बाद में जब वह अपने गांव से चली गई, तो उसकी एक पुरानी सहेली ने मुझे बताया कि उसके इस सवाल पर कि तुमने वहां बगीचे में खड़ी रहकर उसकी गालियां क्यों सुनीं, रेशमां ने जवाब दिया—"उस समय वह अगर मुझे पीट डालता या जान से भी मार डालता, तो मैं वहां से न हिलती।" ⋯फिर उसने कहा, "मेरी प्यारी सखी! वे गालियां नहीं थीं, फूल थे—मेरे प्रेमी के, जिन्हें मैंने चुन-चुनकर अपने आंसुओं के तार में पिरो लिया और अपने हृदय की समाधि पर चढ़ा दिया, ताकि प्रेम की समाधि सूनी न रहे⋯।"

"लेकिन," बेक्सीनेटर ने करुण स्वर में अपनी कहानी समाप्त करते हुए कहा—"मुझे अब किसीपर क्रोध नहीं, किसी से प्रेम नहीं, मैं अब किसीका लिहाज़ नहीं करता। पहले चेचक के टीके मुफ्त लगाता था, अब दो आने लिए बिना किसी के बाज़ू को हाथ तक नहीं लगाता। मुझे किसी की परवाह नहीं। मैं अपना रुपया ड्योढ़े सूद पर उधार देता हूं। इस गांव में सिवाय रेशमां के बाप के सब मेरे ऋणी हैं। वे मुझे कंजूस और ज़ालिम कहते हैं, लेकिन उन्होंने कब मेरा भला चाहा? उनका बस चले, तो मुझे आज मार डालें, लेकिन मुझे किसी की परवाह नहीं, किसी से प्रेम नहीं, मेरे पास रुपया है, ज़मीन है, बाल-बच्चे हैं, तीन निकाह कर चुका हूं, मुझे किसी की परवाह नहीं, किसी से प्रेम नहीं, किसी पर गुस्सा नहीं। मैं जागीरदार साहब की वफादार प्रजा हूं,

उसका गुलाम हूं।"

"क्या सचमुच तुम्हें किसीपर गुस्सा नहीं आता?" रशीद ने तीक्ष्ण दृष्टि से वेक्सीनेटर की ओर देखकर पूछा।

वेक्सीनेटर घबरा-सा गया। आंखें नीची करके बोला—"नहीं, हरगिज़ नहीं। मेरा दिल साफ है, लेकिन दोस्त···" अब वेक्सीनेटर ने अपनी निगाहें ऊपर उठा ली और रशीद की ओर लज्जित-सी दृष्टि से देखकर कहने लगा, "मैं एक बात तुमसे कहना चाहता हूं। उसे कहते समय मेरा सीना फटा जाता है, और मैं तुमसे यह बात कहे बिना नहीं रह सकता। वह बात जागीरदार साहब के इस पुराने महल के बुर्जों के विषय में है। मैं इन्हें धूप में सोने की तरह चमकते हुए देखकर पागल हो जाता हूं। मुझे ऐसा लगता है, मानो वे मुझपर हंस रहे हैं, मुझे चिढ़ा रहे हैं। मैं उन्हें साफ कहते हुए सुनता हूं—'तुम हमें नहीं जानते। हम अब भी तुम्हारी दुनिया को बरबाद कर सकते हैं, तुम्हारे सुख और शान्ति को धूल में मिला सकते हैं, तुम्हारे जीवन के उल्लासों को पांव-तले रौंद सकते हैं। तुम हमें नहीं पहचानते। हा! हा! हा!'

और मैं पागल हो जाता हूं, और सोचता हूं कि जब तक ये चमकते हुए बुर्ज मौजूद हैं, मेरे मन को शान्ति नहीं प्राप्त हो सकती। बहुधा मेरे मन में विचार उठता है कि एक-दो रुपये की बारूद लेकर मैं रात के समय इस पुराने महल के निकट जाऊं और बारूद लगाकर भक से इन बुर्जों को उड़ा दूं, तो···तो···लेकिन मैंने हर बार इस विचार को मन में ज़ोर से दबा दिया है।"

और वेक्सीनेटर ने रहस्यमय लहजे में रशीद की ओर झुककर कहा —"लेकिन एक दिन मैं इस काम को अवश्य पूरा करके छोड़ूंगा···।"

स्वर्ग और नरक

ज़ेनी के बारे में मैं क्या जानता हूं, यह तो मैं दावे से कुछ नहीं कह सकता। मनुष्य के मानसिक उतार-चढ़ाव समुद्र के ज्वार-भाटे की तरह दिल के किनारे पर आते हैं और प्रायः बहुत ही मनोहर, परन्तु अस्थायी और अस्पष्ट चिह्न छोड़ जाते हैं और प्रायः यह अस्पष्ट से चिह्न लहरों के दूसरे रेले में ही इस तरह नष्ट हो जाते हैं कि फिर उनका नाम-निशान भी नहीं मिल सकता। या फिर नये चिह्न अपनी नई सजावटों और सुन्दर रूपों से नई सुन्दर कैफियतें पैदा कर देते हैं और उनकी गोद में उस किनारे की रेत का हर ज़र्रा गुनगुना उठता है—क्या इससे पहले भी ज़िन्दगी थी या यह जीवन-संगीत की एक बेचैन लय है?

लेकिन कुछ चिह्न इतने अस्थायी और अस्पष्ट नहीं होते और वे जीवन-तट पर ऐसी तस्वीरें खींच देते हैं जो मुद्दत तक कायम रहती हैं। ऐसी ही तस्वीरों में एक तस्वीर ज़ेनी की भी है, और दरअसल एक ही नहीं बल्कि तीन। क्योंकि जब कभी मुझे ज़ेनी का खयाल आता है तो एक ही समय में उसकी तीन विभिन्न तस्वीरें सामने आ जाती हैं, तीन विभिन्न चित्र, तीन विभिन्न क्षण, निगाह के तीन विभिन्न कोण। जिस तरह सात रंगों से मिलकर इन्द्रधनुष बनता है उसी तरह इन तीन तस्वीरों की तरतीब से ज़ेनी के जीवन की कहानी बन जाती है। लेकिन यह जीवन इन्द्रधनुष से भिन्न है, बहुत अधिक भिन्न!

देखने में तो ज़ेनी इन्द्रधनुष के समान ही सुन्दर थी। मैंने जब पहले-पहल उसे देखा तो उस समय मैं सात पुलों वाले शहर के सबसे सुन्दर पुल अमीराकदल पर झुका हुआ जेहलम की सतह पर तैरती

हुई दुनिया को देख रहा था। यों ही बेकार-सा, आवारा-सा उकताया हुआ, श्रीनगर की दिल चस्पियों को एक नीरस सतही ढंग से देख रहा था। शिकारों के लाल-लाल फूलों से कढ़े हुए पर्दे एक तरफ को हटे हुए थे और उनमें कहीं मोटे-मोटे मर्दों के साथ परियों की सी खूबसरत औरतें सवार थीं, जिनके चेहरे और जिनके सुनहरे बुन्दे दोपहर की धूप में एक-से ढंग से चमक रहे थे। कहीं स्वस्थ, सुन्दर नौजवानों के साथ भद्दी और बदशकल औरतें अपने बेहतरीन लिबास पहने बैठी थीं और अपने सौभाग्य पर नाज़ कर रही थीं। जो औरत जितनी ज़्यादा बद-सूरत थी वह उतना ही अच्छा और भड़कीला लिबास पहने थी। दर-असल पर्दे की रस्म तो इन्हीं औरतों के लिए बनाई गई थी और उनके पतियों के चेहरे कम से कम उस वक्त तो यही कह रहे थे। बेचारे दूसरे शिकारों में बैठी हुई खूबसूरत औरतों को घूर-घूर कर अपनी हानि की पूर्ति करना चाहते थे और उनकी अपनी पत्नियां अत्यन्त आकर्षक, मीठी आवाज़ में हंस-हंसकर उन्हें अपनी ओर आकृष्ट करने की कोशिश कर रही थीं। कम से कम मुझे उनकी आवाज़ बहुत मधुर मालूम हुई। मीठी, जैसे कोयल की कूक, और आखिर कोयल का रंग भी काला ही होता है!

शिकारे खूबसूरत और बदसूरत लोगों से लदे हुए थे, लेकिन उनमें जीवन की हरकत व बेचैनी, सब कुछ मौजूद था। वे पानी की सतह पर भागते हुए जा रहे थे। लाल-लाल पर्दे हिलते हुए दिखाई देते। भद्दी शक्लें खूबसूरत तस्वीरों में बदल जातीं, ठहाके और हांजियों के गीत एक ही गीत बन जाते और वे शिकारे दरबार-हॉल के सामने उसके सफेद-सफेद खम्भों के पास पहुंचकर वेनिस नगर का सा दृश्य पेश करते हुए एकदम मोड़ पर गायब हो जाते। लेकिन यह हरकत, यह ज़िन्दगी, उन लम्बे-लम्बे दूसरे दरजे के डोंगों या हाउस-बोटों में न थी जो पानी की सतह पर चुपचाप बदनुमा बत्तखों की तरह तैर रहे थे। उनकी खिड़कियां बन्द थीं लेकिन पर्दे लटक रहे थे। सिर्फ एक हाउस-बोट में एक खिड़की खुली थी। खिड़की के दोनों ओर दो अंग्रेज़ औरतें बैठी हुई स्वेटर बुन रही थीं। क्या ये लोग श्रीनगर में स्वेटर बुनने आते हैं, या मेरी तरह पुल के जंगले के समीप खड़े होकर केवल तमाशा देखने के लिए?

और फिर मुझे उस समय ज़ेनी दिखाई दी। जेहलम के पानी का

एक ही रेला उसे मेरे दिल के करीब खींच लाया। वह एक छोटे-से डोंगे के किनारे पर खड़ी किश्ती का रुख बदल रही थी। रुख बदलने का चप्पू उसके हाथ में था और चांदी का एक 'झुमका' उसके कान में किसी खामोश गीत की धुन पर कांपता हुआ मालूम होता था। फिर जैसे वह बिजली की तेज़ी की तरह पुल के नीचे से गुज़र गई और मुझे डोंगे का दूसरा सिरा नज़र आया। यहां एक लम्बी-सी डांड लिए एक ग्यारह-बारह साल का लड़का डोंगे को खे रहा था। उसका गोल सुर्ख सफेद चेहरा और सर पर गोल नकशीन टोपी भी पुल के नीचे गायब हो गई। और जब मैंने मुड़कर देखा तो वे पुल के दूसरी तरफ आ चुके थे। वे डोंगे को निचले घाट पर लगाने के लिए रुख बदल रहे थे। डोंगे की सब खिड़कियां खुली थीं और उन खिड़कियों के पीले-पीले पर्दे हवा में लहरा रहे थे। मैंने कनपटियों पर हाथ का साया करते हुए डोंगे का नाम पढ़ा, जो धूप में चमकते नीलम के टुकड़े की तरह चमक रहा था—'The Heaven' 'स्वर्ग'। यह नाम शायद किसी ऐश-पसन्द यात्री या अंग्रेज़ी पादरी ने रखा होगा। 'स्वर्ग' अब निचले घाट के करीब आ रहा था। उसके ड्राइंग रूम की बड़ी खिड़की के ऊपर एक चौकोर बोर्ड लटक रहा था। 'To Let'; स्वर्ग किराए के लिए खाली था। मैं जंगले से हटकर एक-दो मिनट उसकी तरफ देखता रहा। ज़ेनी और छोटा लड़का अब उसे किनारे पर बांध रहे थे। एकाएक मेरे दिल में एक खयाल आया और मैं तेज़ी से अमीराकदल के पुल से गुज़रता हुआ निचले घाट की सीढ़ियों की तरफ चला गया।

ज़ेनी ने मुझे देखते ही सर झुकाकर सलाम किया। फिर वह डांड का सहारा लिए एक अजीब झिझक के साथ किश्ती के किनारे पर खड़ी हो गई और छोटे लड़के से बोली—"अज़ीज़ा, साहब को हाउस-बोट दिखाओ।"

अज़ीज़ा हंसता हुआ उठा। वह यों ही हंस रहा था, बिना किसी कारण के, कश्मीरी लड़कों की तरह। उसके दांत, जो टूथपेस्ट के इस्तेमाल के बिना ही असाधारणतया सफेद थे, उसके लाल होंठों के बीच मोतियों की लड़ी की तरह चमक रहे थे। उसने टोपी अपने सर से उतारकर बेपरवाही से ज़ेनी के कदमों में फेंक दी और फिर ज़ेनी ने जिस मुलायमियत और स्नेह-भरी निगाहों से उसे देखा है, उसे कुछ मैं ही

जानता हूं। उसकी आंख अज़ीज़ा की इस मासूम शोखी पर एकदम इस तरह चमक उठीं जैसे प्रभात के समय डल के निस्तब्ध नीले पानी पर सूर्योदय हो जाए। और जब मैं अज़ीज़ा के साथ ड्राइंग रूम में दाखिल हुआ तो ज़ेनी की तस्वीर आंखों के सामने ही थी।

अज़ीज़ा कहने लगा—"यह ड्राइंग रूम है; यह इस तरफ आईने वाली मेज़ है, यह लिखने की मेज़।"

"वह?"

अज़ीज़ा ने यों ही सर हिलाते और मुस्कराते हुए कहा—"वह ज़ेनी है, मेरी मासी, यह हाउस-बोट ज़ेनी के शौहर का है। वह नौकरी की तलाश में सोपुर गया है। यह, इस अलमारी में चीनी के बरतन, दो सेट, चमचे, पिर्च, यह खाने के बरतन, दो गैस लैम्प।"

"अच्छा अच्छा, आगे चलो।"

"यह सोने का कमरा है, वह दूसरा कमरा भी सोने का है। इनमें पांच पलंग आ सकते हैं। मैं और ज़ेनी इस कमरे में रहते हैं, वह छोटा-सा कमरा, जो किचन के निकट डोंगे के दूसरी तरफ है···"

"अच्छा चलो, किचन दिखाओ।"

सब कुछ देख लिया। उस छोटे-से दूसरे दर्जे के डोंगे को जिसे ज़ेनी और अज़ीज़ा गर्व के साथ अपना बोट कहते थे। ज़ेनी और अज़ीज़ा के होनेवाले साहब ने, जिसे पजाब में उसके सब दोस्त उसके बेढंगेपन के कारण 'लगड़-बगड़ या चर्ख' कहते थे, सब कुछ देख लिया। लेकिन ज़ेनी को बार-बार देखकर भी उसके दिल की प्यास न बुझी।

"ज़ेनी!" मैंने अपनी पतलून पर से मिट्टी का एक काल्पनिक कण उड़ाते हुए पूछा—"इस··ज़ेनी, इस डोंगे का, मेरा मतलब है, इस हाउस-बोट का किराया क्या होगा?"

ज़ेनी ने अपनी बारीक आवाज़ में कहा—"क्या साहब यहीं रहेगा?"

"हां, हां, इसी बोट में।"

"तब यह किराये के लिए खाली नहीं है।"

"अरे··!" मेरे मुंह से एकदम निकला—"वह क्यों?"

"अज़ीज़ा हंसते हुए बोला, "साहब, हमें वुल्लर जाना है। वास्तव में सोपुर जाना है, परन्तु रास्ते में वुल्लर आएगी, झील वुल्लर और

मानस बल। हम यह डोंगा लेकर सोपुर जाएंगे जहां ज़ेनी का घरवाला गया है। फिर हम उसको लेकर वापस आएंगे। अगर साहब को वुल्लर देखना है तो मंज़ूर। हम सब कुछ दिखाएंगे और किराया भी थोड़ा होगा। अगर साहब को इधर ही रहना है तो फिर हम मजबूर हैं।"

मैं थोड़ी देर सोचता रहा। अज़ीज़ा का हंसता हुआ अबोध-सा चेहरा बहुत आशापूर्ण था, जैसे वह विनयपूर्ण अन्दाज़ में कह रहा हो—'चलो साहब, वुल्लर देखने चलो साहब।' मैंने ज़ेनी की तरफ देखा। ज़ेनी का चेहरा आंचल की ओट में था। क्या वह भी अपने पति से मिलने के लिए तड़प रही थी? और तू...ओ रसिक, आवरा यात्री! तू इस खतरनाक त्रिकोण को क्यों पूरा करना चाहता है? वासना के दास! क्या तेरे लिए इस दुनिया में कोई और काम नहीं है? कोई अभिलाषा, कोई उद्देश्य नहीं है?

परन्तु दिल के किनारे पर इस प्रकार की लहरें बहत ही छोटी-छोटी, हलकी और सुखद होती हैं। आई और चली गई। और किनारे की रेत अपने चमकते हुए लाखों कणों के साथ हमेशा की भांति किसी प्रेमी की प्रतीक्षा करती रहती है!

मैंने आहिस्ता से कहा—"अच्छा अज़ीज़ा, आज शाम को तुम इस हाउस-बोट को अमीराकदल के सामने—उस घाट पर—ले आना। कल हम वुल्लर चलेंगे।"

"बहुत अच्छा साहब," अज़ीज़ा ने खुशी के लहजे में कहा।

ज़ेनी का चेहरा अब भी आंचल की ओट में था।

हरिसिंह हाई स्ट्रीट की तरफ जाते हुए (जहां मैं ठहरा हुआ था) रास्ते-भर मानव-जीवन की मूर्खताओं पर विचार करता रहा। सौंदर्य क्या है? और मनुष्य बदसूरती से भी अधिक सौंदर्य से क्यों प्रभावित होता है? सुन्दर फूल जब मुरझा जाता है तो उसे आप पांव तले क्यों रौंदा देते हैं? और क्यों एक स्त्री पांच बच्चे जनने के बाद आपकी प्रशंसात्मक दृष्टि की अधिकारिणी नहीं रहती? यह क्योंकर होता है कि एक तन्दुरुस्त किसान दिन-भर ईमानदारी और सच्चे दिल से काम करता है और दिन-भर परमात्मा को याद करता हुआ भी अपने और अपने बाल-बच्चों के लिए रोटी-कपड़ा नहीं जुटा सकता। और दूसरी

ओर वे लोग भी हैं जो अपने पापों और बदमाशियों का भारी बोझ उठाए हुए मैदानों की तपती हुई भूमि को छोड़कर इस मनोहर घाटी में स्वर्ग के मज़े लूटने के लिए आ जाते हैं और इस बात का क्या प्रमाण है कि जिन लोगों ने इस दुनिया में गरीब का स्वर्ग हथिया लिया वे अगली दुनिया में भी उसका स्वर्ग नहीं छीन लेंगे? भाग्य? आवागमन? इच्छा? और फिर ये तो ज़िन्दगी की मूर्खताएं हैं। इनके बारे में कुछ सोचा ही क्यों जाए? क्या यही काफी नहीं कि ज़ेनी एक सुन्दरी है और उसका पति सोपुर गया हुआ है और कल हम उसके डोंगे पर सवार होकर वुल्लर देखने जा रहे हैं?

जब मैं अपने निवास-स्थान पर पहुंचा तो सभी मेरी राय से सहमत दिखाई देते थे। गुरुबख्श अपनी दाढ़ी को क्लिप लगाता हुआ बोला—"मैं भी चलूंगा।"

भैयालाल बोला—मेरे खयाल में आठ-दस दिन बीत ही जाएंगे। और आखिर अब यहां श्रीनगर में रखा ही क्या है? क्यों सरफराज़?'

मैंने सर हिलाकर समर्थन किया।

महमूद बोला—"क्यों भई, मैं भी चलूं?"

अब रह गए इन्द्र और मित्तल। वे दोनों बांध की तरफ सैर को गए हुए थे। जब वापस आए तो उन्होंने भी यही उचित समझा कि कश्मीर आकर जीवन की मुर्खताओं पर विचार करना स्वयं सबसे बड़ी मूर्खता है और उसकी पूर्ति सिर्फ एक ही सूरत में हो सकती है और वह यह कि वे भी वुल्लर की सैर में अन्य साथियों का साथ दें।

गुरुबख्श ने कहा, "आज रात हम डोंगे में ही बिताएंगे। सारा असबाब ले चलो। हारमोनियम, तबला, ग्रामोफोन, कैमरा, दूरबीन, बिस्तर, मिठाई, अंडे, केक, फल और हां, मैं भूल गया था, तुम लोग अपने लिए हजामत का सामान भी लेते चलो। और हां, भाई सरफराज़ तुम वहां से उस कमबख्त डोंगे वाले को भी बुला लाते। उसीसे यह सामान उठवाकर ले जाने को कहते।"

"कोई कमबख्त आदमी उस डोंगे का मालिक-वालिक नहीं है, बल्कि उसका मालिक तो एक लड़की है।"

"लड़की?" सबने एकाएक चीखकर कहा।

"बरस पन्द्रह या कि सोलह का सिन!"

लेकिन उन्होंने मुझे शेर पूरा न कहने दिया। दूसरा मिसरा जबान से अदा होने से पहले वे मुझपर वहशियों की तरह पिल पड़े—"अबे गाउदी।"

"अबे लगड़-बगड़ या चर्ख! उसका क्या नाम है?"

"शक्ल कैसी है?"

"बच्चा जी, बताते हो या अपना गला दबवाओगे?"

हमें श्रीनगर से चले हुए सात दिन हो चुके थे और अब हम इस दरियाई जीवन से बहुत मायूस हो चुके थे। दिन-रात खाना पकाने और खाना खाने के सिवा और क्या काम हो सकता था। हां, कभी-कभी ब्रिज खेलते और कभी कैरम। डोंगा अपनी धीमी चाल से जेहलम की सतह पर बहता जा रहा था। महमूद अक्सर दूरबीन से उन दूर ऊंचे-ऊंचे पहाड़ी सिलसिलों की तरफ देखता रहता जिनकी चोटियां गर्मियों में भी बर्फ से ढकी दिखाई देती हैं। गुरुबख्श हारमोनियम के पर्दे पर हाथ रखे अपने गले से सुरीली तानें निकालता और भैयालाल अपने दुबले-पतले शरीर और लम्बे कद के साथ बार-बार डोंगे की छत को हाथ लगाकर हम छोटे कद वालों की हंसी उड़ाकर अपनी शारीरिक दुर्बलता पर पर्दा डालने का असफल प्रयास करता··· और ज़ेनी? लेकिन ज़ेनी के तो हम पुजारी थे। यद्यपि मैं अपना अधिकार सबसे बढ़कर समझता था और यह बात मैंने अपने साथियों पर अच्छी तरह प्रकट कर दी थी, परन्तु शीघ्र ही सबको मालूम हो गया कि यह चिड़िया किसीके जाल में फंसने वाली नहीं है। उसकी अदाएं चित्ताकर्षक थीं, उसके गीत लुभावने, उसकी मुस्कराहट मनमोहिनी। परन्तु उसे अपने से प्रेम था, उसे अपने पति पर गर्व था, जो सोपुर में रोज़गार की तलाश में गया हुआ था। जब वह चप्पू चलाते-चलाते एकाएक हंस पड़ती तो यह हंसी हममें से किसी के लिए न होती। अज़ीज़ा के लिए भी नहीं, जो उसे इतना प्यारा था। फिर कभी चप्पू हाथ से छोड़-कर वह सीधी खड़ी होकर अंगड़ाई लेती और पश्चिम दिशा में देखने लग जाती, जिधर सोपुर था। उस समय गुरुबख्श एक बेसुरे लहजे में चिल्ला उठता "दिलदार कन्दां वाले दा··· दिलदार!"

भैयालाल ने तो पिछले दिन ही ज़ेनी को देखते ही कह दिया था—यद्यपि मैं सूरत-शक्ल से ठेठ मजनूं हूं लेकिन मुझे पता है कि यह लैला मुझसे मानस नहीं होगी। और यह लैला ही क्या, दुनिया की किसी भी

लैला को मेरी चाह नहीं हो सकती, इसलिए—ऐ मेरी पहाड़ी लैला! गुड़बाई।

लेकिन भैयालाल का ही क्या, हरएक का यही हाल था। शुरू-शुरू में गुरुबख्श ने ज़ेनी को एक-दो दिन सुरीले प्रेम-गीत सुनाए थे और किचन में बैठकर मछलियां भूनते-भूनते उसे मछलियों की एक प्लेट भी पेश की थी। और कभी-कभी इन्द्र और मित्तल फलों के टोकरों में से सेब और नाशपातियां चुराकर उसे दे दिया करते थे। और हां, कभी-कभी केक के टुकड़े भी। लेकिन अब कुछ दिन से यह उदारता बन्द कर दी गई थी और अब सब लोग ज़ेनी को लगभग भूल से गए थे। अब वे दिन-रात खाना पकाने, गाने-बजाने, जेहलम में तैरने और इसी तरह के कामों में लगे रहते थे। हरएक चेहरा ताज़ा और प्रसन्न दिखाई देता था और इस सात दिन के थोड़े समय में ही हरएक को यह लगने लगा था कि उसका वजन पहले से दुगना हो गया है।

भैयालाल ने अपनी पतली कमर को देखते हुए कहा—"अरे यार! मैं तो सचमुच मोटा हो रहा हूं, अब यह पतलून मुझे कमर के गिर्द तंग मालूम होती है।"

इन्द्र ने अपने पिचके हुए गालों पर हाथ फेरकर कहा—"मुझे भी ऐसा मालूम होता है कि अब मेरे गाल पहले जैसे पिचके हुए नहीं रहे।"

मित्तल बोला—"अब मैं आईने में अपना चेहरा देखता हूं तो मुझे अपने चेहरे पर सुर्खी की झलक दिखाई देती है।"

महमूद, जो समाजवादी था, व्यंग्यमय स्वर में बोला—"हां, क्रांति निकट आ रही है।"

क्रान्ति तो खैर दूर की बात थी, लेकिन इसमें शक न था कि सोपुर अवश्य निकट आ रहा था। कल वुल्लर और परसों सोपुर, और फिर शायद ज़ेनी की ये शोख अदाएं हमें आयुपर्यन्त प्राप्त न हो सकेंगी। मैं किचन के द्वार पर खड़ा होकर ज़ेनी की तरफ देखने लगा, जो डोंगे के किनारे पर बैठी हुई चप्पू से बोट का रुख ठीक कर रही थी। डोंगे के दूसरे सिरे पर कहीं अज़ीज़ा पसीने में तरबतर डांड चला रहा होगा। मैंने दिल में सोचा—बेचारा गरीब ग्यारह साल का लड़का! लेकिन पेट के लिए सब कुछ करना पड़ता है। किचन के पीछे जो कमरा था, वहां महमूद सोया पड़ा था और उसके हलके-हलके खर्राटों की आवाज़ मेरे

कानों में पहुंच रही थी। कभी-कभी ड्राइंग रूम से एक हंसी की बुलन्द चीख सुनाई देती। इन्द्र ने ब्रिज खेलते समय 'सफाई' से काम लिया होगा।

ज़ेनी ने कहा—"साहब, कल हम वुल्लर पहुंच जाएंगे।"

"क्या वुल्लर झील बहुत सुन्दर है?"

ज़ेनी सर हिलाते हुए बोली—"जी साहब, जिधर नज़र उठाओ पानी ही पानी, तेरह-चौदह मील तक, चारों तरफ नीला पानी और बीच में कहीं-कहीं कंवल के लाखों फूल खिले हुए और श्री बटनाग···।"

"श्री बटनाग क्या?"

"बटनाग वुल्लर का देवता है, वुल्लर का बादशाह है। वहां हरएक यात्री को, चाहे वह हिन्दू हो या मुसलमान, या अंगरेज़, कुछ भेंट देनी पड़ती है।"

"और यदि वह न दे तो?"

"तो उसकी नाव डूब जाती है।"

"अच्छा···तो क्या वुल्लर झील बहुत सुन्दर होगी?"

"साहब खुद देख लेंगे।"

"तुमसे भी अधिक सुन्दर?" मैंने ज़ेनी के समीप जाकर कहा।

ज़ेनी का चेहरा, जो पहले एक सेब के फूल की तरह था, अब एक गुलाब का फूल बन गया। उसने शरमाकर अपना मुंह मोड़ लिया।

मैंने अपनी जेब से पांच रुपये का एक नोट निकाला और ज़ेनी के हाथ में दे दिया और भावावेश में कहा—"यह लो, इसे श्री बटनाग की नज़र कर देना।"

ज़ेनी कुछ क्षण चुप रही, फिर एकदम चप्पू छोड़कर, तनकर खड़ी हो गई। उसने मेरी तरफ तेज़ निगाहों से देखा। गुलाब का एक फूल शोला बन गया था। उसने अपने हाथ में कांपते हुए नोट को ज़ोर से अपनी मुट्ठी में मसल डाला और फिर उसे तेज़ी से पानी में फेंक दिया। ज़ेनी के होंठ कांप रहे थे, उसकी आंखें नम हो गई थी और बालों की एक लट दाहिने गाल पर उतर आई थी।

यह ज़ेनी की दूसरी तस्वीर है जो आज तक मेरे अन्तर में सुरक्षित है। मैं आज भी आंखें बन्द किए कल्पना की आंखों से उसे एक तेज़ शोले की तरह भड़क उठते देख सकता हूं।

मैं देर तक किचन के द्वार के निकट खड़ा रहा। लज्जित और परे-

शान। अपनी हार का सजीव चित्र। नोट चक्कर काटता हुआ पानी की सतह पर बह रहा था। आखिर उसे एक मछली ने निगल लिया। धीरे-धीरे आकाश के पश्चिमी भाग में संध्या की लाल लहरें गायब हो गईं और रात की काली चादर पर तारों की बुन्दकियां चमकने लगीं। उन तारों की व्यंग्यपूर्ण हंसी जैसे मुझसे बार-बार कह रही थी—क्यों, क्या तुम ज़ेनी को भी एक मछली समझते थे—वह मछली जो तुम्हारे पांच रुपये के नोट को एक बड़ी नेमत समझकर चुपचाप निगल जाती। लेकिन वह पानी की मछली नहीं, मादम की औलाद है, उसे अपने भले-बुरे की पहचान है। वह गरीब है तो क्या हुआ, वह तुम्हारे रुपयों की मोहताज नहीं, तुम उसे नहीं खरीद सकते!

दूसरे दिन हम वुल्लर के किनारे पहुंच गए और हमने डोंगे को वहां बंधवाया, जहां जेहलम नदी वुल्लर झील में प्रविष्ट होती है··· जहां तक निगाह जाती थी, समुद्र की तरह नीला पानी फैला हुआ था और दूर, बहुत दूर, चारों ओर एक पहाड़ी शृंखला एक नीली दीवार की तरह दिखाई दे रही थी। मुर्गाबियों के झुण्ड के झुण्ड झील के ऊपर उड़ रहे थे। चार-पांच नावें झील की सतह पर बच्चों की नाव की तरह कमज़ोर और बेकस-सी नज़र आ रही थीं। हवा रुकी हुई थी, नहीं तो यदि हवा ज़ोर की चल रही होती, तो इस झील में बीस-बीस फुट की लहरों का पैदा होना मुश्किल न था। और फिर पानी की इन दीवारों के आगे किश्तियां कहां सुरक्षित रह सकती थीं।

यद्यपि हम सारा दिन एक नाव में बैठकर झील में घूमते रहे, परन्तु हवा बिलकुल न चली और झील की सतह नीले रंग के शीशे की तरह बिलकुल स्वच्छ और निश्चेष्ट रही। हमने श्री बटनाग देखा। यह एक बहुत बड़ा भंवर था, झील की पश्चिमी दिशा में एक गोल दायरा बनाता हुआ घूम रहा था और बहुत भयानक था। लेकिन हमने किश्ती के मल्लाहों के बहुत कहने पर भी वुल्लर के इस बेताज बादशाह को एक पैसा तक देना पसन्द न किया। और फिर हमने श्री बटनाग का एक वज़ीर भी देखा जो एक छोटा-सा भंवर था और पहले भंवर से लगभग चार-पांच मील की दूरी पर था। हां, यहां गुरुबख्श ने, जो तैरना कम जानता था, एक-दो नाशपातियां वजीर की नज़र की, जो न जाने कितने दिनों से भूखा था। क्योंकि मल्लाहों के कहने पर हमें ज्ञात हुआ

कि पिछली दुर्घटना दो महीने पहले तीन अंग्रेज़ों को पेश आई थी। वे इस झील में नाव चलाते-चलाते उन तूफानी लहरों का शिकार हो गए थे, जो सहसा एक तेज़ झक्कड़ के चलने से पैदा हो गई थीं।

तीसरे पहर के बाद जब हम झील की सैर से लौटे तो ज़ेनी और अज़ीज़ा दोनों को फूट-फुटकर रोते हुए पाया। पूछने पर पता चला कि ज़ेनी का पति सोपुर से पंजाब चला गया है, रोज़गार की तलाश में। एक आदमी सोपुर से आया था, वह उधर से गुज़र रहा था और उससे पूछने पर उन्हें यह सब हाल मालूम हुआ था। हमने ज़ेनी और अज़ीज़ा को जहां तक हो सका, तसल्ली देने की कोशिश की। लेकिन उनके आंसू थमने में ही न आते थे। वह अपने-आपको बिलकुल बेबस और असहाय पाते थे और बच्चों की तरह रोए जा रहे थे।

बड़ी देर तक मन उदास रहा। ये लोग कितने मूर्ख हैं? रोने से क्या होता है? और फिर क्या मूढ़ कश्मीरी को उसके अपने देश में कोई काम नहीं मिल सकता था? पंजाब में उसे क्या कुबेर का खज़ाना मिल जाएगा? गधे, बेवकूफ, गरीब! इनमें अक्ल तो बिलकुल होती ही नहीं। बस बोझ उठाना जानते हैं, खच्चरों की तरह। इन्हें इन्सान समझना ही बेवकूफी है। इनके साथ खच्चरों का सा ही सलूक करना चाहिए। गरीब लोग गरीब ही रहें तो ठीक तरह काम करते हैं। अगर उन्हें पेट भरकर खाना मिले तो अकड़ जाते हैं।...तात्पर्य यह कि मन बहुत परेशान रहा। हम सब लोग अपने-आपको दोषी समझ रहे थे और यह खयाल सदा कष्टप्रद होता है। आखिर खाना खाने के बाद भैयालाल के चुटकुलों से तबियत कुछ-कुछ बहली। गुरुबख्श ने ग्रामोफोन पर कुछ सुन्दर रिकार्ड सुनाए और हमारी महफिल फिर ठट्ठों से गूंज उठी।

दस बजे के लगभग जब ब्रिज शुरू हुआ तो मैं सर-दर्द का बहाना करके उठ आया। वास्तव में मैं ब्रिज खेलना नहीं चाहता था। पहले मैं सोने के कमरे में गया, फिर मैंने किचन में जाकर एक गिलास पानी पिया, लेकिन तबियत में बेकली अब भी मौजूद थी। मैं किचन से होता हुआ बाहर डोंगे के खुले फर्श पर आ गया।

ज़ेनी हाथ में चप्पू लिए हुए झील के नीले पानी की तरफ देख रही थी। वह डोंगे के किनारे बैठी थी और उसके पैरों के पास अज़ीज़ा लेटा

हुआ था। नहीं, वह रो-रोकर सो गया था। उसकी पलकों पर आंसू अभी तक चमक रहे थे। उसके होंठों से अब भी कभी-कभी कोई सीने में दबी हुई सिसकी निकल जाती थी।

और ज़ेनी?···वह क्या सोच रही थी?···क्या उसकी दृष्टि झील के फैलाव से परे पंजाब के मैदानों तक पहुंच रही थी, जहां, उस क्रूर परदेस में शायद किसी लकड़ी और कोयले की दूकान के आगे उसका पति लेटा हुआ था, दिन-भर की मेहनत से चूर—एक थके हुए खच्चर की तरह हांप रहा था। ज़ेनी का चेहरा उदास था। उसकी आंखें जैसे शून्य में कुछ देख रही हों।

"ज़ेनी!" मैंने धीरे से कहा।

वह खामोश बैठी रही।

"मुझे बहुत अफसोस है ज़ेनी!"

ज़ेनी का सीना ज़ोर से हरकत करने लगा।

"ज़ेनी तुम घबराओ नहीं।" मैंने धीरे से कहा।

"साहब, अब हम क्या करेंगे?" ज़ेनी ने रुंधे हुए लहजे में कहा—"अब हमारा इस दुनिया में कोई नहीं···एक शौहर था, वह परदेश चला गया।"

"अज़ीजा छोटा-सा बच्चा है···।"

"मैं औरत ज़ात हूं···।"

"हाय अब क्या होगा?"

ज़ेनी की सिसकियां तेज़ होती गईं, मैं उसके निकट जा खड़ा हुआ और उसका हाथ अपने हाथ में लेकर बोला—"क्यों घबराती हो ज़ेनी! तुम्हारा आदमी परदेस से अवश्य वापस आ जाएगा। और···"

ज़ेनी ने रोते हुए कहा—"साहब, मैं मर जाऊंगी और छोटा अज़ीज़ा भी भूखों मर जाएगा। हाय, उसने हमें धोखा दिया है!"

"मत घबराओ ज़ेनी! मैं तुम्हारे लिए···मेरा मतलब है, मैं तुम्हारी हर तरह मदद करने को तैयार हूं। हां, तुम रोती क्यों हो? मेरी अच्छी ज़ेनी! मुझे तुमसे अथाह प्रेम है, असीम प्रेम। मैं तुम्हारे लिए सब कुछ करने को तैयार हूं···।"

यह कहते हुए मैंने उसके हाथ में पांच रुपये का नोट थमा दिया। जैसे दीपक के बुझने से पहले लौ की एक ऊंची लपक पैदा होती है, इसी

तरह ज़ेनी की आंखों में वही पुरानी चमक पैदा हुई। लेकिन फिर तुरन्त बुझ गई। तेल समाप्त हो चुका था। और फिर गरीबों के पास पूंजी होती ही कहां है। ज़ेनी एक टूटी हुई बेल की तरह मेरी गोद में गिर पड़ी और उसने अपने आंसुओं से तर चेहरे को मेरे बाज़ुओं में छिपा लिया......वह ज़ोर-ज़ोर से हिचकियां लेने लगी।

चांद का रंग फीका पड़ गया था। सितारे शर्मिन्दा थे। वे जेहलम की सतह पर बासी फूलों की तरह दिखाई दे रहे थे। हवा कंवल के पत्तों के पास से गुज़रती हुई आहें भर रही थी। सृष्टि का प्रत्येक कण सर झुकाकर उदास लहजे में कह रहा था—तुमने हमें खरीद लिया!

केवल ड्राइंग रूम से गुरुबख्श के गाने की ऊंची आवाज़ सुनाई दे रही थी। वह झूम-झूमकर गा रहा था—

अगर फिरदौस बर रूए ज़मीं अस्त,
हमीं अस्तो हमीं अस्तो हमीं अस्त।

(यदि धरती पर स्वर्ग है तो यहीं है, यहीं है।)

करमचन्द और करमदाद

यह मीरपुर का ज़िक्र है। मीरपुर से बीस कोस के फासले पर मौलवी साहब का कोटला है; उसे मौलवी साहब का कोटला इसलिए कहते हैं कि यहां पर एक बहुत पुराना कुआं है जो गर्मियों के दिनों में भी नहीं सूखता। जब तेज़ लू चलती है और आसपास के देहातों के सारे कुएं सूख जाते हैं तो गहरे भूरे रंग की तपती हुई पगडंडियों पर गहरे गंदुमी रंग की औरतें नीली कमीज़ें और काली शलवारें पहने हए घड़े उठाए इसी कुएं का रुख करती हैं। यह कुआं, बहुत समय बीता, एक ईश्वर-भक्त मौलवी ने बनवाया था जो जेहलम के उस पार से आया था। कुआं बहुत गहरा है और उसका पानी बहुत मीठा है, दूसरे कुओं की तरह खारी नहीं है। इसलिए यहां पर औरतों की भीड़ लगी रहती है,जो दूर-दूर के देहातों से चलकर मीठा पानी लेने के लिए आती हैं।

मौलवी साहब के कोटले में इस कुएं के सिवा और कोई चीज़ मीठी नहीं है। जाड़े में कड़ाके की सर्दी पड़ती है और गर्मियों में तेज़ लू चलती है। खेतों में निखद बाजरे के सिवा और कुछ पैदा नहीं होता। देहाती बड़ी कड़वी बोली में बात करते हैं और सदा फटे-पुराने कपड़े पहने रहते हैं। गर्मियों में इसलिए नहीं नहाते कि पानी नहीं मिलता और सर्दियों में इसलिए नहीं नहाते कि पानी मिलता है लेकिन बर्फ से ज़्यादा ठंडा होता है। कोटले के चारों तरफ लुंड-मुंड नंगी पहाड़ियां हैं जिनपर भीकड़ की झाड़ियों के सिवा कुछ नहीं उगता। इन्हीं झाड़ियों से लोग ईंधन का काम लेते हैं। इसके फूलों से शहद निकालते हैं और इसकी जड़ों को कूट कर बुखार, खांसी, दमा, तपेदिक, निमोनिया, जुल्लाब, नासूर,

गठिया और दूसरे तमाम रोगों के लिए इस्तेमाल करते हैं और प्रायः अच्छे हो जाते हैं। इन लोगों की तन्दुरुस्ती इतनी अच्छी है कि ये लोग दूर-दूर डकैती और चोरी के लिए जाते हैं। कोटले में हर औरत जो ब्याही जाती है, भगाकर लाई जाती है। कोटला और आसपास के देहात का कोई घर ऐसा नहीं है जिसका कोई आदमी जेल न जा चुका हो या फांसी की सज़ा न पा चुका हो। हर घर में राइफल अवश्य मौजूद होगी, क्योंकि हर घर का जवान बेटा फौज में भर्ती हो जाता है। मौलवी साहब के कोटले में कोई मौलवी नहीं रहता।

बहुत दिनों की बात है। इसी मौलवी साहब के कोटले के दो युवक रोज़गार की तलाश में घर से निकले। एक का नाम था करमचन्द, दूसरे का नाम था करमदाद। दोनों बड़े तगड़े जवान थे और सूरत-शक्ल से एक-दूसरे के भाई मालूम होते थे, यद्यपि उनमें कोई खानदानी रिश्ता न था। उन दोनों नौजवानों को घरों से तीन-तीन रोटियां मिलीं और पिसा हुआ नमक और एक-एक प्याज़ की बड़ी गांठ। लाठियां लेकर और रोटियां पोटली में बांधकर करमचन्द और करमदाद अपने-अपने घर से निकले और मौलवी साहब के कुएं पर मिल गए।

थम्ब गांव के नम्बरदार की बेटी, जो कुएं पर पानी भरने के लिए आई थी, उन दोनों को देखकर हंसी और लाल छींट के दुपट्टे की ओट से हंसती रही। करमचन्द उसके कुंआरे सीने के उतार-चढ़ाव को बड़ी हसरत से देखता रहा; फिर हिम्मत करके बड़ी नम्रता से बोला—"ए थम्ब के नम्बरदार के घर की चांदनी, तेरी मां को काला भैंसा ले जाए। फकीर परदेस जाते हैं, एक घूंट पानी पिला दे अपने कुएं का!"

करमदाद ने करमचन्द के सिर पर धप जमाकर कहा—"ए बे गाली बकता है। नमकचोर के तुख्मे-बेपीर।" फिर करमदाद ने अपनी पगड़ी के तुर्रे को बराबर किया और शोख निगाहों से थम्ब के नम्बरदार की सुन्दर बेटी को देखकर बोला, "देशनिकाला मिला है। बोल चांदी की मूरती। अपने मक्खन ऐसे सुन्दर हाथों से घड़े को झुका के पानी पिला दे। करमदाद तुझपर मौलवी साहब का सारा कोटला वार देगा—सिवाय अपने मां-बाप, बहन-भाइयों के, और सिवाय इस नमकचोर के तुख्मे-बेपीर करमचन्द के।"

थम्ब के नम्बरदार की बेटी हंसते-हंसते दोहरी हो गई। करमचन्द

बड़ी हसरत से नीली सूसी की कमीज़ पर उभरती और गिरती हुई हंसी की लहरों को देखता रहा। नम्बरदार की बेटी ने अपना घड़ा झुका दिया। करमचन्द और करमदाद दोनों ने अपने चुल्लू बढ़ाए। नम्बरदार की बेटी ने इस तरह अपना घड़ा छलका दिया कि दोनों चुल्लू भरते गए और वे दोनों पीते गए और कांच की चूड़ियों के छनाके सुनते गए और लाल गालों पर गिरी हुई पलकों को देखते गए, यहां तक कि लाल गालों पर नन्ही-नन्ही शबनमी बूंदे उभर आईं और फिर घड़े का पानी समाप्त हो गया और पीछे से आकर उनके गांव की एक लड़की हुस्ना ने उन्हें धप जमाई और कहा, "मरदूदो, अब जाओ भी, बहुत परेशान कर लिया तुमने हमको।"

करमचन्द और करमदाद दोनों धीरे-धीरे उठे, अपनी लाठियां संभालीं,जगत पर खड़ी लड़कियों को सलाम किया,अपने गांव को,उसके आसपास के पहाड़ों को सलाम किया और मुंह मोड़कर मीरपुर के रास्ते पर हो लिए। लड़कियों की आंखों में आंसू थे। वे हौले-हौले गाने लगीं :

"टुर चलियों परदेश!
रांझना! रांझना!!"

कच्चे रास्ते के मोड़ तक वे दोनों रांझना-रांझना के गीत को अपने साथ चलता हुआ महसूस करते रहे। मोड़ पर एकदम वह गीत रुक गया। उन्होंने घूमकर देखा। वह गांव, वह कुआं, वे पहाड़ियां, वे टीले, जिन-पर वे चांदनी रातों में खेला करते थे, बचपन में आंखमिचौनी, जवानी में कबड्डी, वे सब नज़रों से ओझल हो चुके थे। मोड़ मुड़ते ही जैसे हर पुरानी चीज़, हर जानी-पहचानी प्यारी चीज़ उनसे कटकर अलग हो गई और अब वे एक नये रास्ते पर, एक नये शहर को, एक नये देश में, एक नया रोज़गार ढूंढ़ने जा रहे थे।

करमचन्द और करमदाद ने अपने ऊंचे रास्ते से नीचे की फैलती हुई, गिरती हुई, पहाड़ियों की शृंखला को देखा, जिनके अन्त में जेहलम का किनारा एक चांदी की गोट की तरह चमक रहा था। करमदाद ने कहा, "दिन ढलने से पहले हम मीरपुर पहुंच जाएंगे।" करमचन्द ने कहा, "जल्दी चलो। रुकने से मेरे पांव बार-बार लौट जाने को कहते है।"

करमदाद मुस्कराया। बड़े मीठे, भावुक लहजे में बोला, "थम्ब के

नम्बरदार की बेटी की याद तो नहीं आ रही? लेफ्टेन बहादुर खां कहता था, "मैं देश-देश घूमा हूं। समुन्दर पार सात विलायत भी देख आया हूं। ईमानसे अपने गांव में ऐसी खूबसूरत लड़कियां कहीं नहीं देखीं।"

करमचन्द ने जल्दी से कहा, "आगे बढ़ो, नहीं तो मुझे तुम्हें उठाकर ले चलना पड़ेगा।"

"देखें कौन तेज़ चलता है।" करमदाद ने चुनौती दी। दोनों तेज़-तेज़ कदमों से चलने लगे। साथ-साथ, बराबर। जहां चौड़ा और समतल रास्ता होता, वहां दोनों साथ-साथ रहते। जहां ढलाई या चढ़ाई आ जाती, वहां कभी एक आगे हो जाता, कभी दूसरा। कभी एक गीत गाने लगता, कभी दूसरा। इसी तरह चलते-चलते एक-दूसरे से मुकाबला करते हुए, एक-दूसरे को गीत सुनाते हुए वे बहुत-सा रास्ता तय कर गए। सुबह से दोपहर हो गई और दोपहर भी जाने लगी तो वे बेरियों वाली ढेकी के नीचे पहुंच गए। यहां सलेटी रंग की बड़ी-बड़ी चट्टानें थीं, जिनके दामन में एक साफ-सुथरा ठंडा चश्मा था। चट्टानों के ऊपर बेरी का एक बहुत बड़ा झाड़ फैला हुआ था और चट्टानों की छाया और झाड़ की छाया के कारण यह जगह मुसाफिरों को सुखप्रद और ठंडी मालूम होती थी।

वे दोनों चश्मे के किनारे लेट गए और पशुओं की तरह पानी पीने लगे। पानी पीके उठ बैठे और पुटलियां खोलके खाना खाने लगे। बीच-बीच में जब मुंह की राल भी बाजरे की रोटी को गले से उतारने में असफल रहती, तो बढ़कर चश्मे से एक घूंट पानी का पी लेते और फिर खाना खाने में व्यस्त हो जाते।

करमदाद ने पूछा, "तुम मीरपुर जाकर क्या करोगे, क्या विचार है?"

करमचन्द ने कहा, "वही करूंगा जो मेरा बाप करता आया है। अर्थात् नमक का व्यापार।"

करमदाद ने कहा, "नमकचोर के तुख्मे-बेपीर, व्यापार के लिए तुम्हारे पास पैसा कहां है?"

करमचन्द ने कहा, "हां, पैसा तो नहीं है। सोच रहा हूं, किसी आढ़त की दुकान पर नौकरी कर लूंगा, फिर धीरे-धीरे कुछ हो जाएगा। और तुम क्या करोगे?"

करमदाद ने कहा, "क्या करूं, आजकल भर्ती बन्द है नहीं तो सब कुछ हो जाता। अच्छा, मीरपुर तो आने दो। अल्लाह खुद रास्ता निकालेगा।"

करमचन्द ने कहा, "तुम भी मेरे साथ आढ़त की दुकान पर नौकर हो जाना।"

करमदाद ने कहा, "नहीं, यह झिक-झिक मुझसे नहीं होगी। यह बाज़ारों, गलियों, छोटी-मोटी दूकानों, तंग जगहों की नौकरी मुझसे नहीं होगी। करमचन्द, मैं तो कोई खुला काम चाहता हूं, जिसमें खूब हाथ-पांव फैला सकूं। क्या करें, अपने देश में अनाज ही नहीं होता, नहीं तो मैं खेती-बाड़ी करता, इधर आने की ज़रूरत ही क्या थी?"

खाना खाकर वे दोनों एक पलक झपकाने के लिए सो गए और ऐसे सोए कि जब उठे तो सूरज बड़ी तेज़ी से पश्चिम की तरफ जा रहा था। दोनों एक-दूसरे को गालियां देते हुए उठे, और गालियां देते, हंसते, गाते, एक-दूसरे से तेज़ चलने बल्कि अब तो दौड़ने का मुकाबला करते हुए वहां से चले। अब उनका मुकाबला आपस का न था बल्कि ढलते हुए सुरज से था। कोई दो मील तक वे दोनों दौड़ते हुए गए, फिर थोड़ा-सा दम लेकर आगे बढ़े और फिर दौड़ना शुरू कर दिया। जब दौड़ने से थक गए तो तेज़-तेज़ चलते गए। मुंह बन्द किए, पसीने में तर-बतर, वे मीरपुर की तरफ चलते गए। और जब सूरज पश्चिम में पहुंच गया तो वे मीरपुर से चार कोस के फासले पर छोटी मसजिद के निकट पहुंच गए। छोटी मसजिद के तालाब में मसजिद के मीनार और गुम्बद तैर रहे थे और उनके पीछे सूरज की रोशनी गुम हो रही थी। शाम की ठंडी हवा चलने लगी थी और कच्चे तालाब के किनारे बेरियों के झाड़ में वापस आती हुई चिड़ियों ने शोर मचाना शुरू कर दिया था। तालाब के सामने के घर से धुआं उठना शुरू हो गया था और एक बच्चा अपने तुतलाते हुए लहजे में अपनी अच्छी अम्मी से रोटी मांग रहा था। एक लड़की तालाब पर पानी पीने आई और वे दोनों उसे देखकर ठिठक गए। उसके उलझे-उलझे बालों में डूबते हुए सूरज की किरनें झिलमिला रही थी और उसकी बड़ी-बड़ी निर्मल आंखों में एक जादू-भरी रोशनी, ठंडी-ठंडी रोशनी-सी, महसूस होती थी। वे दोनों उसे देखकर ठिठक गए। उनके अपने गांव में भी कोई लड़की

इतनी सुन्दर न थी।

करमदाद पहले बोला, "तेरा बाप ज़िन्दा है न?"

लड़की ने बड़े आश्‍चर्य से उसकी तरफ देखते हुए कहा, "हां।"

"तेरी मां?"

"हां।"

"तेरा घर सामने है न?"

"हां।"

"तेरे घर में लस्सी है?"

"हां, मगर तुम...?"

"बस ज़्यादा कुछ न कह हमसे। हमें अपने घर ले चल।" करमदाद ने उसे टोककर कहा, "हम तेरे घर चलकर तेरे हाथ से लस्सी पीएंगे। और बस, फकीर चले जाएंगे। जल्दी कर, मंज़िल खोटी हो रही है।"

लड़की के घर जाकर उन दोनों ने पेट भरकर लस्सी पी। छोटा लड़का, जो अम्मी से रोटी का टुकड़ा मांग रहा था, करमदाद की गोद में आ बैठा। करमदाद ने उसे रोटी का टुकड़ा दिया और उससे पूछा, "तेरा नाम क्या है?"

"अल्लादाद।"

"तेरे बाप का नाम?"

"मुराद।"

"वह तेरी अम्मी है?"

"हां"

"वह तेरी बहन है?"

"हां।"

"तेरी बहन का क्या नाम है?"

"बाली।"

"बाली से कह, हमारे घर आज एक महमान पाया है। आज रात को खाना खाकर मीरपुर जाएगा।"

अल्लादाद की अम्मी ने पूछा, "कहां से आए हो ज्वान?"

"मौलवी साहब के कोटले से।"

"कहां जा रहे हो?"

करमदाद ने कहा, "मैं तो यहीं रह रहा हूं। मेरा दोस्त मीरपुर जा रहा है।"

करमचन्द ने बहुत समझाया, परन्तु करमदाद नहीं माना। लाचार करमचन्द अकेला मीरपुर चला गया। वहां जाकर उसने आढ़त की एक दुकान पर नौकरी कर ली। वह आढ़ती के मुनीम के घर का सारा काम करता था और आढ़त की दूकान पर सारा सामान भी ढोता था, और जब उसे फ़ुरसत होती तो मुंडी पढ़ने बैठ जाता। बिना मुंडी पढ़े वह आढ़त का काम कैसे जान सकता था? इसी दिन-रात की मेहनत में उसने तीन साल बिता दिए। अब वह बड़े मुनीम का छोटा मुनीम हो गया था और छोटे-मोटे किस्म के चार सौ बीस खुद भी करने लगा था। अब वह हर रोज़ नहाता और रेशमी बनियान, मलमल का कुरता और लट्ठे का पाजामा पहनता। उसका बदन अब पहले की तरह खुर-दुरा न था, हर रोज़ मुलायम होता जा रहा था। इन दो बरसों में एक बार भी वह अपने दोस्त करमदाद से मिलने न जा सका। न करमदाद उससे मिलने आया। दो साल के बाद एक दिन ऐसा हुआ कि उसे आढ़त के सिलसिले में छोटी मसजिद के गांव में जाना पड़ा। जाना असल में बड़े मुनीम को था, परन्तु चूंकि उस काम में कोई बहुत अधिक लाभ की आशा न थी, इसलिए बड़े मुनीम ने करमचन्द को भेज दिया।

करमचन्द बहुत सवेरे ही छोटी मसजिद के तालाब पर पहुंच गया। तालाब के सामने घर था और घर के द्वार का प्रतिबिम्ब पानी में पड़ता था। करमचन्द ने देखा कि तालाब की सतह पर एक द्वार खुला और उसमें से एक लड़की घड़ा लिए प्रकट हुई और द्वार पर एक क्षण के लिए रुकी। दूसरे क्षण में एक और आदमी पीछे से आया। उसके कंधे पर हल था। दोनों की निगाहें एक क्षण के लिए मिलीं। और फिर तत्क्षण पीछे से दो बैल आए और उनके पीछे एक अधेड़ आयु का व्यक्ति और एक जवान व्यक्ति जो करमदाद था। वह अधेड़ आयु के आदमी के साथ खेतों में चला गया और लड़की घड़ा उठाए आप ही आप मुस्क-राती तालाब के किनारे-किनारे हौले-हौले एक अजीब चाल से चलती हुई करमचन्द के निकट आ गई—जैसे उसके शरीर के हर कण में प्रेम की लहरें मचल रही हों और किनारे से टकराने के लिए बेताब हों।

करमचन्द ने पूछा, "करमदाद कहां है?"

लड़की पानी भरते-भरते एकाएक ठिठक गई। फिर उसने करमचन्द को पहचान लिया। बोली, "खेतों में गया है।"

"तुम्हारे यहां काम करता है?"

"हां" लड़की ने खुशी से सिर हिलाया।

"क्या तन्खाह मिलती है उसे?"

"रोटी का टुकड़ा मिलता है। और क्या मिलेगा उसे?"

"तुम्हारी उससे शादी नहीं हुई?"

लड़की ने सिर झुका लिया। कुछ नहीं बोली।

"क्यों नहीं हुई?"

वह धीरे-धीरे बोली, "अब्बा नहीं मानते।" फिर उसने धीरे से घड़ा उठाया और मुंह फेरकर कहने लगी, "घर आकर लस्सी पी जाओ। करमदाद तुम्हें बहुत याद करता है।"

करमचन्द ने धीरे से कहा, "नहीं बाली, मैं इस समय नहीं आऊंगा। तुम करमदाद से कह देना कि उसका दोस्त दौलतराम लक्ष्मीचन्द महाजन के यहां छोटा मुनीम है। उसकी हालत बहुत अच्छी है। वह अपने दोस्त करमदाद को बहुत याद करता है। यदि वह करमचन्द के पास आ जाए तो उसे कोई तकलीफ न रहेगी।"

"मैं कह दूंगी।"

बाली चली गई। करमचन्द देर तक उसके सुन्दर शरीर को देखता रहा। जब वह चली गई, दृष्टि से ओझल हो गई, तब भी वह बहुत देर तक उसके सुन्दर शरीर को देखता रहा।

तीन साल और बीत गए। और अब करमचन्द ने आढ़ती का इतना विश्वास प्राप्त कर लियाथा कि उसने रोज़-रोज़ की शिकायतों के दबाव से बड़े मुनीम को आढ़त की दुकान से निकलवा दिया। अब वह आढ़ती का दाहिना हाथ था और उसका सारा कारोबार बड़ी खूबसूरती से संभालता जा रहा था। उसी खूबसूरती से वह अपनी आमदनी भी बढ़ाता जा रहा था, क्योंकि नह स्वयं अपनी आढ़त की दूकान खोलना चाहता था और दौलतराम लक्ष्मीचन्द महाजन के मुकाबले पर मीरपुर में एक आलीशान हवेली खड़ी करना चाहता था। तीन साल और बीत गए और उसने बड़े मन्दे के खतरनाक दिनों में वह चाल चली कि

दौलतराम लक्ष्मीचन्द का सारा कारोबार चौपट हो गया और उसे दिवाला निकालना पड़ा। अब तो विवश होकर करमचन्द को अपने मालिक की दुकान से अलग होना पड़ा। उसने बाज़ार के नुक्कड़ पर, जिधर से देहात की सड़क जाती थी, एक छोटी-सी दूकान खोल ली। उसमें यह लाभ था कि देहाती, जो फसलों का अनाज बेचने के लिए आते, सबसे पहले उसीके यहां आते। थोड़े दिनों में करमचन्द की दूकान चमक उठी और उसका कारोबार मीरपुर के आसपास के गांवों में फैलने लगा और अबके छः साल के बाद उसे फिर अपने काम से छोटी मसजिद के गांव को जाना पड़ा।

अबके यह पैदल नहीं था, एक बढ़िया खच्चर पर सवार था और उसके साथ उसका नौकर था। अब वह तालाब के किनारे अजनबियों की तरह नहीं ठहरा बल्कि सीधा तालाब के किनारे उस पार के घर की तरफ अपना खच्चर बढ़ा ले गया और दनदनाता हुआ आंगन के अन्दर चला गया। चूल्हे के पास बाली की मां रोटी पका रही थी। आंगन में बिछी हुई एक खाट पर बाली और करमदाद दोनों एक ही रकाबी में खाना खा रहे थे। मकई की रोटी और बथुवे का साग, थोड़ा-सा मक्खन और लस्सी का छन्ना। करमदाद उसे देखते ही उठ खड़ा हुआ और ज़ोर से बोला, "अबे नमकचोर के तुख्मे-बेपीर।" दोनों मित्र बड़े प्रेम से गले मिले और जब करमदाद ने करमचन्द को छाती से लगाके ज़ोर से भींचा तो उसे मालूम हुआ कि करमचन्द का शरीर तो बिलकुल ही नर्म पड़ गया है, औरत के शरीर की भांति, और उसका पेट भी थोड़ा-आगे को बढ़ आया है।

करमदाद ने उसका पेट बजाकर पूछा, "कितने महीने का है, ढोलकी के?"

करमचन्द हंसने लगा। करमदाद ने उसे भी अपने साथ खाने में सम्मिलित कर लिया और वे तीनों एक ही रकाबी में खाना खाने लगे। करमचन्द को अब यह खाना सूखा-सूखा-सा लग रहा था और लस्सी के छन्ने से भी बू-सी आ रही थी। उसने बाली की तरफ देखा और उसे महसूस हुआ कि वह सौंदर्य के उन छोटे-छोटे टुकड़ों को फिर से जोड़ रहा है जो उसने अपने जीवन में कभी वहां देखे थे, परन्तु कभी एक जगह न देखे थे। जैसे सुबह के झिलमिलाते हुए ठंडे तारे, जैसे ओस में

भीगे हुए गुलाबी फूल, जैसे हवा में कांपते हुए आम के पत्ते, जैसे गहरी रात में नदी की सतह पर छनकर आनेवाली धरती की सोंधा-सोंधी सुगन्ध, जैसे दोपहर के सन्नाटे में किसी बिरह के मारे के गीत की गुम होती हुई लय। एकाएक करमचन्द को ऐसा महसूस हुआ जैसे उसके अन्दर की गन्दगी छंट रही है और नर को एक हांपती-कांपती-सी किरन उसके अंधेरे सीने की चट्टान को तोड़कर अन्दर आने का जतन कर रही है। करमचन्द ने कहा, "शादी कब हुई?"

करमदाद ने कहा, "दो साल हो गए। अब तो नन्हा भी है।"

बाली खाट से उठ गई और नन्हे को ले आई। नन्हा करमचन्द की गोद में हुमकने लगा।

करमचन्द ने कहा, "तुम लोग शहर में आकर रहो। मैं एक बहुत बड़ी हवेली बनवा रहा हूं। सच कहता हूं करमदाद! तुम लोग मेरे यहां आकर रहो। अब तुम्हें मेहनत-मज़दूरी करने की ज़रूरत नहीं। करमदाद, दिन-रात खेतों में सड़ते हो। देखो तो, बाली के पास अच्छे कपड़े भी नहीं हैं।"

करमदाद ने कहा, "मैं तो अपने खेतों के बिना मर जाऊंगा। जाने तू कसे दिन-भर उस काली दूकान पर रहता होगा, नमकचोर के तुख्मे-बेपीर, छोड़ दे यह सब खटराग, मेरे घर आ जा। यहां तुझे मक्खन और लस्सी खिलाऊंगा और खेतों में काम कराऊंगा। मगर अब तू काम कैसे करेगा? पहले अपने इस बड़े पेट का बच्चा तो जन ले।"

करमदाद हंसने लगा। बाली भी हंसने लगी। करमचन्द भी झेंपकर खिसियानी हंसी हंसने लगा।

दस साल और बीत गए। और अब करमचन्द ने शहर में एक आलीशान हवेली तामीर कराई थी और उसकी बोस्की की सफ़ेद कमीज़ में सोने के बटन टंके हुए थे और अब वह मीरपुर के आधे बाज़ार का मालिक था और कई गली-मुहल्लों में उसके मकान थे और राज-दरबार में उसकी बड़ी इज़्ज़त थी। अबके सरकार ने जो मीरपुर में मोटर की सड़क बनवाने का फैसला किया तो उसका ठेका भी करमचन्द को ही मिला। यह सड़क गटालियां से मीरपुर और मीरपुर से कोटली तक जाती है, और रास्ते में छोटी मसजिद को मौलवी साहब के कोटले

से मिला देती है। इस ठेके से करमचन्द ने लाखों रुपया कमाया, बल्कि यों कहिए कि लाखों रुपया काटा। और वह अब जंगलों के ठेके लेने लगा और जेहलम नदी के द्वारा शहर के बड़े काठगुदाम तक लकड़ी भेजने लगा। उसने जेहलम में भी आढ़त की दूकान खोल ली। तीन मोटरें रख ली और मीरपुर में एक गुरुद्वारा, एक मन्दिर और एक पाठशाला बनवाई। अब उसने पढ़ना-लिखना भी खासा सीख लिया था और अब वह हमेशा अपने हस्ताक्षर यों किया करता था:

लाला करमचन्द आढ़ती, रईस मीरपुर

जिन दिनों मोटर-रोड मोरपुर से छोटी मसजिद तक पहुंची थी, वह एक दिन देखभाल के लिए छोटी मसजिद गया था। उस दिन वह पैदल नहीं गया था, खच्चर-पर भी सवार न था, वह अपनी मोटर में स्वयं बैठकर, उसे स्वयं चलाकर छोटी मसजिद गया था। यहां वह दिन-भर अपने काम में इतना अधिक व्यस्त रहा, इंजीनियरों और ओवर-सियरों से सलाह-मशवरा करता रहा, मज़दूरों और खलासियों के झगड़े निपटाता रहा और इसी व्यस्तता में उसे करमदाद से मिलना भी याद न रहा! हालांकि करमदाद का घर तालाब के किनारे पर ही था और तालब के किनारे से ही मोटररोड गुज़रती थी और तालाब के किनारे इंजीनियरों और ओवरसियरों के तम्बू लगे हुए थे। यद्यपि वह करम-दाद से न मिल सका परन्तु करमदाद ने उसे दूर ही से अपने खेतों में से देख लिया था और उसे देखकर वह वहीं से चिल्ला उठा था, “अबे ढोलकी के, नमकचोर के तुख्मे-बेपीर!” परन्तु उसकी आवाज़ करम-चन्द तक न पहुंची थी और उसने उधर कोई ध्यान न दिया था। और इसके बाद भी करमदाद ने करमचन्द से मिलने की बड़ी कोशिश की, लेकिन इंजीनियर लोग और दूसरे बड़े-बड़े आदमी सेठ की मोटर को इस तरह घेरे हुए थे और वह मोटर इस तरह यहां से वहां उड़ती फिरती थी कि करमदाद बहुत कोशिश करने पर भी अपने दोस्त करमचन्द से न मिल सका और करमचन्द अपने दोस्त करमदाद से मिले बिना वापस मीरपुर चला गया और वापस मीरपुर जाकर भी उसे ध्यान न आया कि छोटी मसजिद में करमदाद भी रहता है जिससे वह आज मिलकर नहीं आया। आज उसके जीवन में कोई अजीब बात नहीं हुई थी। लेकिन करमदाद को छोटी मसजिद में यह बात बहुत अजीब

और बुरी-सी लगी और वह बहुत देर तक उसे नहीं भूल सका।

एकाएक टेलीफोन की घण्टी बजते-बजते बन्द हो गई। करमचन्द ने कोशिश की —"हलो···हलो···" खामोशी। करमचन्द ने घबराकर बत्ती जलाई, परन्तु आज बत्ती भी नहीं जली। चारों ओर सन्नाटा था —ऐसा सन्नाटा जैसे अब कहीं कुछ न होगा। फिर कहीं से किसीके भागने की आवाज़ आई। कोई तेज़-तेज़ कदमों से उसकी तरफ भागा-भागा आया। कहने लगा, "हमलावर आन पहुंचे! शहर पर हल्ला बोल रहे हैं।"

"कहां पर हैं?" करमचन्द ने घबराकर पूछा।

"वह नीचे ढेकी तक पहुंचे हैं। अभी आना चाहते हैं।"

"कितने आदमी हैं?"

"कोई दो हज़ार होंगे। अगर जान बचानी है तो भागो।"

करमचन्द पुलिस चौकी में बैठा था। यहां पर ठीक-ठीक स्थिति के बारे में पूछ-ताछ करने आया था। वह इस समय केवल एक कमीज़ और पायजामा पहने था। उसे एकाएक अपनी हरी-भरी दूकान का खयाल आया, अपनी आलीशान हवेली का खयाल आया, मीरपुर के मुहल्लों और बाज़ारों में फैले हए मकानों और दूकानों का खयाल आया, और अन्त में उसे अपनी तिजोरी का खयाल आया जिसके अन्दर सोने की ईंटें थीं। पुलिस चौकी में केवल एक सिपाही बैठा था। करमचन्द ने उससे पूछा, "अब क्या होगा?"

सिपाही ने कहा, "अब क्या हो सकता है? हम लोग संख्या में बहुत कम हैं।"

करमचन्द पुलिस चौकी से बाहर आया। बाहर आकर उसने देखा सब लोग भाग रहे हैं। करमचन्द भी भागा। पहले वह जेहलम जाने के लिए पश्चिम की ओर भागा,परन्तु उधर से हमलावर आ रहे थे। फिर वह कोटली जाने के लिए पूरब की ओर भागा, परन्तु कोटली भी हमलावरों के अधिकार में थी। टीले पर शहर आबाद था। और नीचे खेत फैले हुए थे और सामने जली हुई पहाड़ियां थीं। करमचन्द भागता-भागता खेतों की तरफ निकल गया।

आधी रात के लगभग करमचन्द खेतों में से होता हुआ, सूखे नालों

में से चलता हुआ, वीरानों में से गुज़रता हुआ छोटी मसजिद के तालाब के पास पहुंच गया। रास्ते में उसे दूर से गोलियों के चलने की आवाज़ें सुनाई देती रहीं, और आदमियों की चीखें और कराहने की आवाज़ें, और लारियों का शोर सड़क पर बढ़ता गया। और फिर मीरपुर के टीले से आग के शोले बुलन्द होते गए। और फिर सारा पश्चिमी आकाश लाल-लाल रोशनी में उबलने लगा। तालाब के किनारे बैठे हुए उसे तालाब के पानी में पश्चिमी आकाश की लाल रोशनी का अक्स नज़र आया और उसकी पृष्ठभूमि में मसजिद के मीनार और कंगूरे उभरते गए और करमचन्दने सोचा कि उसका मकान जल गया है उस की दूकान लुट गई है और अब उसके पास इन दो कपड़ों के सिवा और कुछ नहीं है, जिन्हें पहनकर वह अपनी जान बचाकर भी यहां से न ले जा सकेगा।

करमचन्द धीरे से उठा और करमदाद के मकान पर दस्तक देने लगा। बहुत देर के बाद द्वार खुला। वह भी थोड़ा-सा द्वार खुला और कोई द्वार के पीछे से बोला, "कौन है?"

करमचन्द ने आवाज़ पहचान ली। कांपते हुए धीरे से बोला, "द्वार खोलो करमदाद। मैं हूं तुम्हारा दोस्त करमचन्द।"

करमदाद ने सारा द्वार खोल दिया और करमचन्द के गले लिपटकर बोला, "अबे नमकचोर के बेटे, तुख्मे-बेपीर। आखिर आ गया न ठिकाने पर। देख बाली, कौन आया है, देख यह कौन आया है—मेरा दोस्त करमचन्द! देख, मैंने कहा था, एक दिन करमचन्द ठिकाने पर आ जाएगा। वह हज़ार बार बेईमान हो जाए, वह फिर ठिकाने पर आ जाएगा। वह मेरा दोस्त है।"

करमचन्द ने कहा, "धीरे बोलो, कोई मेरा नाम सुन लेगा, तो मैं जान से मार डाला जाऊंगा।"

करमदाद ने कहा, "कौन ढोलकी का तुझे मेरे जीते जी हाथ लगा सकता है। उठ बाली, रोटी पका। जल्दी से रोटी तैयार कर दे।"

बाली ने मुस्कराकर कहा, "आज मैंने एक आदमी का खाना अलग रख दिया था। मेरा दिल कहता था, आज का दिन ऐसा है कि किसी न किसीको यहां आना ही चाहिए।"

करमदाद ने खुश होकर बाली को छाती से लगा लिया।

बाली ने रोटी सामने रख दी। करमचन्द की आंखों में आंसू भर गए। वही सादा-सा खाना था—बाजरे की रोटी, थोड़ा-सा मक्खन, मीठा-सा साग और लस्सी का भरपूर छन्ना···।

सुबह उठते ही करमचन्द ने अपने सोने के बटन कमीज़ से निकाल-कर अलग कर दिए और उन्हें करमदाद को देते हुए कहने लगा, "अब मेरे पास इनके सिवा कुछ नहीं है। इन्हें ले ले और किसी तरह जम्मू पहुंचा दे।"

करमदाद ने उसके सिर पर धप जमाई और बटन उठाकर बाहर खेतों में फेंक दिए। बोला, "मेरे खेत सोना उगलते हैं। तू मुझे यह झूठा सोना क्या देगा। उठा हल और चल खेत में काम कर। बहुत भटक चुका। अब मैं तुझे कहीं न जाने दूंगा।"

करमचन्द और करमदाद ने एक-दूसरे की तरफ देखा। दोनों देर तक एक-दूसरे की तरफ देखते रहे। फिर करमचन्द ने धीरे से हल उठा-कर अपने कंधे पर रख लिया। करमदाद ने मुस्कराकर बैलों की जोड़ी संभाली और दोनों साथ-साथ घर के आंगन से बाहर निकल गए।

बाली उन्हें यों जाते देखकर ऊंची-ऊंची आवाज़ में गाने लगी।

कश्मीर को सलाम

यह बात,कि कश्मीर स्वर्ग-तुल्य है, मुझे उस समय तक नहीं ज्ञात हुई, जब तक मैं उस स्वर्ग से बाहर नहीं निकाला गया। मेरा मतलब यह है कि मैं चूंकि बचपन ही से कश्मीर में रहता-बसता चला आया था, इसलिए मेरे लिए कश्मीर के उपवनों की सुन्दरता, उसकी घाटियों की मनो-हरता, उसकी झीलों की खूबसूरती और उसके पहाड़ों की फबन और मोहिनी कोई अचंभे की बात नहीं थी। मैं समझता था, शायद दुनिया में इसी तरह की खूबसूरती होती होगी, ऐसे सुन्दर दृश्य हर जगह पाए जाते होंगे, हर जगह डूबता हुआ सूरज इसी तरह झीलों में सोना रोलता होगा, इसी तरह शबनमी धुंधलकों में किसी अनजान घाटी पर लाखों रंगबिरंगे फूल खिल जाते होंगे। पहाड़ के ऊंचे-ऊंचे पेड़ों का झुंड इसी तरह किसी खामोश रहस्यमय दर्रे पर खड़ा एक पहाड़ी सिलसिले को देखता हुआ शहद के छत्तों में काम करती हुई मधुमक्खियों की गूंज से चौंक पड़ता होगा, जिस तरह ऊषा के अक्स से लाल डल में चप्पू चलाती हुई किसी कोमल कश्मीरी सुन्दरी के हाथों से बर्फपोश चोटियों का अक्स चौंककर टूट जाता है। यह और ऐसे हज़ारों सुन्दर दृश्य दूसरी जगहों पर भी पाए जाते होंगे। ऐसा मैं अपने बचपन में, अपने लड़कपन में, और अपनी जवानी के पहले दिनों में सोचा करता था।

लेकिन जब मैं उच्च शिक्षा प्राप्त करने के लिए अपने मां-बाप की आज्ञा से कश्मीर से बाहर गया, उस समय मुझे मालूम हुआ कि मैं कितना गलत सोचा करता था। स्वर्ग की कद्र स्वर्ग से बाहर निकल कर ही मालूम होती है। यह बात न थी कि कश्मीर से बाहर दुनिया सुन्दर न थी।

सारी दुनिया खूबसूरत है, सुन्दरता, मनोहरता और मोहिनी दुनिया के हर कोने में है, लेकिन प्रकृति की जो सुन्दरता, निखार और रंग मैंने कश्मीर में देखा है, कहीं और नहीं देखा। इससे अच्छे और सुन्दर रूप में कभी नहीं देखा। मुमकिन है यह मेरे बचपन का खयाल हो और आप जानते हैं कि बचपन के खयाल कितने मज़बूत होते हैं, वे किस तरह मन के कोने-कोने में अपनी जड़ें फैलाते हैं। मैंने ऐसे दोस्तों को भी देखा है, जो अपने गांव के इमली के झाड़ का ज़िक्र भी इसी ढंग से करते हैं, जिस ढंग से मैं कश्मीर की पुष्पाच्छादित घाटियों का ज़िक्र करता हूं। शायद स्वर्ग कहीं मानव के दिल के बाहर नहीं है, वह उसके दिल के अन्दर है। अगर ऐसा है तब भी मुझे यह कहने में संकोच नहीं है कि मेरे दिल के अन्दर जो स्वर्ग है वह कश्मीर है।

आजकल मैं उस स्वर्ग से बहुत दूर रहता हूं लेकिन फिर भी उसकी याद किसी सदाबहार फूल की तरह दिल में हर समय महकती रहती है। और जब मैं सुबह के समय सफेद पालों वाली किश्तियों के परे समुद्र में सूरज की किरनों को अपना सुनहरा जाल फेंकते हुए देखता हूं, तो मुझे वह सुबह याद आ जाती है जब मैंने पहली बार वुल्लर झील को देखा था। जब हलकी-हलकी धुंध एक रेशमी आंचल की तरह बार-बार गालों से छू जाती थी और झील की नीली सतह शान्त थी और दूर-दूर नीले पहाड़ एक दायरे के रूप में फैले हुए थे। और चप्पू मेरे हाथ में रुक गया था और मेरी किश्ती के निकट नीलोफर के फूल आश्चर्य से मुझे देख रहे थे और दूर, एक बड़ी-सी किश्ती में, एक मल्लाह बैठा था और उसकी पत्नी एक बच्चे को गोद में लिए खड़ी थी और उधर देख रही थी जिधर से सूर्योदय होता है। मुझे उस समय वह मां साकार आशीर्वाद मालूम हुई। जैसे धरती मां हो और आकाश सृष्टि का मन्दिर हो। और बच्चा खिल-खिलाकर हंस पड़ा और सारी दुनिया जाग गई और मुझे ऐसा मालूम हुआ जैसे मल्लाह का चप्पू और नीलोफर के कांपते हुए फूल और झील की खामोश सतह और पहाड़ों की नीली चोटियां सांस रोके उस हंसी की प्रतीक्षा कर रही थीं। सूरज निकला, बच्चा हंसा और दुनिया जाग गई और रंगीन हो गई।

याद की सुरमई घाटियों में कश्मीर के कई नगीने चमक उठते हैं। बहराम गिल से परे एक घाटी थी, जहां मैं रास्ता भटककर आ निकला

था। मकई का एक ढलवान खेत था जिसमें फसल अच्छी तरह से फूली-फली नहीं थी। मकई के पौधे छिदरे-छिदरे थे और आड़े-तिरछे उगे हुए थे। खेत के बीच में एक मचान था जो भूरी घास से छता हुआ था, लेकिन मचान पर कोई न था, दोपहर का समय था और मुझे बड़ी ज़ोर की भूख लग रही थी। मैं आगे बढ़ता चला गया। आगे घास का एक लम्बा-सा टुकड़ा था जिसमें डैफोडिल के पीले-पीले फूल खिले हुए थे उससे आगे ऊंचाई पर आलूचे का पेड़ था जो सफेद फूलों से भरा हुआ था और उसके करीब एक छत थी जिसपर उस घर के लोग खाना खा रहे थे। एक बूढ़ा मोची था जिसकी सफेद दाढ़ी थी और तांबे ऐसी रंगत थी,एक उसका जवान बेटा था, जिसकी नीली आंखों में एक आशामयी मुस्कान थी। एक जवान बेटे की सुन्दर पत्नी थी जिसकी गोद में एक प्यारा-सा बच्चा था। दो बहनें थीं। एक उनका छोटा भाई था जिसने एक मैली चिकट-सी कमीज़ पहन रखी थी और जो मुझे देखकर खाते-खाते ठिठक गया था और फिर हंसने लगा था और चावल और कुड़म का साग उसकी उंगलियों से लगा हुआ था और उसकी आंखों में वह हैरत थी जो अजनबी को देखकर होती है और होंठों पर वह मुस्कराहट थी जो डर से नहीं, बेफिक्री से पैदा होती है। मुझे देखकर बूढ़ा मोची मुस्कराया। उसने मुझसे यह भी नहीं पूछा कि तुम कौन हो, कहां से आए हो, किधर जा रहे हो, तुम्हारा नाम क्या है, तुम्हारा धर्म क्या है? और उसने मुझे खाने को कहा और मैं वहीं लाल बजरी की छत पर बैठकर उन लोगों के साथ खाना खाने लगा और एक बहन ने मेरे सामने मिट्टी के प्याले में चावल और साग रख दिया और सफेद मक्खन का एक गोला और लाल पिसी हुई मिर्चें और नमक, और मैं खाने लगा। हम लोग इस तरह बातें करने लगे जैसे वे लोग बरसों से मुझे जानते हों, जैसे मैं उनके कुटुम्ब का ही एक सदस्य हूं। और फिर खाना खाकर बूढ़ा मोची एक छोटे-से रंदे से चमड़ा कमाने लगा और जवान बेटा खुली हुई धूप को तेज़ समझकर आलूचे के पेड़ के नीचे बैठकर एक पुराने जूते में तला लगाने लगा और मुझसे बातें करने लगा। उसकी पत्नी भी हमारे पास आ बैठी और चादर की ओट में अपने बच्चे को छिपाकर दूध पिलाने लगी और जवान मोची मुझसे कहने लगा, "अबकी मकई की फसल अच्छी नहीं हुई, उसे ओले मार गए हैं और घास भी जगह-जगह से बैठ गई है।"

इतने में वे दोनों शरीर बहनें आलूचे के पेड़ पर चढ़ गईं और डालियां हिला-हिलाकर उन्होंने इतने फूल हमपर बरसा दिए कि हम सफेद-सफेद फूलों से लद गए और छत के दूसरे कोने के निकट खुली धूप में बैठा हुआ बूढ़ा मोची हंसने लगा। खुली धूप में उसके सफेद दांत दमक रहे थे और उसके तांबे की रंगत के गाल चमक रहे थे, और उसकी गहरी नीली आंखें चमक रही थीं और वे दोनों शरीर बहनें हमपर फूल बरसा रही थीं, और जवान मोची के सिर पर फूल थे, जूते के तले के ऊपर फूल थे, फूल मेरी ऐनक की कमानी पर अटक गए थे और फूलों से उस औरत की चादर भर गई थी और उसके बच्चे के नन्हे-नन्हे पांव फूलों से गुंथे हुए मालूम होते थे। और जब मैं सुस्ता चुका तो मैंने उस बूढ़े मोची को और उसके बेटे को और उसकी पत्नी को सलाम किया और फिर वे दोनों शरीर बहनें और उनका छोटा भाई, जिसने केवल एक मैली चीकट कमीज़ पहन रखी थी, और जो मेरी ऐनक की तरफ देखकर हंसता था, वे तीनों मुझे ढलवान से आगे रास्ता बताने के लिए आए।

जब वे मुझे रास्ते पर लगा चुके तो चश्मे के किनारे खेलने बैठ गए और शायद दूसरे ही क्षण मुझे भूल गए। लेकिन मैं उन्हें नहीं भूला हूं। वह भोली हंसी, वह पवित्र स्नेह, प्यार व मुहब्बत की वह पवित्र निशानी, जो इस जीवन की यात्रा में एक मनुष्य दूसरे मनुष्य को देता है, वह आज भी मेरे हृदय में उसी तरह सुरिक्षत है।

मुझे कश्मीर गए मुद्दतें गुज़र गईं। इस बीच में कश्मीर बहुत कुछ बदल चुका है। क्योंकि स्वर्ग-तुल्य देश मानवीय स्वर्ग है और मनुष्य का स्वर्ग हमेशा बदलता रहता है। मैंने उस युग में भी इस स्वर्ग में नरक के दहकते हुए अंगारे देखे थे, दुःख और दरिद्रता की साकार मूर्तियां, गरीबी के भयानक चित्र, स्वर्ग के सौन्दर्य का लेन-देन। मैं जानता था यह दहकते हुए अंगारे एक दिन भड़ककर ज्वालामुखी बन जाएंगे और यह लावा दूर-दूर तक कश्मीर के सुन्दर उपवनों और घाटियों में फैल जाएगा। और वही हुआ जिसकी मुझे आशंका थी और कश्मीर की सुन्दर घाटी रक्त में लिथड़ गई।

और आज मैं अपने स्वर्ग-तुल्य कश्मीर से बहुत दूर बैठा हूं और आज मैं नहीं कह सकता कि वह मां कहां है जो सूर्योदय से पहले वुल्लर

झील के बीच में अपने नवजात शिशु को लिए साकार आशीर्वाद बनकर खड़ी थी। उसका वह पति कहां है जो दोनों हाथ चप्पुओं पर रक्खे उसी किश्ती में बैठा था और अपनी पत्नी को प्यार-भरी नज़रों से देख रहा था। आज मैं नहीं कह सकता कि कश्मीर के इस महान संघर्ष ने उन्हें कहां पहुंचा दिया है लेकिन वे जहां कहीं भी हों, उन्हें मेरा सलाम पहुंचे।

आज मुझे फिर वह आलूचे का पेड़ याद आता है और मकई के खेतों में भूरी घास से छता हुआ मचान, और लाल बजरी की छत पर बैठा हुआ बूढ़ा मोची, जो रन्दे से चमड़ा कमा रहा है। आज फिर मेरे सिर के ऊपर आलूचे के सफेद-सफेद फूल गिर रहे हैं और मेरे कानों में उन दोनों शरीर बहनों की हंसी है और उस लड़के की आश्चर्य-मिश्रित मुस्कान है जिसने केवल एक मैली चीकट कमीज़ पहन रखी है और जिसकी उंगलियों में सफेद चावल के दाने और कुड़म का साग लगा हुआ है। मैं नहीं जानता वे लोग आज कहां हैं, लेकिन वे जहां भी हों उन्हें मेरा सलाम पहुंचे।

शायद वह आलूचे का पेड़ आज फूलों से लदा न हो। यह भी हो सकता है कि मकई के ढलवान खेत में किसीने हल न चलाया हो। शायद वह बूढ़ा मोची अपने घर की लाल बजरी की छत पर चमड़ा नहीं कमा रहा बल्कि सड़क के किनारे पत्थर कूट रहा है और उसका बेटा इस महान संघर्ष में अपनी बहनों की इज्ज़त के लिए लड़ते-लड़ते मारा गया है, शायद आज मकई के खेत में घास से छते हुए मचान पर एक विधवा बैठी है जिसकी काली चादर में नया कश्मीर दूध पी रहा है।

हो सकता है यह सब कुछ सही हो, लेकिन मैं इतना अवश्य जानता हूं कि कश्मीर हमेशा स्वर्ग-तुल्य रहेगा। रक्त में लिथड़ी हुई घाटी को उसके बच्चे फिर से स्वर्ग बनाएंगे, आलूचे के पेड़ में फिर से फूल खिलेंगे, मकई के खेतों में सुनहरे दानों वाले भुट्टे फिर से नज़र आएंगे, मिट्टी के प्याले में चावल और साग और मक्खन होगा और बहनों की हंसी होगी और भाइयों के ठहाके—!

फीरोज़पुरी नाले के ऊपर एक पनचक्की है, यहां पत्थर के दो पाट तेज़ी से घूम रहे हैं, पानी पनचक्की से झरने की तरह गिर रहा है, पास

ही घास के क्षेत्र में लम्बे-लम्बे डंठलों पर बड़े-बड़े सफेद फूल झुके हुए हैं और सारे वातावरण में सौंफ के पौधों की खुशबू है। मैंने इस जगह पर लेटे-लेटे गोर्की का उपन्यास 'मां' पढ़ा था।

आज मैं फिर वहीं जाना चाहता हूं और उसी पनचक्की के निकट बैठकर वही उपन्यास पढ़ना चाहता हूं क्योंकि मेरा विश्वास है कि कश्मीर की धरती गोर्की की 'मां' है। वह धरती मेरी भी मां है और लोग कहते हैं कि मां के चरणों तले स्वर्ग होता है।

सड़क के किनारे

मैं सड़क के किनारे-किनारे चल रहा हूं और डल झील का दृश्य देख रहा हूं। मैं बहुत समय के बाद कश्मीर आया हूं, लेकिन डल मुझे उसी तरह खूबसूरत और जवान नज़र आती है। इसीके गहरे नीले पानी में शंकराचार्य के मन्दिर का अक्स कांप रहा है और लाल परदे वाले शिकारे पानी की सतह को चीरते हुए निशातबाग की तरफ बढ़ रहे हैं। जब ये शिकारे तैरते हुए नीलोफर के फूलों के करीब से गुज़रते हैं तो नीलोफर के सोए हुए फूलों पर पानी की फुहारें पड़ जाती हैं और वे चौंककर पानी की सतह पर दौड़ने लगते हैं। शिकारे आगे बढ़ जाते हैं। हांजियों का गीत जल के उजले-उजले पानी से उभरता आ रहा है—

बाग़े निशात के गुलो
शाद रहो जवां रहो,
तुम पे निसार जन्नतें
रूह फज़ा मसर्रतें।
मस्त नशे में रात दिन
खुर्रमो शादमां रहो।
बाग़े निशात के गुलो।

हां, यह मेरा जाना-पहचाना वही कश्मीर है जिसके बेटों ने हज़ारों मुसीबतों के होते हुए भी अपनी सौंदर्य-साधना नहीं खोई, अपनी खुशबू नहीं खोई। जीवित रहने की अभिलाषा और हंसते हुए मेहनत करने की उमंग नहीं खोई। यह मेरा वही जाना-पहचाना कश्मीर है।

मैं सड़क के किनारे-किनारे चल रहा हूं। यह सड़क जो हरि नगर

से अनंतनाग आती-जाती है। इस रास्ते में लौ जैसे चनार हैं और बादामों के बांके पेड़, नाशपातियों के झुण्ड और सेब के पेड़। बर्फ ज़मीन में घुल गई है और अभी-अभी नई ऋतु की हरियाली बनकर फूटी है। सेब की शाखों पर कलियां चटक गई हैं, उनकी गुलाबी मुस्कराहटें जगह-जगह रास्ता चलने वालों के पांव रोक लेती हैं। मैं भी यहां ठिठक जाता हूं क्योंकि यहां सेब के फूल हैं, एक चश्मा है, एक गाय है और एक सुन्दर चारवाही है, जो गाय को चश्मे से पानी पिला रही है। मैं लड़की से कहता हूं कि तुम ज़रा गाय को परे हटा लो तो मैं पानी पी लूं।

लड़की—तुम ज़रा परे हटकर बैठ जाओ और गाय को पानी पी लेने दो। वह तुम्हारे साये से डरती है।

मैं—मुझे सख्त प्यास लगी है।

लड़की—प्यास इन्सान और हैवान दोनों को बराबर लगती है।

मैं—पहले मैं पानी पी लूं।

लड़की—पहले गाय पानी पी ले। गाय को देखते नहीं हो, पानी पी रही है, इसे बीच में से क्यों हटा दूं? तुम पानी पी रहे होते तो मैं तुम्हारे हाथ से पानी का प्याला छीन लेती?

मैं—(हंसकर) तुम बड़ी समझदार मालूम होती हो। परन्तु आश्चर्य है, इतनी सूझ-बुझ रखते हुए भी तुम चरवाहियों का काम करती हो।

लड़की—चरवाहियों के काम के लिए तो बड़ा सूझ-बूझ चाहिए। गाय-भैसों के रेबड़ के संभालने के अतिरिक्त उसे तुम्हारे जैसे राह चलते हुए समझदारों से भी तो निपटना होता है।

(दोनों हंसते हैं)

मैं—तुम्हारा नाम बेगमां है न?

लड़की—(हंसकर) नहीं, मेरा नाम ज़ैनब है, मैं यहां गांव के स्कूल में पढ़ाती हूं।

मैं स्कूल में पढ़ाती हो कि गाय-भैंस चराती हो?

लड़की—यह गाय तो एक अंधे लड़के की है जिसके मां-बाप पंजाब के दंगे में मारे गए थे! वे अपना देश छोड़कर मेहनत-मज़दूरी के लिए पंजाब गए थे, फिर उन्हें आना नसीब न हुआ।

मैं—यह अंधा लड़का कैसे बच गया? क्या यह यहीं था?

लड़की—यह भी अपने मां-बाप के साथ था, कुछ फिसादी इसे भी मारने पर तुले हुए थे, लेकिन फिर उन्होंने तरस खाकर केवल उसकी आंखें निकाल दी और उसे जीवित रहने दिया। उसने उस दिन से कोई फिसाद नहीं देखा, दंगों को केवल सुना है। ऐसा-ऐसी भयानक आवाज़ें सुनता है कि हर रात सोते-सोते जागकर चीखने लगता है—'मुझे बचानो, मुझे बचाओ।'

मैं—खैर, वह युग अब बीत गया।

लड़की—(आह भरकर) हां, लेकिन उस बच्चे को रोशनी नहीं मिलेगी, न मेरा पति ही मुझे मिलेगा।

मैं—तुम्हारा पति?

लड़की—हां, वह हमारे गांव के स्कूल में बच्चों को पढ़ाता था। अब उसकी जगह मैं पढ़ाती हूं। हम दोनों एक-दूसरे को चाहते थे। लेकिन यह दंगे से पहले की बात है। वह मुझे छिप-छिपकर पढ़ाया करता था और मेरे मां-बाप मेरी शादी नम्बरदार के लड़के से करना चाहते थे और मैं छिप-छिपकर षढ़ती थी और नम्बरदार के बेटे पर सौ लानत भेजती थी। फिर मेरी शादी की बात पक्की हो गई, फिर दंगों की खबरें आने लगीं और फिर मेरी शादी में थोड़े ही दिन रह गए तो वह अंधा लड़का घूमता-घामता, भीख मांगता वापस गांव में आ निकला। उसको इस हालत में देखकर गांव वालों के क्रोध की हद न रही।

(भीड़ का शोर)

(ढोल पीटे जा रहे हैं। लोग हंस रहे हैं, चीख रहे हैं, इस बेहंगम शोर में नीचे की आवाज़ें उभरती हैं।)

1—मारो मारो, इन सबको मारो। एक भी न बचने पाए।

2—एक आंख के बदले दोनों आंखें निकाल दो।

3—बनिये का घर जला दो।

4—लाले और उसकी बेटो को धरती में गाड़ दो।

5—चलो, मारो, मारो, मारो!

6—हम खून का बदला लेंगे, अपने दुश्मनों का खून बहाएंगे।

लड़की—आन की आन में सारा गांव इकट्ठा हो गया। दूसरे

फिरके के लोगों ने घबराकर घर छोड़ दिए और भागकर स्कूल की चारदीवारी में पनाह ली। गांव वालों ने स्कूल के गिर्द घेरा डाल दिया। अन्दर स्कूल में उस्ताद पढ़ा रहा था।

स्कूल मास्टर—पढ़ो बच्चो! सब इन्सान भाई-भाई हैं।

बाहर की आवाज़ें—मारो, मारो, सबको मारो।

अन्दर की आवाज़ें हमें बचाओ, किसी तरह से हमें बचाओ। हमने कोई अपराध नहीं किया है। हम तो सैकड़ों बरस से यहां रहते चले आए हैं। मास्टरजी, आपने कभी देखा, हमने गांव वालों के विरुद्ध कभी कोई बात की हो।

"यह लीजिए ज़ेवर, मेरी बेटी की लाज बचा लीजिए।"

बाहर की आवाज़ें—ज़िन्दा गाड़ देंगे। पत्थरों से मार डालेंगे। तेल में तल देंगे।

अन्दर की आवाज़ें—हमने कुछ नहीं किया है। यहां से चार सौ मील पर जिन लोगों ने तुम्हारे गांव वालों की जानें ली हैं तुम उसका बदला उनसे लो, हमसे क्यों लेते हो।

एक लड़की—भाई! मैं तो गांव की कुंआरी हूं, मैं तुम्हारी इज़्ज़त हूं, मुझे बचा लो भाई!

एक लड़का—उस्तादजी! हम क्या पढ़ें, सब इन्सान भाई-भाई हैं?

मास्टर—चुप रहो, मैं बाहर जाता हूं।

(कदमों की आवाज़, बाहर का शोर एकदम बढ़ जाता है। "मारो-मारो, टुकड़े-टुकड़े कर दो, कीमा बना दो, निकालो सबको बाहर। एक को भी ज़िन्दा नहीं छोड़ेंगे।")

मास्टर—गांव वालो! मेरी सुनो।

(सब चुप हो जाते हैं। फिर एकदम चिल्लाने लगते हैं)

"नहीं नहीं, हम नहीं सुनेंगे। हमें खून चाहिए, खून।"

मास्टर—तुम्हें खून चाहिए? मेरा खून ले लो, लेकिन यह कहां का न्याय है कि तुम बाहर के फिसादियों के खून का बदला अपने गांव वालों से लो।

एक आवाज़—यह अन्धा लड़का देखते हो, इन लोगों ने इसके मां बाप को मार दिया, इसकी आंखें निकाल दी। हम अब यही सलूक करेंगे।

दूसरी आवाज़—आगे से हट जाओ मास्टरजी!

तीसरी आवाज़—मैं तुमसे कहता हूं, दरवाज़े से परे हट जाओ।

मास्टर—मैं पीछे नहीं हटूंगा! मुझे पहले दर्जे की पुस्तक की रक्षा करनी है, जिसमें लिखा है—'सब इन्सान भाई-भाई हैं।' और मुझे 'मेरी अम्मां, मेरी प्यारी, मेरी जान अम्मां' की प्रतिष्ठा बचानी है। मैंने दस बरस इस किताब को पढ़ाया है, आज यह किताब तुम मुझसे छीन रहे हो? मैं यह किताब नहीं दूंगा। अपने जीते जी मैं इसके एक-एक शब्द की रक्षा करूंगा। गांव वालो, इस किताब को न फाड़ो, यह तुम्हारे बच्चों की किताब है, इसमें सेब के फूल हैं और नाशपाती के पेड़ हैं और भाई-बहन मदरसे जा रहे हैं। और सूरज निकल रहा है और किसान खेतों में हल चला रहे हैं। इसके बच्चे बाप का अदब करते हैं और सलीम मोहन का दोस्त है और रज़िया निर्मला की सहेली है। गांव वालो, यह तुम्हारे बच्चों की किताब है। इसे कत्ल न करो, नई ज़िन्दगी को उभरने दो।

एक आवाज़—क्या बकता है यह, पहले इसीपर हाथ साफ करो। दुश्मनों से मिल गया है यह।

दूसरी, तीसरी आवाज़ें—हां, हां, मार डालो इसे, आगे बढ़ो, देर हो रही है।

मास्टर—तुम्हें बदला चाहिए न, दो आंखों के बदले मेरी दो आंखें ले लो।

चौथी, पांचवीं आवाज़ें—देखते क्या हो जी, आगे बढ़ जाओ, मास्टर आप ही पीछे हट जाएगा।

बहुत-सी आवाज़ें—चलो आगे बढ़ो''मारो''मारो''मारो''

(शोर कम हो जाता है। लड़की की आवाज़ उभर आती है)

ज़ैनब—गांव वालों ने उसे मार डाला, स्कूल की चौखट पर स्कूल मास्टर का खून बहा। उसके लाल-लाल ताज़ा खून को देखकर गांव वाले एकदम चौंक गए। उनका सारा गुस्सा उसके पवित्र खून में डूब गया और वे परेशान होकर पीछे हट गए और अपने किए पर लज्जित होकर अपने-अपने घरों को चले गए और फिर उस दिन के बाद उन्होंने दूसरे फिरके वालों को कुछ नहीं कहा। हमारे गांव में सब अमन-चैन से रहते हैं और किसीसे कोई कुछ पूछताछ नहीं करता और अब कहीं कोई

झगड़ा नहीं है।

मैं—अब शायद तुम्हारा ब्याह भी नम्बरदार के बेटे से हो गया होगा।

ज़ैनब—कैसी बातें करते हो? मेरा पति जीवित है। लोगों के लिए वह मर चुका है और उन्होंने स्कूल मास्टर की लाश को कब्र में गाड़ दिया है। मगर मेरे लिए वह ज़िन्दा है और उसके जीते जी मैं नम्बरदार के बेटे से कैसे शादी कर सकती हूं? अब मैं हर रोज़ स्कूल में पढ़ाती हूं और हर रोज़ उर्दू की पहली किताब में मुझे उसका मुस्कराता हुआ चेहरा साफ दिखाई देता है और फिर मैं मुस्कराकर स्कूल के बच्चों की तरफ देखती हूं, तो वे मुझे अपने ही बच्चे मालूम होते हैं। मैं, मेरा पति, मेरे बच्चे, अन्धे लड़के की गाय, मेरा देश कितना सुन्दर है, अजनबी···तुम किस देश के रहने वाले हो अजनबी?

मैं—मेरा कोई देश नहीं है। मैं इन्सानों की सड़क पर रहता हूं, चलता हूं और कभी-कभी रुककर किसी चश्मे की सतह से होंठ मिलाकर प्यास बुझा लेता हूं। अब तुम अपनी गाय को परे हटा लो, यह पानी पी चुकी है और मेरे कोट की आस्तीन चबा रही है।

(ज़ैनब हंसती है और उसकी गुम होती हुई आवाज़ में संगीत उभरता है। कुछ क्षणों के बाद बैकग्राउंड म्यूज़िक के स्वर ऊंचे होते जाते हैं, फिर थरथराकर कम हो जाते हैं।)

मैं फिर सड़क के किनारे-किनारे चल रहा हूं। यह सड़क जो मटन से पहलगाम को जाती है। मटन हिन्दुओं का तीर्थ है, यहां दूर-दूर से यात्री आते हैं और मटन के मन्दिरों और चश्मों का दर्शन करके अमरनाथ की तरफ चले जाते हैं। मटन ब्राह्मणों की बस्ती है और यहां हज़ारों वर्षों से ब्राह्मण रहते बसते हैं और बिना किसी डर या खतरे के पूजा-पाठ में व्यस्त दिखाई पड़ते हैं।

मटन में कोई मसजिद नहीं है। हालांकि आसपास के गांवों में मुसलमानों की बहुत अधिक आबादी है। मेरा मतलब है कि मटन में पहले कोई मसजिद नहीं थी। अबकी कई वर्षों के बाद मैं आया हूं तो क्या देखता हूं कि यहां पर एक छोटी सी मसजिद है। मैं उस मसजिद को देखकर बहुत खुश हुआ और दौड़-दौड़ा मुल्लाजी के पास गया। मुल्लाजी का हाथ कटा हुआ था और उनकी आंखें बड़ी-बड़ी और चम-

कीली थीं।

मैं—मुल्लाजी, यह मसजिद कब बनी?

मुल्ला—दंगे के दिनों में।

मैं—दंगे के दिनों में? आश्चर्य है, दंगे-फिसाद के दिनों में तो मसजिदें और मन्दिर टूटते हैं, बनते नहीं। आप कैसी अजीब बात कर रहे है?

मुल्ला—हमारा मुल्क कश्मीर बड़ा अजीब मुल्क है न? इसलिए यहां पर बड़ी-बड़ी अजीब बातें होती हैं।

मैं—पूरी बात बताइए।

मुल्ला—जब तुम्हारे यहां दंगा हो रहा था और खून की नदियां बह रही थी और हिन्दू-मुसलमान एक-दूसरे के खून के प्यासे मालूम होते थे, उन दिनों कुछ फिसादियों ने यहां हमारे मटन में भी आकर दंगा करना चाहा था। उन्होंने आसपास के देहातों में किसानों को भड़का दिया कि वे मटन के मठ पर हमला करें और ब्राह्मणों को मारकर और मठ को जलाकर उन मसजिदों का बदला लें जिनको नुकसान पहुंचाया गया है।

मैं—तो फिर क्या हुआ? मन्दिर तो जले नहीं, वैसे ही मौजूद हैं।

मुल्ला— तुम सुनो तो, जब फिसादी यह खिचड़ी पका चुके तो उनमें से कुछ लोग मेरे पास फतवा हासिल करने के लिए आए। मैंने फतवा नहीं दिया। मैंने कहा, यह हमारे धर्म के विरुद्ध बात है। इसपर वे लोग निराश होकर चले गए।

मैं—फिर?

मुल्ला—लेकिन फिसादियों ने हिम्मत नहीं हारी। उन्होंने किसानों को बहकाना शुरू किया और आखिर में कुछ लोगों को मठ पर हमला करने के लिए तैयार भी कर लिया। जब मुझे सूचना मिली, मैं यहां नहीं था, एक गांव में गया हुआ था। वहां मैंने बहुत-से किसानों को मठ की रक्षा करने के लिए तैयार भी कर लिया और हम लोग रातोंरात मठ के सामने पहुंच गए। बेचारे पुजारी बहुत डरे हुए थे। दूर से ढोल-ताशों की आवाज़ आ रही थी। फिसादी करीब आ रहे थे।

(मजमे की आवाज़ें, ढोल पीटने की आवाज़े)

1—यहां मठ नहीं रह सकता।

2—शहीद मसजिदों का बदला लिया जाएगा।

3—जला दो इन्हें।

4—पुजारियों को चश्मे में फेंक दो।

5—आगे बढ़ो, जवानो! लोहे के जंगले को पार कर जाओ, इन चश्मों की सारी मछलियां तुम्हारी हैं।

मुल्ला—ठहरो, तुम लोग इस जंगले से आगे नहीं जा सकते।

एक आवाज़—क्यों नहीं जा सकते? हम सब कुछ फूंककर रख देंगे।

मुल्ला—यह इस्लाम के खिलाफ है।

दूसरी आवाज़—मुल्ला दुश्मनों से मिल गया है।

तीसरी आवाज़—उनकी तरफदारी कर रहा है।

चौथी आवाज़—मुल्लाजी सामने से हट जाओ।

मुल्ला—मेरे जीते जी, तुम इस मठ पर हमला नहीं कर सकते, तुम लोग जिनके बहकावे में आकर हमला कर रहे हो, वे हमारे देश को बरबाद कर देंगे। मैं तुमसे फिर कहता हं, मेरे जीते जी यह दंगा नहीं हो सकता।

एक आवाज़—मुल्लाजी ठीक कहते हैं।

दूसरी आवाज़—क्या खाक ठीक कहते हैं।

तीसरी आवाज़—ये लोग हमारे भाई हैं। हज़ारों बरस से यहां रहते चले आए हैं।

चौथी आवाज़—इन्हींके भाइयों ने वहां आग लगाई है, हम यहां आग लगाएंगे।

पहली आवाज़—नहीं, तुममें हिम्मत है तो वहां जाकर लड़ो। यहां हमें क्यों बरबाद करते हो।

दूसरी आवाज़—आगे से हट जाओ।

पहली आवाज़—मुल्लाजी संभलिए—संभलिए।

(शोर बढ़ जाता है, फिर धीरे-धीरे कम हो जाता है। आखिर में मुल्लाजी की आवाज़ उभर आती है।)

मुल्लाजी—उसी दंगे में मेरा यह हाथ कट गया, मगर मठ बच गया। किसानों को बहुत जल्द समझ आ गई कि फिसादी अपना उल्लू सीधा कर रहे हैं। पुजारियों ने भी मेरा धन्यवाद किया। इससे पहले

यहां मठ के आसपास कोई मसजिद न बन सकती थी। अब उन पुजारियों ने और यहां के यात्रियों ने स्वयं मसजिद के लिए चन्दा जमा किया और इसके निर्माण के सिलसिले मे सब आगे-आगे रहे। यह मसजिद, जो अब तुम देख रह हो उसी चन्दे से बनी है।

मैं—मुल्लाजी, आप बहुत ऊंचे आदमी हैं।

मुल्ला—मैं एक छोटा-सा इन्सान हूं बेटा, हां मेरी मसजिद बहुत ऊंची है। आस्मान तक जाती है।

(मधुर संगीत कुछ क्षणों के लिए बजता है।)

मैं सड़क के किनारे-किनारे चल रहा हूं। यह वह मेरा जाना-पहचाना कश्मीर नहीं है, यह नया कश्मीर है। ज़ैनब का, मास्टरजी का और मुल्लाजी का कश्मीर। कश्मीर के बेटे डल में खिले हुए नीलोफर के फल हैं जो तूफान की धमक महसूस करते हुए चौंक उठते हैं और तूफान की लहरों पर डोल रहे हैं और संभल-संभलकर चारों तरफ का निरीक्षण कर रहे हैं और लाल पर्दों वाले शिकारे तेज़ी से पानी की सतह चीरते हुए निशातबाग की तरफ बढ़ रहे हैं और हांजी चप्पू चलाते हुए गा रहे हैं—

हुस्नो जमालो काश्मीर
दिलकशो शोख व दिलपज़ीर
अपना वतन है बे-नज़ीर।
प्यारे वतन के दोस्तो
सरकशो कामरां रहो।
बागे निशात के गुलो
शाद रहो जहां रहो।

झील से पहले, झील के बाद

यह सड़क श्रीनगर से गुलमर्ग को जाती है। इसके दोनों ओर शमशाद के सुन्दर वृक्ष खड़े हुए हैं। यह सड़क धान के खेतों के बीच में से गुज़रती है। सड़क के दोनों ओर मन्थर गति वाली पतली-पतली नदियां खेतों को सींचती हुई बहती हैं। खेतों के किनारे जहां पानी खड़ा है या चलता-फिरता थम-सा गया है वहां कमल और मक्खन-प्याले खिले हुए हैं—सफेद, गुलाबी, पीले। कहीं-कहीं चिनारों के तले गड़िरये गाय, भेड़ें चरा रहे हैं। चार-चार स्त्रियां मिलकर धान कूट रही हैं और गीत गाती जा रही हैं। एक स्त्री सिर पर मटकी लिए पानी भरने जा रही है। मोटर को देखकर यूं ही अकारण हंस पड़ती है। उसके मोतियों जैसे श्वेत, चमकीले दांत बहुत देर तक आंखों में और तत्पचात् कल्पना में जगमगाते रहते हैं।

जो सड़क टंगमर्ग से गुलमर्ग को जाती है वह केवल तीन मील लम्बी है। इस सड़क पर अंग्रेज़ पुरुष और स्त्रियां सुन्दर घोड़ों पर सवार दिखाई पड़ते हैं। उनके पीछे-पीछे भूरी रंगत वाले कश्मीरी हातू हांपते-दौड़ते चले जाते हैं। किसीके हाथ में टोकरी है, किसीके हाथ में थरमस, तो किसीकी गर्दन पर किसी मेम साहब का बच्चा सवार है। मज़दूर अपनी पीठ पर ढाई मन का बिस्तर उठाए, झुके हुए चढ़ाई चढ़ते चले जाते हैं। वे पंचायत वालों के वे आदर्श-वाक्य नहीं पढ़ सकते जो टंगमर्ग में 'आतशक सूज़ाक' की दवाइयों के विज्ञापनों को भांति स्थान-स्थान पर लिखे हुए हैं,"मज़दूरी में इज्ज़त है।" "मज़दूरी से जी मत चुराओ।" "मज़दूरी करना सीखो।" इस सड़क के दोनों ओर

चील और देवदार के ऊंचे-ऊंचे वृक्ष हैं जिनके पांव में सफेद जतरियां और खुम्बें उगी हुई हैं, बनफशे के फल हैं, खेडी की घास है और किसी देवदार पर मधुमक्खियों के छत्ते—और सारा जंगल उनकी मद्धिम गुंजार से गूंजता प्रतीत होता है। इन छत्तों के मधु में जंगली पुष्पों का माधुर्य होता है और पौष्टिक विटामिन, जिसको तैयार करते समय हाथों से स्पर्श नहीं किया जाता।

दो नन्हे-नन्हे कश्मीरी बालक इस सड़क पर चलते हुए दिखाई देते हैं। वे गुलमर्ग से थके-थके पांवों से आ रहे हैं। कदाचित् घर पहुंचकर मात-पिता भी क्रोधित हों, कदाचित् भोजन न मिले, चपत ही मिलें। सड़क के नीचे बहुत दूर तक फिरोज़ नाला बहता है जिसके नीले जल में श्वेत-श्वेत झाग मिली हुई है—नीला जल जैसे इन कश्मीरी बालकों की आंखें, श्वेत-श्वेत, जैसे मोटरों की ओर देखकर प्रकारण हंस पड़ने वाली कश्मीरन।

दस-बारह कश्मीरी लड़कियां प्याली जैसी आकृति की टोकरियों में जंगल से लकड़ियां बीनकर ला रही हैं। इन टोकरियों में वे टंग-मर्ग के यात्रियों और क्षय रोग के रोगियों के लिए लकड़ियां चुन-कर ला रही हैं। इनमें कई लड़कियां क्षय रोगियों की भांति खांस रही हैं, क्योंकि लकड़ियां उठाने के लिए शरीर झुकाकर चलना पड़ता है। इन लड़कियों की टांगें बाल्यकाल ही से बेडौल हो जाती हैं। चाल में बेढंगापन, कपोलों में गढ़े, और छातियों में सलबटें पड़ जाती हैं। यह लड़कियां कुमार अवस्था को कभी प्राप्त नहीं होती। पहले तो ये केवल लड़कियां होती हैं, फिर एकदम मांएं बन जाती हैं। यौवन क्या है, रस क्या है, वन में मधुमक्खी पुष्पों का मध क्यों संचित करती हैं, कमल क्यों मुस्कराते हैं, मक्खन-प्यालों की पीली-पीली पंखुड़ियां ठहरे हुए जल पर क्यों कांपती रहती हैं—उन्हें इन सब बातो का ज्ञान कहां?

जो सड़क नौ हज़ार फुट की ऊंचाई पर गुलमर्ग की घाटी के प्याले के चारों ओर एक सुनहरी फीते की भांति घूमती जाती है, उसे सर्कुलर रोड कहते हैं। यहां से सारी कश्मीर घाटी दिखाई देती है—सहस्रों मील का विस्तृत मैदान, चारों ओर ऊंची-ऊंची पर्वत-मालाओं से घिरा हुआ। इसे देखकर स्पष्ट रूप से पता चलता है कि आज से हज़ारों वर्ष

पूर्व जबकि मनुष्य का जन्म नहीं हुआ था, इन पर्वतों ने एक नीली झील को घेर रखा था। चारों ओर बर्फ के ग्लेशियर होंगे और बीच में यह झील, जिसके चिह्न अब डल, वुल्लर और मानसबल की झीलों में मिलते हैं। कभी-कभी यही प्रतीत होता है कि अब भी वही पुरानी झील है, वही हिमाच्छादित पर्वत-श्रेणियां हैं और सूर्य की प्रथम किरण के साथ मैं ही वह प्रथम व्यक्ति हूं जो इस रहस्यपूर्ण अलौकिक दृश्य को देख रहा हूं। फिर उस झील का पानी सहसा कहीं विलीन हो जाता है और घाटी की वनस्पति और उसके उद्यान और उसके गांव और शहर आंखों के आगे फैलते जाते हैं। देवदारों का सन्नाटा, फिरोज़ नाले के कोलाहल में घुला हुआ लगता है। और जीवन हज़ारों वर्ष आगे की ओर लौट आता है।

इस सड़क पर मेरी भेंट एक आयरिश लड़की से होती हैं। नाम है लीरा ओ-कॉनर (Lira-o-Connor)। लीरा की आंखें न नीली हैं, न हरी न भूरी बल्कि इन तीनों रंगों से मिलता-जुलता हुआ कोई और रंग लीरा की आंखों में एक अद्भुत आकर्षण है जैसे ये सदा सपने ही देखा करती हैं। लीरा के केशों का रंग प्लाटिनम जैसा है—कोमल रेशमी और महीन केश। इनपर उसने एक सुनहरा रूमाल बांध रखा है। वह आराम से बैठी देवदारों की छाया में इस घाटी का स्कैच बना रही है—जहां वृक्षों की फुंगियों का एक जाल-सा बना हुआ है और जिसके छोर पर नदी के पानी की एक लकीर खिंच गई है।

"यहां खड़े-खड़े क्या कर रहे हो? अपना रास्ता लो।" उसने मेरी ओर देखकर कहा।

मैंने अविचलित भाव से कहा, "यहां हरा रंग अधिक गहरा है। फूलों की क्यारियों और देवदार के वृक्षों के जाल का संपात ठीक नहीं है। विशेषतया यहां तो···"

"बैठ जाओ। मैं अभी ठीक करती हूं। क्या तुम्हें वाटर-कलर का शौक है?"

"मुझे वाटर-कलर से प्रेम है, यों समझिए कि अभी प्रेम हुआ है।"

लीरा मुस्कराई और पौन घंटे तक निश्चेष्ट बैठी स्कैच बनाती रही।

"मुझे भूख लगी है और मेरे पास केवल यह दो-चार बिस्कुट ही हैं।"

लीरा ने एक बिस्कुट होंठों के बीच में रखते हुए कहा।

"परन्तु" मैंने कहा, "मेरे पास यह भुना हुआ मुर्ग है इस थर्मास में और कुछ चपातियां भी हैं। यदि तुम्हें भारतीय भोजन की ओर से अरुचि न हो तो···"

"कदापि नहीं, बल्कि मैं तो···"

वह बड़ी रुचि से खाने लगी। फिर बोली, "इस में मिर्चें बहुत अधिक हैं। न जाने तुम लोग मिर्चें इतनी क्यों पसन्द करते हो?"

"यह खाने के स्वाद में वृद्धि कर देती हैं। भारतीयों की जहां अन्य सब इन्द्रियां मर चुकी हैं वहां चखने की शक्ति अभी तक बनी हुई है बल्कि निरन्तर भूखा रहने से और अधिक तीक्ष्ण हो गई है। इसलिए लाल मिर्चें···।"

"न जाने तुम लोगों में यह क्या आदत है···" उसने अपने प्लाटिनमी बालों को झटककर कहा, "किसी पढ़े-लिखे हिन्दुस्तानी से बातें करो, वह हिर-फिरकर राजनीति पर आ जाता है। मैं लाल मिर्चों की बात कर रही हूं, तुम अपने देश की राजनीति का ज़िक्र ले बैठे हो। न जाने क्या बात है···"

उसके होंठ क्रोध से तिरछे हो गए। मैंने कहा, "चलो, लाल मिर्चें के ज़िक्र को जाने दो। आओ, लाल होंठों की बात करें। उन गुलाब के फूलों की जो तुम्हारे कपोलों पर खिले हुए हैं। उन चन्द्रकिरणों की जिनसे तुम्हारे केश बने हुए हैं। उन स्वप्नों की जो तुम्हारे नयनों की पुतलियों में कांप रहे हैं, जैसे किसी झरने की सोई हुई सतह पर तरनारी के विस्मित विकम्पित पुष्प।"

दूसरे दिन सन्ध्या के समय गुलमर्ग के बाज़ार में लीरा ओ-कॉनर घोड़े पर सवार चली जा रही थी। मैंने उसे देखा, उसने मझे, परन्तु वह मुझे पहचान न सकी, "पूर्व पूर्व है और पश्चिम पश्चिम।"

जो सड़क गुलमर्ग की वादी के बीचोबीच जाती है वह गाल्फकोर्स (Golf Course) को बीच में से काटती है। इस सड़क के दोनों ओर अंग्रेज़ स्त्री-पुरुष गाल्फ खेलते दिखते हैं और कश्मीरी हातू गाल्फ के सामान के थैले और छड़ियां उठाए उनके पीछे-पीछे भागते दिखाई देते हैं। इस सड़क पर गुलमर्ग का क्लब है, आगे चलकर ठीक मध्य में एक ऊंचे स्थान पर इम्पीरियल बैंक और नीडोज़ होटल। जागीरदारों के

युग में और इससे पूर्व जो महत्त्व धर्मशालाओं और पूजा के पवित्र स्थानों को प्राप्त था, इस महाजनी युग में वही महत्त्व बैंक और होटल को प्राप्त है। नये युग के प्रतीक यही हैं।

इस सड़क पर अंग्रेज़ और अंग्रेज़नुमा हिन्दुस्ताना घोड़े दौड़ाते फिरते हैं। कश्मीरी नौकर लाल शलगम और प्याज़ के गट्ठे उठाए हुए दिखाई देते हैं। वे अंडों की टोकरियां, मटन, मटर और फल उठाए हुए ले जा रहे हैं। परन्तु यह वस्तुएं उनके भोग के लिए नहीं हैं। साहब लोगों के बच्चों ने हैट लगा रखे हैं और मूल्यवान ऊनी स्वेटर पहन रखे हैं। मेम साहब लोगों ने कार्ड मखमल की पतलूनें पहन रखीं हैं, जिन्हें गुलमर्ग के कश्मीरी दर्ज़ियों ने सियाहै। परन्तु वे स्वयं इन पतलूनों को नहीं पहन सकते। वे लोग केवल मज़दूरी कर सकते हैं जैसे कि पंचायत का आदेश है, "मज़दूरी में इज्ज़त है।", "मज़दूरी में इज़्ज़त है", मज़दूरी में इज़्ज़त है।"

इस सड़क पर एक हातू बैठा हुआ है। उसके साथ एक जूते गांठने-वाला है और एक भिखारी। हातू पीली-पीली पकी हुई हाड़ियों की एक टोकरी सामने रखे बैठा है। यह हाड़ियां वह अपने खेत की मींड पर उगे हुए हाड़ी के वृक्ष से उतारकर लाया है। उसके खेत में जो अनाज था उसे ज़मीदार, बनिये और सरकार ने आपस में बांट लिया। अब दो-तीन हाड़ियों और सेबों के वृक्ष शेष रह गए हैं। वह उनके फल यहां गुलमर्ग में लाकर बेचता है जिससे कि वह साहब लोगों को हाड़ी और सेब खिलाकर अपनी स्त्री और बच्चों के लिए कुछ थोड़े-से चावल मोल ले सके। भिखारी आलती-पालती मारे निर्लज्जता से पैसा मांग रहा है। जूते गांठनेवाला एक ऐसे जूते की मरम्मत कर रहा है जिसका मूल्य पचास रुपए से कम न होगा। स्वयं उसके पांव नंगे हैं। तलुओं में बिवा-इयां फूटी हैं और एक स्थान से तो रक्त बह रहा है। परन्तु जूतों का तो मूल्य होता है, इस रक्त का क्या मूल्य होगा!

एक वृद्धा अंग्रेज़ स्त्री अपनी रंगीन छतरी घुमा-घुमाकर अपने साथ वाली स्त्री से कह रही थी, "माई डीयर, जब वह हिन्दुस्तानी हमारे कमरे में घुस आया तो मुझे कितना भय लगा। मैं तो भयभीत होकर दूसरे कम्पार्टमेंट में अपने पति के पास चली आई···।"

आज बहुत दिनों पश्चात् फिर सर्कुलर रोड पर सैर करने निकला

हूं। यह वन मौन और निस्तब्ध है। कश्मीर की घाटी पर सूर्य अस्त हो हो रहा है और बढ़ते हुए अंधकार और घटते हुए प्रकाश की एक शतरंज-सी बिछती जा रही है। यह वन क्यों मौन है? इस घाटी का भाग्य क्यों निद्राग्रस्त है? यह वन अपने बेटे-बेटियों के लिए क्यों नहीं बोलता? इस वन का मधु, इसके अखरोट, इसके सेब, अंडे, लकड़ी, इसका रेशम, इसका समस्त लावण्य और सुन्दरता, इसकी कोई भी वस्तु इसके बेटों के लिए नहीं है। यह कैसा व्यग्य है। यह वन क्यों मौन है? यह क्यों नहीं कहता—मज़दूरी न करो। कार्ड की पतलूनें पहनो। सेब खाओ, खूबानी और अखरोट खाओ। मज़दूरी करने से इन्कार कर दो। घोड़े की सवारी करो। दनदनाते फिरो। यह धरती तुम्हारी है। यह आकाश तुम्हारा है। और यदि यह सब कुछ नहीं है तो आओ इस सारी घाटी को एक झील बना दें—पानी से भरी हुई झील—झील जिसमे टंगमर्ग और गुलमर्ग सब समा जाएं, जिसके पानियों में मानव-अत्याचार और क्रूरता के सब नारकीय घरौंदे नष्ट हो जाएं। बस चारों ओर वही पुरानी झील हो—हज़ारों, लाखों वर्षों पहले की झील और उसके चारों ओर वही बर्फ के ग्लेशियर और हिमाच्छादित पर्वत खड़े हों, ताकि जब आकाश के अन्तस्तल से सूर्य की किरण उदय होकर झील की सतह पर उतरे तो हर्षोन्मत्त होकर चिल्ला उठे, "धन्यवाद है कि अभी मानव का जन्म नहीं हुआ।"

गुलदुम

गांव पहाड़ की चोटी पर था। चोटी नुकीली अवश्य थी, परन्तु सूई की नोक तो थी नहीं कि उसपर दस-पन्द्रह घर भी सुविधा से न बनाए जा सकें। ये सब घर एक-दूसरे के साथ लगे-लगे एक-दूसरे का सहारा पाकर चट्टानों के ऊपर चढ़ते चले गए थे। सबसे ऊंचे घर पर राजा साहब की पताका लहरा रही थी। ये घर राजा साहब के शिकारियों के थे। राजा साहब वर्ष में एक बार इस पहाड़ को रुख में शिकार खेलने आते थे। कभी-कभी ऐसा भी होता कि दो या तीन वर्ष तक इस ओर न आते, परन्तु शिकारियों को स्वामि भकित का यह दशा थी कि राजा साहब की अनुपस्थिति में भी वे कभी किसी जन्तु का शिकार न करते थे जन्तु का अर्थ यहां सूअर, रीछ और चीतों से है अन्यथा वो तो शिकारी रात-दिन तीतर, जल-कुक्कड़, भट लोमड़ और खरगोश का शिकार किया करते थे और न करते तो खाते क्या? पहाड़ पर जितनी भूमि खेती के योग्य थी वह सब सरकारी रुख में मिला ली गई थी। यह रुख पहाड़ की चोटी को छोड़कर—जहां केवल चट्टानें ही चट्टानें दृष्टि-गोचर होती थीं — नीचे की तलहटी से नाले तक फैली हुई थीं। नाले के दूसरे किनारे से दूसरा पहाड़ आरम्भ होता था जो बिकुल बीहड़, वनस्पति-रहित था, जिसके पच्चीस मील आगे वह शहर था जहां राजा साहब के महल थे। इस गांव से शहर इतनी दूर था कि अब्दुल्ला शिकारी के अतिरिक्त, जो हर तीसरे-चौथे महोने वहां शिकारियों का वेतन प्राप्त करने जाया करता था, किसी ने वह शहर न देखा था—जिसकी नदी पर एक पुल था, पुल के उस पार एक सुन्दर गढ़ था जस की बर्जियों

और झरोखों में नारंगी वर्दियां पहने सन्तरी खड़े रहते थे और जिसके बागों में विलक्षण फलों के वृक्ष थे। उसमें ऐसे वृक्ष नहीं थे जैसे गांव की रुख में थे अर्थात् बटंग और जंगली नाशपातियों और पीले रंग के सेबों और सुनहरे अखरोटों के वृक्ष या चीड़, देवदार और ब्यार के विशाल वृक्ष। वे तो बहुत अद्भुत-से, छोटे-छोटे वृक्ष थे जिनकी डालियां रंग-बिरंगे फलों के बोझ से झुकी हुई थीं और घास के टुकड़ों में बड़े मनोहर फूलों की क्यारियां थीं। जब कभी बूढ़ा शिकारी अब्दुल्ला आग तापते हुए अपनी नीली-नीली आंखें घुमाकर राजा साहब के शहर की सजधज का वर्णन करता तो शिकारियों के हृदय में विस्मय और उत्सुकता की एक लहर दौड़ जाती और उनकी फैली-फैली पुतलियों में आग की लपटें नाचने लगतीं क्योंकि अब्दुल्ला के अतिरिक्त कोई ऐसा न था जिसने वह शहर देखा हो। शिकारियों को राजा साहब के शहर से इधर वाले कस्बे में जाने का तो साल में दो-चार बार अवसर मिलता था—नमक लाने के लिए, गुड़ लाने के लिए, चाय, साबुन, कपड़ा लाने के लिए। किन्तु शहर जाने की उन्हें अब तक आवश्यकता न पड़ी थी और वैसे भी वे शहर जाते हुए घबराते थे। कितने अपरिचित-से थे उस कस्बे के लोग? ऐसे देखते थे जैसे अभी झपट्टा मारकर कुछ छीन लेगे। वे दृष्टियां, वे चेहरे, पहाड़ी शिकारियों को अच्छे न लगते थे।

जहां यह रुख समाप्त होती थी और जहां देवदार के अंतिम वृक्ष आकाश की ओर देखते हुए रुक जाते थे वहां पर राजा साहब के वन-विभाग के आदेश से देवदार के छोटे-छोटे पौदें उगाए गए थे। इन पौदों की रखवाली भी इन्हीं शिकारियों के ज़िम्मे थी कि वे इन देवदार के नन्हे-नन्हे पौदों को पशुओं के प्रहार से बचाएं। इन पौदों के ऊपर चट्टानों की उस श्रेणी का आरम्भ होता था जो ऊपर चोटी तक जाती थी। इस श्रेणी के आरम्भ होते ही मार्ग में वह चश्मा आता था, जो एक अधेरी खोह में था और जिसका जल इतना शीतल था कि मनुष्य कठिनता से इसके दो घूंट पी सकता था। इस चश्मे से ऊपर चोटी से गांव तक जाने के लिए शिकारियों ने पत्थरों को काटकर सीढ़ियां बनाई थी जो बल खाती हुई चट्टानों में घूमती हुई दस हज़ार फुट गहरी खाइयों से बचती हुई गांव में चली गई थीं जहां एक घर के ऊपर

दूसरा घर, इसके ऊपर तीसरा घर और तीसरे के ऊपर चौथा घर था। वे एक-दूसरे को संभाले हुए, एक-दूसरे को ऊंचा करते हुए अन्तिम घर से जा मिलते थे जो अब्दुल्ला का घर था जिसके ऊपर राजा साहब की पताका लहराती थी।

यहां खड़े होकर दृष्टि घुमाने से चारों दिशाओं में पर्वत-श्रेणियां गिरती-पड़ती दृष्टिगोचर होती थीं। उत्तर में कुल्ला पर्वत जहां सदैव मेघ मंडराते रहते हैं। पूर्व में हिरनी की गगनचुम्बी चोटी जो बादलों का वक्ष भेदकर ऊपर सूर्य की स्वर्गमयी गेंद से खेलती रहती है। दक्षिण में आफराज़ का पहाड़ जो काले-काले वनों से ढका हुआ है और पश्चिम में गुरसमन्द का नग्न पहाड़ जिसके परे कस्बे की घाटी है और जिससे परे एक और ऊंचा पर्वत है जिसकी बर्फ ग्रीष्मकाल में भी नहीं पिघलती और जिसके परे वह छोटी-सी सुन्दर घाटी है जहां राजा साहब रहते हैं, और जहां शिकारियों में से अब्दुल्ला के अतिरिक्त कोई नहीं गया।

परन्तु इस समय अब्दुल्ला के घर कुछ दिखाई नहीं दे रहा था। चारों ओर वह धनी शीतल धुन्ध फैली हुई थी जो आकाश से कट-कटकर बर्फ के गाले बनकर निस्तब्ध पृथ्वी पर गिरती जाती है। इस समय न पहाड़ दिखाई देते थे न नीचे के घर, न रुख, न नाला। पृथ्वी और आकाश पर भी एक धुंध छाई हुई थी और बर्फ के हलके-फुलके कोमल गाले गिर रहे थे। चारों ओर पूर्ण निस्तब्धता छाई हुई थी और कोई शब्द सुनाई न देता था और दूर कहीं से फिर सहसा तूफान का थपेड़ा 'हुआऊ ऊ' करता हुआ आता और बर्फ के गाले अन्धाधुन्ध एक दिशा में गिरने लगते और कभी वायुमण्डल में भंवर बनाकर नृत्य करने लगते और कभी एक दिशा में जाते और कभी दूसरी दिशा में, और कभी विभिन्न दिशाओं से आते-जाते एक-दूसरे से गले मिलने लगते। और तूफान का ऑरकेस्ट्रा ऊंचा हो जाता और सहसा आकर झन से रुक जाता। और तूफानी थपेड़ा 'हुआऊ ऊ का शोर मचाता दूर कहीं पर्वत-श्रेणी पर चला जाता और यहां बर्फ के गाले पुनः निरन्तर गिरते रहते और बर्फ ऐसे जमने लगती जैसे कोई कश्मीरी युवती धरती के करघे पर श्वेत गद्दर गलीचा बुन रही हो।

अब्दुल्ला का छोटा बेटा अजीज़ द्वार खोलकर छप्पर से आगे ढलकती हुई बर्फ को नीचे गिराने जा रहा था कि उसे सामने धुन्ध में नूर-

नशां का चेहरा दिखाई दिया, जैसे झील की लहरों पर कमल का नवविकसित फूल धूमता हुआ सामने आ जाए और अजीज़ को देखकर उल्लास से खिल उठे। अजीज़ उसे देखकर बर्फ गिराए बिना द्वार के भीतर आ गया और बकरियों को एक कोने में बांधने लगा। नूरनशां ने द्वार पर आकर कहा, "मैं चश्मे तक जा रही हूं। मेरे साथ कौन चलेगा?"

अजीज़ की बहन चश्मे से पानी ले आई थी। अज़ीज़ का बड़ा भाई अमीन किसी काम में व्यस्त था। अज़ीज़ की मां रोटी पका रही थी। बूढ़ा अब्दुल्ला आग ताप रहा था। अज़ीज़ बकरियां बांधने में लगा रहा। सब लोग चुपचाप काम करते रहे, मानो किसीने नूरनशां को सुना ही नहीं। अज़ीज़ ने केवल एक क्षण के लिए प्रतीक्षा की। दूसरे क्षण वह द्वार पर था।

अज़ीज़ के बड़े भाई ने कहा, "बकरियां तो बांधते जाओ।"

अज़ीज़ ने द्वार पर लटकते हुए बोरिये को घसीटकर अपने सिर पर एक तिकोनो टोपी बनाकर ओढ़ लिया और नूरनशां के साथ सीढ़ियां उतरने लगा।

अब्दुल्ला उठकर द्वार पर आ गया। वहां से उसने एक क्षण के लिए अज़ीज़ और नूरनशां की पीठ देखी—केवल एक क्षण के लिए। दूसरे क्षण वे एक छलावे की भांति धुंध में विलीन हो गए। अब्दुल्ला दृष्टि झुकाकर पत्थर की सीढ़ियों पर अज़ीज़ और नूरनशां के पग देखने लगा जो बर्फ में बड़ी सुन्दरता से अंकित थे—अज़ीज़ मरदाने पांव, नूर के छोटे-छोटे ज़नाने पांव। फिर दोनों पग विलीन होते गए। बर्फ गिरती गई, पग मिटते रहे, मिट गए। अब्दुल्ला ने एक झुरझुरी-सी ली और अन्दर आकर पुनः आग तापने लगा।

अज़ीज़ की मां मकई की रोटो सेंकती हुई बोली, "आज भक्कड़ तेज़ हैं।"

अमीन, अज़ीज़ का बड़ा भाई, हंसा।

अज़ीज़ की बहन विस्मित होकर उसकी ओर ताकने लगी। घर में बड़ा भाई किसी का भी प्रिय न था। सब अज़ीज़ को चाहते थे।

बहन की निगाहें देखकर अमीन लज्जित-सा हो गया। फिर उसने अपनी बहन से बड़े कटु स्वर में कहा, "उठकर बकरियां तो बांध दे।

इस तूफान में एक बकरोटा भी बाहर निकल गया तो अज़ीज़ का बच्चा ही उसे ढूंढ़ कर लाएगा। मैं तो बाहर जाऊंगा नहीं।"

सहसा तूफान का एक थपेड़ा बड़े वेग से अन्दर आया, उसने सारे घर में चक्कर चलाया, आले में रखा हुआ दीया नीचे गिराया, दो अलग-अलग रखी हुई मटकियों को आपस में टकराया, चूल्हे में धुआं ही धुआं किया और फिर प्रस्थान करते हुए द्वार के पट बड़े वेग से बन्द करता हुआ 'हुआऊ ऊ' करता हुआ भाग गया। उसका विलीन होता हुआ स्वर सुदूर पर्वत-श्रेणियों की ओर जाता हुआ प्रतीत हुआ।

अब्दुल्ला ने गरजकर कहा, "यह द्वार किसने खोला था?"

अज़ीज़ का भाई बोला, "अज़ीज़ ने।"

"तो फिर तूने बन्द क्यों नहीं किया?" अब्दुल्ला ने और गरजकर कहा, "हज़ार बार कहा है दरवाज़ा बन्द रक्खा करो। यह आफराज़ के पहाड़ों से आया हुआ तूफान है। द्वार बन्द नहीं रखोगे तो एक दिन छप्पर तक उखाड़कर ले जाएगा। अब इस तूफान में वह हरामज़ादी पानी भरने गई है। मैं पूछता हूं इस बर्फीले भक्कड़ में प्यास किसे लगती होगी?"

अज़ीज़ की मां कोमल स्वर में बोली, "उसके घर में पानी न होगा।" नूरनशां उसे बहुत पसन्द थी।

"मैं सब जानता हूं, ये सब बहाने हैं।"

अज़ीज़ की मां ने एक मधुर उसास भरकर कहा, "हां, अब इन दोनों का निकाह कर देना चाहिए।"

अज़ीज़ की अविवाहित बहन के बड़े-बड़े नेत्रों की पुतलियां फैलती गईं और वह देर तक चूल्हे में जलते हुए लाल अंगारों को देखती रही। अज़ीज़ के बड़े भाई ने क्रोध से दांत पीस लिए। वह भी अविवाहित था और नूरनशां से प्रेम करता था जो अज़ीज़ से प्रेम करती थी जो उसका छोटा भाई था। वह द्वार पर जाकर खड़ा हो गया जहां केवल धुन्ध ही धुन्ध दिखाई पड़ती थी।

उस अन्धे तूफान की धुन्ध में नूरनशां और अज़ीज़ के पग सीढ़ियां उतरते जा रहे थे। यह संकटपूर्ण फैलता हुआ पथरीला रास्ता, जो बल खाता हुआ नीचे जा रहा था, कई भयानक मोड़ों और खाइयों के भया-वने किनारों से गुज़रता था। इस समय धुन्ध और बर्फ में चलना और

भी कठिन हो रहा था। हर पग फूंक-फूंककर रखना पड़ता था। बर्फ के गाले कभी तो आंखों में घुस जाते, कभी नाक में, कभी मुंह में ऐसी स्थिति में बात क्या हो सकती है? फिर भी नूर और अज़ीज़ अपने शरीरों के स्पर्श की मूक भाषा में बातें किए जा रहे थे। यहां वे अलग-अलग चल रहे थे। यहां इस मोड़ पर अज़ीज़ ने नूर का हाथ थाम लिया। इस स्थान पर नूर ठहर गई और उसने अज़ीज़ के कन्धे पर अपना हाथ रख दिया। यहां पर वह गहरी खाई आई थी जहां अफज़ल शिकारी गिरकर मर गया था। नूर ने सिहरकर सांस अन्दर खींच ली और अज़ीज़ ने दृढ़ता से अपना हाथ उसकी कमर में डाल दिया और उसे घुमाकर नीचे ले आया। यह मार्ग सुगम था। यहां दोनों अलग-अलग होकर चलने लगे और नूर एक नाचती हुई हिरनी की भांति चौकड़ियां भरती हुई तीव्रता से नीचे उतर गई। फिर आगे बढ़कर रुक गई, अज़ीज़ ने हौले से उसे थाम लिया। उंगलियों के स्पर्श से बर्फ में दबी हुई, निद्रित मधुर भावनाएं जाग्रत हो उठीं और एक लौ की भांति भड़क उठीं जैसे चकमाक के पत्थरों से चिंगारी प्रस्फुटित होती हो। नूर ने अपना हाथ अलग कर लिया। अब फिर बर्फ उसी प्रकार गिर रही थी, उसी प्रकार चलते-चलते वे चट्टानों की उस खोह में पहुंच गए जहां चश्मे का उद्गम स्थान था। यहां पहुंचकर नूर ने एक लम्बी सांस भरकर घड़ा सिर से उतारकर चश्मे के किनारे रख दिया। अज़ीज़ ने कहा, "ऐसे तूफान में आने की क्या अवश्यकता थी?"

नूरनशां ने कहा, "दो दिन से तुम्हें देखा नहीं था।" नूरनशां के नेत्रों में शिकायत थी। उसके अधरों के कोने में कम्पन था।

अज़ीज़ का स्वर अत्यन्त कोमल हो गया। वह बोला, "तुम्हारे बालों में बर्फ है।"

नूर के अस्त-व्यस्त केशों में बर्फ थी, उसके नाजुक ठिठुरते हुए कन्धों पर बर्फ थी। उसकी ओढ़नी की सलवटों में बर्फ थी और उसके उज्ज्वल, श्वेत मुख पर बर्फ थी। अज़ीज़ ने उसके केशों से बर्फ गिराई, उसके नाज़ुक कन्धों से बर्फ गिराई, उसकी ओढ़नी की सलवटों से बर्फ गिराई और फिर नूर एक कंपकंपाती हुई फाखता की भांति उसकी बलिष्ठ भुजाओं में आ गई और उसके कन्धे से लगकर बड़ी क्षीण वाणी में कहने लगी, "अमीन कहता है, अगर मैंने तुमसे शादी की तो वह हम दोनों को

गोली मार देगा।"

अज़ीज़ की भुजाएं नूर के कन्धों पर कस गई। उसने अत्यन्त विश्वास और निश्चिन्तता से कहा, "तुम घबराओ नहीं। गोली मारना मैं भी जानता हूं।"

अज़ीज़ ने इतना कहकर नूरनशां को चूम लिया—एक बार, दो बार। तीसरी बार जब वह उसे चूम रहा था तो सहसा उनके कानों में किसीके चहकने का शब्द आया। दोनों घबराकर अलग-अलग हो गए।

अब फिर निस्तब्धता थी।

"कौन था?"

कोई नहीं था। चारों ओर धुन्ध थी और निस्तब्धता थी और सन्नाटा था और वे दोनों अकेले थे।

"तुमने आवाज़ सुनी?" अज़ीज़ ने पूछा।

"हां।" नूर ने कांपते हुए कहा।

"कोई नहीं था।" अज़ीज़ ने एक दीर्घ विराम के पश्चात् कहा, "हमारा भ्रम था।" और इतना कहकर उसने नूरनशां को फिर अपनी भुजाओं में ले लिया। सहसा फिर कोई चहका।

अरे!

एक छोटी-सी ठिठुरती हुई गुलदुम अपने पंख फड़फड़ाती हुई नूरनशां के सिर पर आकर बैठ गई और नूरनशां घबराकर और चीत्कार करती हुई अज़ीज़ से अलग हो गई। अज़ीज़ ने उसे थाम लिया।

"घबरायो नहीं, यह तो गुलदुम है।" अज़ीज़ ने गुलदुम की ओर हाथ बढ़ाते हुए कहा।

गुलदुम फिर अपने कोमल कंठ से चहकी। वह नूरनशां के सिर से उड़ी नहीं, वहीं बैठी रही। अज़ीज़ ने उसे अपने हाथों में ले लिया। गुलदुम उसके हाथों में आ गई।

नूरनशां बोली, "हाय! कितनी छोटी-सी गुलदुम है, कितनी प्यारी! इस मौसम में कहां से आ गई यहां?"

गुलदुम ने कहा, "चूं-चूं चिर-चिर चूं-चूं।"

"गाती है," नूरनशां ने हंसकर कहा।

"गाती नहीं है, रोती है," अज़ीज़ ने कहा, "बेचारी को भूख लगी

है।"

नूरनशां ने कहा, "मैं इसे घर ले जाऊंगी। लो, इसे पकड़ लो, मैं पानी भर लूं।"

नूरनशां ने पानी भरकर घड़ा सिर पर रख लिया। अज़ीज़ ने अपनी मुट्ठी में गलदुम को लिया और वे दोनों लौट गए। गुलदुम के पाने की उसे इतनी प्रसन्नता थी कि नूर बिना थके सारी चढ़ाई चढ़ गई और कहीं पर सांस लेने के लिए भी नहीं रुकी। अपने घर में पहुंचकर उसने घड़ा उतारकर धरती पर रखा और फिर तुरन्त मुड़कर अज़ीज़ से कहने लगी, "लाओ हमारी गुल दुम।"

"तुम्हारी कैसे हो गई? वाह, गुलदुम तो मेरी है," अज़ीज़ ने कहा।

"नहीं नहीं," नूरनशां ने ठिनकते हुए कहा, "गुलदुम हमें दे दो, गुलदुम हमारी है।"

"नहीं, हमारी है।"

नूरनशां ने कहा, "गुलदुम हमारी है, क्योंकि यह पहले हमारे सिर पर आकर बैठी थी।"

अज़ीज़ ने कहा, "इसे रास्ते-भर तो उठाकर मैं लाया हूं। अपनी मुट्ठी में गरम रखा है इसे, नहीं तो रास्ते ही में मर गई होती। मैंने इसकी जान बचाई है, गुलदुम मेरी है।"

"नहीं मेरी है।" गुलदुम पर झपटते हुए नूरनशां बोली।

नूरनशां की मां ने कहा, "ऐसे फैसला नहीं होगा। तुम गुलदुम को आले में रख दो, फिर गुलदुम को बुलायो। गुलदुम जिसके पास चली जाएगी, उसीकी है।"

अज़ीज़ ने गुलदुम पाले में रख दी।

नूरनशां ने कहा, "पहले मैं बुलाऊंगी इसे।"

"बहुत अच्छा! तुम ही बुलाओ।"

नूरनशां ने हाथ फैलाकर अत्यन्त मधुर कण्ठ से कहा, "आ जाओ, ची-ची-ची मेरी नन्ही-मुन्नी गुलदुम! आ जाओ, ची-ची-ची।"

गुलदुम आले में मौन बैठी रही।

जब नूरनशां सारे यत्न करके परास्त हो गई तो धीरे से बोली, "अब तुम ही बुला लो इस कलमुंही को।"

अज़ीज़ ने सीटी बजाई। गुलदुम फुर्र से उड़कर उसके कन्धे पर आ

बैठी। अज़ीज़ हंसने लगा।

नूरनशां के नेत्रों में अश्रु-कण उभर आए। बोली, "ले जाओ इसे, और फिर कभी मुझे अपना मुंह न दिखाना। अभी ले जाओ इसे, लाल-लाल दुमसड़ी को।"

अज़ीज़ ने हंसते-हंसते गुलदुम नूरनशां के सिर पर रख दी। बोला, "माल मेरा है, पर रहेगा तुम्हारे पास, क्योंकि मेरे घर की मालकिन तुम होनेवाली हो।" नूरनशां शरमा गई, अज़ीज़ हंसते हुए बाहर निकल गया।

अज़ीज़ के साथ अब कोई न था। इसलिए अब वह सुगमता से चढ़ाई चढ़ता जा रहा था। चढ़ाई चढ़ना वैसे भी उतराई से आसान होता है। वह निश्चिन्तता से सीटी बजाता, इधर-उधर देखता चला जा रहा था। अगले मोड़ पर गहरी-खाई का किनारा था जहां पांव तनिक भी इधर-उधर हो जाए तो मनुष्य आठ हज़ार फुट गहरे खड्डे में गिर जाए। मोड़ पर पहुंचकर अज़ीज़ ने अपने पांव संभाल लिए।

आगे बढ़ा तो रुक गया। उसके ऊपर धुन्ध में लिपटा हुआ एक आदमी खड़ा था!

"कौन है?" अज़ीज़ ने ललकार कर पूछा।

वह आदमी एक पर्ग नीचे उतरा। अज़ीज़ ने देखा यह उसका बड़ा भाई अमीन था।

"क्या······" परन्तु अज़ीज़ अपना वाक्य पूरा न कर सका।

अमीन ने उछलकर अज़ीज़ पर आक्रमण कर दिया और वे दोनों वहीं चट्टान पर गुथ गए और बड़ी सावधानी से और अपने शरीर का समस्त बल लगाकर लड़ने लगे।

अमीन शनैःशनैः अज़ीज़ को खाई के किनारे की ओर ले जा रहा था। अज़ीज़ चट्टान से जौंक की भांति चिमटकर अपनी दोनों भुजाओं की पूरी शक्ति से उसका मार्ग रोके हुए था। दोनों की सांसें धौंकनियों की भांति चल रही थीं। फिर बर्फ अंधाधुंध गिर रही थी और वे दोनों अपनी-अपनी जगह पर जमे हुए एक इंच इधर-उधर न होते थे। सहसा अज़ीज़ के पंजे ढीले हो गए। और वह एक-एक इंच करके खाई की ओर घसीटा जाने लगा। एक इंच··दो इंच··तीन इंच··चार इंच। अज़ीज़ के मस्तक पर पसीने की बूंदें झलक आईं। अमीन का चेहरा

उसके बिलकुल निकट था और उस समय वह अज़ीज़ को एक भेड़िये की भांति गुर्राता हुआ प्रतीत होता था। सहसा उसकी यह पाशविक मुद्रा देखकर अज़ीज़ की भुजाओं में एक नई शक्ति का संचार हो उठा। उसे अपने पैरों की ओर एक चट्टान के निकले हुए किनारे का सहारा मिल गया। सहारा लेकर अज़ीज़ ने जो बल लगाया तो अमीन वहीं तड़पकर औंधा हो गया। अब अज़ीज़ उसके ऊपर था और अमीन नीचे। इन दोनों के नीचे गहरी खाई थी, एक इंच…दो इंच…चार इंच…छः इंच…आठ इंच। अब अमीन का सिर और उसकी बांहें नीचे खाई के गहरे शून्य में कांप रहे थे।

अमीन चीखा, "मुझे छोड़ दो, गुझे छोड़ दो, खुदा के लिए।"

अज़ीज़ ने फिर ज़ोर लगाया। अमीन अब धड़ तक खाई में लटक गया। अब उसने प्रतिरोध करना बन्द कर दिया। अब वह ज़ोर-ज़ोर से चिल्ला रहा था, "मैं तुम्हारा भाई हूं, अज़ीज़! तुम्हारा सगा भाई, तुम्हारा बड़ा भाई। खुदा के लिए मुझे माफ कर दो।"

"सच कहते हो?" अज़ीज़ ने कठोरता से पूछा, "फिर कभी नूर-नशां की ओर बुरी दृष्टि से तो न देखोगे?"

"सच कहता हूं, नहीं देखूंगा।"

"कसम खाओ।"

अमीन ने कसम खाई। फिर भी वह देर तक खाई में लटकता रहा। अन्त में अज़ीज़ ने उसे पीछे खींच लिया। अमीन देर तक बर्फ पर औंधे मुंह पड़ा रहा, लम्बे-लम्बे सांस लेता रहा। फिर अज़ीज़ ने उसे सहारा देकर खड़ा किया और उससे कहा, "तुम आगे चलो। मैं तुम्हारे पीछे-पीछे आता हूं। मगर देखो! यदि तुमने एक बार भी पलटकर देखा या रुके, तो मैं तुमपर आक्रमण कर दूंगा।"

अमीन सीधा घर चला गया। और उसके पीछे-पीछे अज़ीज़ ने घर में प्रवेश किया। अब्दुल्ला उन दोनों की ओर सन्देह-भरी दृष्टि से देखकर बोला, "मैं तुम दोनों को गोली मार दूंगा, हरामज़ादो! मालूम होता है तुम दोनों फिर लड़े हो।"

"नहीं अब्बाजी", अज़ीज़ सिर झुकाकर बोला।

दो दिन और दो रात के पश्चात् तूफान थमा। शिकारी देवदार के पौधों को देखने गए। देवदार के बहुत-से पौधे बर्फ से ढक गए थे।

कइयों की केवल फुंगियां दिखाई देती थीं। जो पौधे बड़े थे उनकी टहनियों और हरे झुमरों पर चांदी ऐसी बर्फ की नाज़ुक-नाज़ुक कोरें और गोटें टंकी हुई थीं। वृक्षों ने नये वस्त्र पहने थे और अब वे सूर्य के प्रकाश में सीधे खड़े, गर्व से सिर ऊंचा किए श्वेत उजले फलदार वस्त्र पहने प्रथम हिमपात के उन्मादपूर्ण उल्लास में प्रसन्नता से चमक रहे थे।

परन्तु देवदार की पनीरी को बहुत क्षति पहुंची थी। जो पौधे गिर गए थे उनका तो खैर अब क्या हो सकता था, परन्तु जो पौधे बर्फ में दबे थे, गिरे न थे और वे पौधे जिनके गले-गले तक बर्फ आ गई थी, उन्हें बचाना तो आवश्यक था। इसलिए दिन-भर शिकारी और उनके परिवार के लोग पौधों के चारों ओर से बर्फ हटाते रहे। छोटे-छोटे बालक बर्फ का मूर्तियां बनाते रहे। वे पहले बर्फ का एक गोला बनाते और फिर उसे बर्फ पर चलाना आरम्भ करते। जैसे-जैसे बर्फ का गोला चलता जाता वह रास्ते की बर्फ पकड़ता जाता और बड़ा होता जाता और उसका चलना कठिन होता जाता। फिर एक समय ऐसा आता कि सब लड़के-बाले मिलकर भी उसे आगे न धकेल सकते। तब वे इस गोले का सिर, मुंह, कान और हाथ-पांव बनाते। उसके सिर पर देवदार की हरी झालरों वाला पत्तियों का ताज रखते। आंखों के स्थान पर दो बड़े-बड़े काले कंकण रख देते और होंठों में सिगरेट के तौर पर एक छोटी-सी टहनी का टुकड़ा दबा देते।

बालकों ने एक ऐसा ही नया गोला बनाया। जब वह बन गया तो सबने ताली बजाई और एक-दूसरे के हाथ में हाथ दिए उसके चारों ओर नाचने लगे—"आ हा हा, राजा साहब आ गए, राजा साहब आ गए।"

बहुत समय बीता, कोई दो या तीन वर्ष हुए राजा साहब यहां शिकार को आए थे। उस समय लड़कों ने उनके मुंह में एक सफेद रंग की नलकी जैसी चीज़ देखी थी जिससे धुआं निकलता था। हुक्के से सब लोग परिचित थे परन्तु सिगरेट लड़कों ने अपने गांव में प्रथम बार देखा था। वे बड़े अचंभे से उसे ताकते रह गए थे।

थोड़ी देर नाचने के पश्चात् बच्चे दो टोलियों में विभाजित होने के लिए पुगने लगे। वे तीन-तीन की टोलियों में खड़े होकर एक-दूसरे के हाथ में हाथ देकर हाथों को झुलाते और फिर अपने हाथों को अलग करते हुए अपनी एक हथेली दूसरी हथेली पर रख देते। वायुमण्डल में

एकसाथ ताली बजने की सी आवाज़ गूंजती और फिर वह लड़का या लड़की जिसकी सीधी हथेली पर उलटा हाथ रखा होता या सीधी हथेली पर सीधा हाथ रखा होता, परन्तु इस प्रकार रखा होता कि दूसरे लड़कों के हाथ उसी प्रकार न रखे होते, वह पुग जाता और राजा साहब की मूर्ति अर्थात् बर्फ के गोले से कोई डेढ़ सौ गज़ परे खड़ा हो जाता और उसपर मारने के लिए बर्फ के छोटे-छोटे गोले बनाने लगता।

जब सब बालक दो टोलियों में विभाजित हो गए, एक राजा साहब के रक्षकों की और दूसरी उनके आक्रमणकारियों की, तो बर्फ के बहुत-से गोले तैयार किए गए। फिर यह चुनने के लिए कि कौन-से तीन लड़के मूर्ति के दायें बायें और सम्मुख खड़े हों, अक्कड़-बक्कड़ को गिनती गिनी गई। अक्कड़ शब्द से पहला लड़का गिना जाता। अन्तिम शब्द जिस लड़के पर आता, उसे मूर्ति के सामने खड़ा होना पड़ता। इस प्रकार तीन बार किया जाता क्योंकि तीन लड़कों का निर्वाचन करना होता था। सब लड़के एक पंक्ति में खड़े थे। दो लड़के चुन लिए गए थे। वे मूर्ति के दायें-बायें जाकर खड़े हो गए और उन्होंने बर्फ के गोले अपने हाथों में उठा लिए। तीसरे लड़के के सामने आते ही बर्फ के गोलों का मुकाबला होता था। एक लड़के ने लड़कों को एक-एक करके उंगली से छूते हुए कहना प्रारम्भ किया—

अक्कड़, बक्कड़, भम्बा भो
अस्सी, नब्बे, पूरे सौ
सौ कलूटा
तीतर मोटा
चल मदारी
पैसा खोटा।

'खोटा' शब्द उच्चारित होते ही तीसरा लड़का उछलकर मूर्ति के सामने आ गया और दोनों ओर से गोलाबारी आरम्भ हुई। बहुत देर तक गोलाबारी होती रही, परन्तु अन्त में विजय राजासाहब के रक्षकों की हुई। मूर्ति पर केवल तीन गोले लगे थे परन्तु मूर्ति उसी प्रकार खड़ी रही, केवल उसका ताज गिर गया था। अब बालक इस खेल को छोड़कर बर्फ का गढ़ बनाने में लग गए और बच्चियां बर्फ के नन्हे-नन्हे घरौंदे बनाने लगीं और बर्फ की मटकियां सिर पर रखे चश्मे से पानी लाने

लगीं। और बर्फ का चूल्हा बनाकर उसपर बर्फ का तवा रखकर बर्फ की रोटियां बनाने लगीं।

और जब सूर्य अस्ताचल में चला गया तो शिकारियों ने अपना काम आधे से अधिक समाप्त कर लिया। पौधों के किनारे-किनारे बर्फ की एक ऊंची दीवार खड़ी हो गई थी। अब वे दूसरे दिन काम करने के लिए विदा हुए। रात्रि के समय चौकीदारी के लिए वे अज़ीज़ को नियुक्त कर गए। अज़ीज़ रात को खाना खाकर और राइफल हाथ में लेकर और कारतूस जेब में डालकर पौधों के बीच बनी हुई मचान की ओर चला गया। वह रात अत्यन्त सुहावनी थी। प्रथम हिमपात की रात में यदि चांदनी खिले तो अति सुन्दर होती है। ढलान की सीढ़ियों पर बर्फ चमक रही थी और कहीं-कहीं उस चनकती हुई बर्फ पर घरों और चट्टानों की लम्बी-लम्बी छाया पड़ रही थी। दूर तक चारों ओर पर्वतों की लिस्सीम श्रेणियों पर एक अद्भुत नीलिमापूर्ण धवलता फैली हुई थी। हवा में जेंगन की हल्की सी सुगन्ध थी और तारे बर्फ के गाले थे जो रात की ओढ़नी में आकाश की झील से छलककर गिर पड़े थे और झम-झम चमक रहे थे और अज़ीज़ को इतने निकट लगते थे जैसे वह उन्हें अपने हाथ से छू सकता हैं। अज़ीज़ को नूरनशां की ओढ़नी का ध्यान हो आया। वह मुस्करा पड़ा। उसने अपनी फरगल को भली प्रकार अपने चारों ओर लपेट लिया और चट्टान की सीढ़ियां चढ़ता गया और नूरनशां के घर के समीप पहुंचकर उसके पग सहसा रुक गए। घर में प्रकाशन था, शायद सब सो गए थे। अज़ीज़ देर तक वहां खड़ा रहा और फिर वह एक चट्टान के पीछे छिप गया और दुबककर भेड़िये की बोली बोलने लगा। वह इतने पास से बोल रहा था, परन्तु इस प्रकार बोल रहा था कि उसकी आवाज़ निकट से नहीं वरन् दूर के जंगल से आती प्रतीत होती थी जैसे किसी हिमाच्छादित भट के किनारे कोई एकाकी विरही भेड़िया अपनी प्रेयसी की प्रतीक्षा में खड़ा चन्द्रमा की ओर देख रहा हो। परन्तु नूरनशां के घर का द्वार नहीं खुला और कोई बाहर नहीं आया। अज़ीज़ थोड़ी देर प्रतीक्षा करके वहां से चल दिया और फिर चश्मे के पास से गुज़रता हुआ नीचे पौधों के ज़खीरे के पास पहुंच गया और मचान पर चढ़कर बैठ गया। उसने राइफल में कारतूस भरे, मचान में बिछे हुए घास के बिछौने को ठीक किया और कम्बल ओढ़कर बैठ गया। उसे ज्ञात था कि

उधर किसी जंगली जानवर का आना असम्भव-सा ही है। आरम्भ में जंगली जानवरों ने पौधों को अवश्य ही क्षति पहुंचाई थी, परन्तु जब कुछ जानवर बन्दूक की गोलियों का शिकार हुए तो उन्होंने इधर का आना-जाना बहुत कम कर दिया। फिर भी कभी-कभी कोई भूला-भटका जन्तु इधर आ निकलता था। फिर भी पौधों की रखवाली तो आवश्यक थी।

जब अज़ीज़ को नींद आने लगी तो वह हौले-हौले गाने लगा। हौले-हौले गाते-गाते वह ज़ोर से गाने लगाता कि जंगल के समस्त वृक्ष और पशु-पक्षी और बर्फ के समस्त कण और आकाश के समस्त तारे और कबीले के समस्त प्राणी उसके विरह-ग्रस्त प्रेम का गीत सुन लें। और जब वह गाते-गाते थक गया तो बंजली बजाने लगा और देर तक उसे बजाता रहा। फिर अन्त में जब उसे बंजली की स्वर-लहरी नीरस प्रतीत होने लगी तो वह सहसा और उदास हो गया और मुंह से ज़ोर-ज़ोर से सांस निकालने लगा।

सांस मुंह से निकलते ही वायु में धुआं बन जाता और ऐसे अधर लटक जाता जैसे कोई जादूगर सफेद रूमाल को हवा में अधर लटका दे। फिर यह धुआं बहुत ही धीरे-धीरे हवा में घुल जाता था। वह देर तक इसी तरह करता रहा। सहसा उसने मचान के नीचे सरसराहट का अनुभव किया। उसने झुककर देखा, नूरनशां थी। उसने वहीं ऊंची मचान से छलांग लगा दी और उसे अपनी भुजाओं में ज़ोर से दबोच लिया और उसके बालों, उसके कन्धों, उसके कपोलों, उसकी भंवों और उसके अधरों को चूमने लगा। नूरनशां बेसुध-सी हो गई, उसकी आंखें मुंदने लगी और उसका शरीर बर्फ के गाले की भांति हल्का हो गया। उसने सांस रोककर बड़ी कठिनता से अपने-आपको अज़ीज़ से अलग किया और उसकी ओर देखकर बड़े प्यार से और बड़ी शिकायत से कहने लगी—

"हाय तुम कितने बुरे हो। मैं तो तुमसे बातें करने आई थी और तुम···" वह रूठकर उससे अलग खड़ी हो गई और अज़ीज़ ने फिर दोनों हाथ उसकी कमर में डाल दिए और उसे बहुत हौले से अपनी ओर खींच लिया और बहुत लज्जित होकर अपनी भूल स्वीकार की। ओर नूरनशां हंस पड़ी और उसने अपनी आंखें उसकी आंखों में डालकर

अपनी छोटी उंगली के नाखून से अज़ीज़ की ठोड़ी को छू लिया और फिर आंखें झुकाकर कन्धे से लग गई और वे दोनों देर तक उसी प्रकार खड़े-खड़े बातें करते रहे। सामने ढलवान पर एक सुन्दर सींगों वाला हिरण आ खड़ा हुआ और उन्होंने उसे नहीं देखा और हिरण अपने सींग हिलाता हुआ वायु को सूंघता रहा। और फिर वह चीड़ के एक वृक्ष से लगकर अपनी खाल सहलाने लगा। फिर ब्यार के वृक्षों के तनों में से गुज़रती हुई एक सुन्दर हिरणी आई और काली छायाओं और चांदनी की झीलों और बर्फ के गदर गलीचों पर से गुज़रती हुई, झिझकती हुई, लजाती हुई देवदार के एक छोटे-से पौधे के पास खड़ी हो गई और ''इन दोनों ने उसे नहीं देखा और फिर बारहसींगे ने वायु को सूंघा और वह गर्वपूर्ण, अद्‌भुत ठाठ से टहलता-टहलता हिरणी के पास चला गया और अपनी गर्दन उसकी मखमल ऐसी गर्दन से सहलाने लगा और फिर वह दोनों हिरण बिना किसी आहट के चौंक पड़े और चौकड़ियां भरते हुए नीचे जंगल में चले गए। उस समय अज़ीज़ और नूरनशां ने उन्हें देखा और नूरनशां ने मीठी आह भरकर कहा, "हिरण का जोड़ा था।"और अज़ीज़ ने प्यार से उसकी नाक सहला दी। फिर उसने ज़ोर से सांस भरकर उसे बाहर निकाला और एक श्वेत धुन्ध हवा में तैर उठी। इसपर नूरनशां ने ज़ोर लगाकर अपना सांस बाहर निकाला जो अज़ीज़ के सांस से कुछ आगे निकलकर हवा में जम गया। इस प्रकार थोड़े समय तक वे हवा में सांसों के रूमाल उड़ाते रहे और एक-दूसरे से होड़ लगाते रहे। सहसा कहीं से एक गोली ठांय से चली और उनके समीप बर्फ की मूर्ति को भेदती हुई निकल गई। अज़ीज तुरन्त पृथ्वी पर गिर गया और उसने झटके से नूरनशां को भी नीचे गिरा लिया और वे दोनों बर्फ की मूर्ति के पीछे दुबक गए''।

दूसरी गोली चली और बर्फ की मूर्ति का सिर उड़ गया। अज़ीज ने नूरनशां से कहा—"तुम दुबककर ढलवान की ओर जाओ। मैं मचान पर चढ़ने का प्रयत्न करता हूं, मेरी राइफल ऊपर है।" वह भूमि पर घिसट-घिसटकर मचान के निकट पहुच गया जो वृक्षों की ओट में थी और मचान पर चढ़कर अपनी राइफल लेकर नीचे उतरा। कई क्षण बीत गए परन्तु फिर कोई गोली नहीं चली। अज़ीज़ ने गोली आने की दिशा का अनुमान लगाकर चट्टानों की ओर गोली चलाई। परन्तु

कोई उत्तर नहीं आया। अज़ीज़ ने चिल्लाकर कहा—"गोली चलाने वाले! तुझमें साहस है तो सामने आजा। देख मैं यहां खड़ा हूं। सामने आकर मुकाबला कर ले।" और अज़ीज़ यह कहते ही बर्फ पर सीधा खड़ा हो गया। अज़ीज़ ने चट्टानों की ओट से एक परछाई को भागते हुए देखा। परन्तु सामने कोई नहीं आया, क्योंकि सम्मुख खड़ा होकर अज़ीज़ का सामना करना अपनी मौत को निमंत्रण देना था।

गुलदुम को आए दस दिन ही बीते थे कि अज़ीज़ और नूरनशां का विवाह हो गया और गांव वालों ने नूरनशां के घर के नीचे, जिधर से चश्मे को रास्ता जाता था, एक घर बनाया—उन दोनों के निवास करने के लिए। गीली मिट्टी को दो बड़े तख्तों पर थोपकर दीवार बनाई गई और नीचे रुख से सन्थे की झाड़ियां काट-काटकर चीढ़ की बल्लियों पर छत बनाई गई और उसके ऊपर लाल चट्टानों की बजरी बिछाई गई और घर को अन्दर से खड़िया मिट्टी से पोत दिया गया। और फिर अज़ीज़ की मां ने चूल्हा बनाया और अपने हाथ से नये घर में पीली मकई की सुनहरी रोटियां, मक्खन में गूंधकर वर-वधू को खिलाई। नूरनशां की मां ने आले में दिया जलाकर रखा और नये घर के द्वार पर जंगली अगर के सुगन्धित पत्तों के हार लटकाए और वर-वधू की बलाएं लेती हुई वहां से विदा हुई। अब घर में अज़ीज़ और नूरनशां अकेले थे। दूसरे आले में गुलदुम बैठी थी। घर का द्वार खुला था परन्त उन्हें पता था कि आज की रात वे उसे बन्द न कर सकेंगे क्योंकि आसपास की चट्टानों पर और चट्टानों के पीछे चंचल, नटखट लड़कों और लड़कियों की टोलियां बैठी हुई हैं। अगर उन्होंने द्वार बन्द किया तो वे चिल्लाकर आकाश सिर पर उठा लेंगे और शायद द्वार ही तोड़ डालें।

नूरनशां गुलदुम को अपने हाथ में लिए द्वार पर आ गई और अपनी हथेली पर मकई का चूरमा रखकर उसे खिलाने लगी। फिर धीरे से अज़ीज़ भी वहीं आ गया और द्वार के दूसरे पट से लगकर खड़ा हो गया। उनके पीछे प्रकाशमान दीपक था और सामने खुला आकाश। द्वार पर जंगली अगर की सुगन्ध थी। नूरनशां के नेत्रों में एक नूतन ज्योति विद्यमान थी और जब वह गर्दन न्योढ़ाकर अज़ीज़ की ओर निहारती थी तो उसकी चोटी में गुंथी हई कांच की लड़ियां झन-झन करके बजने लगती थीं। सहसा नूरनशां अज़ीज़ की ओर देखकर हंस दी और उसने

अपने होंठ गुलदुम की चोंच से मिला दिए। सहसा कोई चट्टानों के पीछे से 'चांद और सिपाही' का गीत गाने लगा। लड़के सिपाही के प्रश्न सुनाने लगे और लड़कियां चांद का उत्तर बताने लगी और उनके मीठे बोलों, व टप्पों में सारी रात बीत गई और अज़ीज़ और नूरनशां को यह भी पता न चला कि कब तक गीत सुनते रहे और जागते रहे और कब सोए। हां, उन्हें इतना ज्ञात था कि प्रातःकाल जब वह जागे तो सूर्य की किरणें उनके चेहरे पर पड़ रही थीं और गुलदुम नूरनशां के सिर पर अपने पंख फैलाए उसे हल्की-हल्की चोंचें मार रही थी और गा-गाकर जगा रही थी।

आज उन्हें 'समाधि' पर जाना था। इसलिए नूरनशां और अज़ीज़ बहुत शीघ्रता से तैयार हो गए। नूरनशां ने बर्तन मांज कर अलग रख दिए और चूल्हे में आग सुलगाकर लकड़ियां बाहर निकाल लीं और अंगारों को राख में दबा दिया। गुलदुम को दाना खिलाकर उसे अच्छी तरह प्यार किया और घर का द्वार बन्द करके अपने पति के साथ प्रथम बार 'समाधि' को चली। समाधि रुख के पास एक पुराने चिनार की छाया में पत्थरों के एक चबूतरे पर स्थित थी। यह किस वली-अल्ला की समाधि थी इसका किसी को पता न था। यहां कोई मौलवी भी न रहता था। टूटी-फूटी समाधि के झाड़ों पर और चिनार के तने के नीचे उगने-वाली छोटी-छोटी झाड़ियों से कपड़े की छोटी पोटलियां गरीब, अन-जान देहातियों की सैकड़ों इच्छाओं और आकांक्षाओं को अपने वक्ष में लिए लटक रही थीं। वह पोटली अफ़ज़ल की थी जिसका विवाह बेगमां से न हो सका। यह पोटली गुलामअली की थी जिसके आज तक कोई लड़का न हुआ था।

यह पोटली जेरां की थी जिसके पति को शेर ने घायल कर दिया था। जेरां का पति स्वस्थ न हुआ था परन्तु पोटली अभी तक लटक रही थी और यह पोटली खुलकर ज़मीन पर गिर पड़ी थी और इस प्रकार धूल में मिल गई थी कि कोई कह न सकता था कि यह किसकी पोटली है।

इन पोटलियों में कैसी-कैसी आकांक्षाएं थीं, कैसे-कैसे अरमान, खुशियां जिनकी सुगन्ध आकाश तक फैली हुई थी, आंसू जो मोतियों जैसी 'चमक रखते थे—अरमान जो अधूरे रह गए, उमंगें जिन्हें मृत्यु

अपने साथ ले गई, आशाएं जो बर्फ के गालों की भांति पृथ्वी में समा गईं। इन्सान मर जाते हैं परन्तु उनकी खुशबुएं यादों की छोटी-छोटी पोटलियों में रह जाती हैं। फिर एक दिन यह पोटलियां भी खुल जाती हैं और इनकी सुगन्ध हवा में, आकाश में, और धरती के गर्भ में समा जाती है। और जब नये मानव का जन्म होता है तो वह अपने साथ नई सुगन्ध, एक नई खुशी, एक नई उत्कंठा लाता है—पहले से अधिक सुन्दर, सूक्ष्म, कोमल। और जीवन इन नव पल्लवों में विकसित होकर बोल उठता है—देख लो, देख लो वसन्त अनन्त है, वसन्त अनन्त है।

अज़ीज़ और नूर समाधि से खुशी-खुशी लौटे। रास्ते में अपने भविष्य की चर्चा करते हुए, गीत गाते हुए, चढ़ाई चढ़ते हुए चले आ रहे थे कि एक ऊंचे पर्वत के वृक्ष पर अज़ीज़ को एक रतगल्ला नज़र आया। अज़ीज़ ने राइफल सीधी की, परन्तु नूर ने हाथ पकड़ लिया। बोली—"आज नहीं···बस आज की आज नहीं—देखो कितना सुन्दर पक्षी है, कैसी मीठी बोली बोलता है।"

वे रतगल्ले का चहचहाना सुनते रहे। फिर भागे बढ़े तो मधु-मक्खियों की गुंजार सुनाई दी। देखा एक ऊंचे चीढ़ के वृक्ष पर अंगूरों की बेल लिपटो हुई थी। परन्तु सूखी थी, उसपर पत्ते न थे। यह बेल ऊपर चीढ़ के नुकीले झूमरों तक फैलती चली गई थी। यहां पर- मधु मक्खियों ने एक बहुत बड़ा छत्ता बना रखा था—अंगूर को बेल के ऊपर।

"हूं," अज़ीज़ गुर्राया।

"क्या बात है?"

"यह देखो मधु-मक्खियां कितनी स्यानी होती हैं।"

"कैसे?"—नूरनशां ने पूछा।

"तुम्हें मालूम है इन मक्खियों ने चीढ़ के वृक्ष पर छत्ता क्यों नहीं बनाया, बेल पर क्यों बनाया है?"

"नहीं तो।"

"रीछ से बचने के लिए। रोछ चीढ़ के पेड़ पर चढ़ सकता है परन्तु वहां तक नहीं पहुंच सकता जहां बेल पर छत्ता है। रीछ का बोझ यह बेल नहीं सहार सकती। बल्कि वहां पर तो यह इतनी कोमल है कि केवल इस छत्ते का बोझ ही सहार सकती है।"

"तुम्हारा भी नहीं।" नूरनशां ने पूछा।

अज़ीज़ उसकी ओर देखकर रुक गया, बोला—"शहद तो बहुत मीठा है परन्तु इन मक्खियों के डंक बड़े कड़वे होते हैं। मैं इस अंगूर की बेल पर भी चढ़ सकता हूं परन्तु अभी मेरे पास कोई कम्बल नहीं है। कम्बल होता तो अभी तुम्हें छत्ते तक पहुंचकर दिखाता। कम्बल अपने चेहरे और सिर पर लपेट लेता और शहद का छत्ता तोड़ लेता। कल आऊंगा।" इतना कहकर अज़ीज़ इधर-उधर देखने लगा ताकि मार्ग याद रख सके। नूरनशां ने हंसकर कहा—"नहीं, मुझे ऐसा शहद नहीं चाहिए। मैं तो यूं ही कह रही थी। अब शीघ्रता से घर चलो, भूख लग रही है।" अज़ीज़ ने कहा—"और मुझे तो और भी अधिक भूख इस-लिए लग रही है कि आज तुम्हारे हाथ की पकी हुई रोटियां मिलेंगी।"

"उंह! इससे पहले कई बार हमारे घर में खा चुके हो।"

"परन्तु अपने घर में तो पहली बार है।"

जब अज़ीज़ और नूर अपने घर पहुंचे तो उन्हें द्वार खुला हुआ मिला। छत से धुआं निकल रहा था। किसीने आग लगाने का प्रयत्न किया था परन्तु सन्थे की झाड़ियां गीली थीं। इस कारण घर को ठीक प्रकार आग न लग सकी थी। हांडियां टूटी पड़ी थीं। अन्य बर्तन भी टूटे पड़े थे। नूरनशां के वस्त्र भी किसीने फाड़ डाले थे। वे तार-तार हुए नीचे पड़े थे। दीवा धरती पर औंधा पड़ा था और तेल उसके चारों ओर फैल चुका था।

सहसा नूर की चीत्कार निकल पड़ी—"हाय, मेरी गुलदुम!"

गुलदुम को किसीने नोच-नोचकर फेंक दिया था। एक पंख यहाँ पड़ा था, एक वहां, धड़ कहीं और सिर कहीं, नन्ही-सी जान का नन्हा-सा तो तन था।

नूरनशां ने रोते-रोते उसके पंख एकत्रित किए, उसका सिर, धड़। फिर उसकी नन्ही-सी चोंच को अपने कपोलों से लगाकर सिसकियां लेने लगी।

अज़ीज़ ने अपने लुटे हुए घर पर दृष्टि डाली, नूरनशां के कांपते हुए हाथों में गुलदुम का शव देखा, फिर उसने धीरे से दीवार से लगी हुई राइफल को उठा लिया और घर से बाहर निकल गया। नूरनशां पूछती ही रह गई, "तुम कहां जा रहे हो?" परन्तु अज़ीज़ ने कोई उत्तर

नहीं दिया।

बहुत समय तक चारों ओर सन्नाटा छाया रहा और इस पूर्ण निस्तब्धता में नूर को लगा जैसे उसके हृदय की धड़कन भी बन्द होती जा रही है।

फिर कहीं दूर एक गोली चली और नूरनशां का दिल ज़ोर-ज़ोर से धड़कने लगा। फिर एक गोली चली और नूरनशां का दिल और भी ज़ोर-ज़ोर से धड़कने लगा और गुलदुम उसके हाथ से नीचे गिर पड़ी और उसने अपने दोनों हाथ अपनी छाती पर रख लिए।

फिर जैसे कई सौ वर्षों के लम्बे अर्से के बाद घर का द्वार खुला और बूढ़ा शिकारी अब्दुल्ला हौले-हौले पांव रखता हुआ अन्दर आया और नूरनशां की ओर देखते हुए बोला—"तेरे लिए मेरे दोनों बेटे मारे गए।"

नूरनशां वहीं अपनी छाती पर हाथ रखे खड़ी रही।

अब्दुल्ला धीरे-से धरती पर झुक गया और घुटने टेक कर दोनों हाथों से गुलदुम के टुकड़े चुन लिए और रुंधे हुए कंठ से बोला—"आओ इसे अभी दफन कर दें, क्योंकि फिर मुझे उनकी लाशें ढूंढ़ने के लिए खड्ड में जाना है।"

वह गुलदुम को दोनों हाथों में उठाए हुए धीरे-धीरे द्वार से बाहर चला गया।

भक्तराम

अभी-अभी मेरे बच्चे ने मेरे बायें हाथ की उंगलियों को अपने दांतों तले दबाकर इस ज़ोर से काटा कि मैं चिल्लाए बिना न रह सका और मैंने क्रोध में आकर उसे दो-तीन थप्पड़ भी जड़ दिए। बेचारा उसी समय से एक पिल्ले की तरह चिल्ला रहा है। ये बच्चे देखने में कितने नाज़ुक होते हैं परन्तु इनके नन्हे-नन्हे हाथों की पकड़ बड़ी मज़बूत होती है। इनके दांत यों दूध के दांत होते हैं परन्तु काटने में गिलहरियों को भी मात कर देते हैं। इस अबोध बालक की शरारत से सहसा मेरे दिल में बचपन की एक घटना जागृत हो उठी है। अब तक मैं ससे बहुत साधारण घटना समझता था और अपने ख्याल में उसे बिल्कुल भूल चुका था। परन्तु यह अचेतन मन भी क्या-क्या कलाबाज़ियां खाने लगता है। यों तो बात इतनी-सी थी कि बचपन में मैंने अपने गांव के व्यक्ति भक्तराम के बायें हाथ का अंगूठा चबा डाला था और उसने मुझे थप्पड़ मारने की अपेक्षा सेब और अलूचे खिलाए थे और यों मैं इस घटना को भूल चुका था, परन्तु ज़रा इस भानमती के पिटारे का अनोखापन देखिए। यह साधारण-सी घटना सोई हुई नागिन की तरह मस्तिष्क के पृष्ठ-पोषण में दबी हुई है और जूंही मेरा बच्चा मेरी उंगलियों को दांतों तले दबाता है और मैं उसे पीटता हूं यह पच्चीस-तीस वर्ष से सोई हुई नागिन एकदम जाग उठती है और फन फैलाकर मेरे मस्तिष्क की चारदीवारी में लहराने लगती है। अब कोई इसे किस तरह मार भगाए! अब तो उसे दूध पिलाना होगा। खैर, तो वह घटना भी सुन लीजिए। जैसाकि अभी कह चुका हूं, यह मेरे बालपन की घटना है। जब हम लोग रंगपुर के

गांव में रहते थे। रंगपुर का गांव तहसील अजोड़ी का केन्द्र-स्थान है इसलिए अब यह एक छोटा-मोटा कस्बा बन चुका है परन्तु जिन दिनों हम वहां रहते थे रंगपुर की आबादी अधिक न थी। यही कोई ढाई-तीन सौ घर होंगे जिनमें अधिकतर घर ब्राह्मणों और क्षत्रियों के थे। दस-बारह घर जुलाहों और कुम्हारों के होंगे। पांच-छः बढ़ई, इतने ही चमार और धोबी और यही सारे गांव में ले-देकर पाठ-दस घर मुसल-मानों के। परन्तु उनकी हालत पतली थी इसलिए यहां उनका वर्णन करना व्यर्थ-सा मालूम होता है।

गांव की बिरादरी के मुखिया लाला कांशीराम थे। यों तो ब्राह्मण समाज के सिद्धान्तों के अनुसार बिरादरी का मुखिया किसी ब्राह्मण ही को होना चाहिए था और फिर ब्राह्मणों की आबादी भी गांव में सबसे अधिक थी। इसपर भी बिरादरी ने लाला कांशीराम को, जो जाति के क्षत्रिय थे, अपना मुखिया चुन रखा था। फिर वह सबसे अधिक शिक्षित भी थे अर्थात् नये शहर तक पढ़े हुए थे और वह पत्र जिसे डाकिया भी न पढ़ पाता था वह अच्छी तरह पढ़ लेते थे। तमस्सुक, हुंडी, नालिश, समान, गवाही, निशान-दही के अतिरिक्त नये शहर की बड़ी अदालत की हर कार्यवाही तक को वह अच्छी तरह जानते थे। इसलिए गांव का हर व्यक्ति अपनी हर मुसीबत में, चाहे वह स्वयं कांशीराम की ही पैदा की हुई क्यों न हो, लाला कांशी राम ही का सहारा ढूंढ़ता था और लाला जी ने आज तक अपने किसी ऋणी की सहायता करने से इन्कार न किया था। इसीलिए वह गांव के मुखिया थे, गांव के स्वामी थे और रंगपुर से बाहर भी दूर-दूर तक लोग उनका यश गाते थे।

एसे सज्जन पुरुष का मंझला भाई लाला बांशीराम था जो अपने बड़े भाई के प्रत्येक अच्छे कार्य में उसका हाथ बंटाता था।परन्तु गांव के लोग उसे उतना अच्छा न समझते थे क्योंकि उसने अपने ब्राह्मण-धर्म को त्याग दिया था और गुरु नानकजी के चलाए हुए पंथ में शामिल हो गया था। उसने अपने घर में एक छोटा-सा गुरुद्वारा भी बनवा रखा था और नये शहर से एक ज्ञानी ग्रन्थी को बुलाकर उसे गांव में सिख मत के प्रचार के लिए नियुक्त कर दिया था ''लाला बांशीराम के सिख बन जाने से गांव में झटके और हलाल का प्रश्न उठ खड़ा हुआ था। मुसलमानों और सिक्खों के लिए तो यह एक धार्मिक प्रश्न था, परन्तु भेड़-बकरियों और

मुर्गे-मुर्गियों के लिए तो जीवन और मृत्यु का प्रश्न था। लेकिन मनुष्यों के नकारखाने में भला पशुओं की आवाज़ कौन सुनता है?

लाला कांशीराम के छोटे भाई का नाम था भक्तराम। यह वही व्यक्ति था जिसका ने बचपन में अंगूठा चबा डाला था—किस तरह? यह तो मैं बाद में बताऊंगा, अभी तो उसका व्यक्तित्व देखिए ··अर्थात् सख्त लफंगा, आवारा, बदमाश था यह व्यक्ति। नाम तो भक्तराम था परन्तु वास्तव में यह आदमी राम का नहीं,शैतान का भक्त था। रंगपुर के गांव में आवारगी, बदमाशी ही नहीं, ढिठाई और बेहयाई का नाम यदि जीवित था तो केवल भक्तराम की कृपा से! अन्यथा रंगपुर तो सज्जन पुरुषों की ऐसी बस्ती थी कि शायद देवताओं को भी वहां आते हुए भय आता होगा। सदाचार, पवित्रता और भक्ति का हल्का-हल्का प्रकाश मानो प्रत्येक प्राणी के चेहरे से छनता नज़र आता था। कभी कोई लड़ाई न होती थी। ऋण समय पर वसूल हो जाता था, नहीं तो ज़मीन कुर्क हो जाती थी और लाला कांशीराम फिर रुपया देकर अपने ऋणी को फिर काम पर लगा देते थे। मुसलमान बेचारे इतने कमज़ोर थे और संख्या में भी इतने थोड़े थे कि उनमें लड़ने का साहस न था। सब बैठे मसजिदों के मीनारों और उनके कंगूरों को चुपचाप ताका करते क्योंकि गांव में उन्हें अज़ान तक देने की भी मनाही थी। कम्मियों और अछूतों का सारा धन्धा दोजन्मे लोगों से सम्बन्धित था और वह चूं तक न कर सकते थे। इसके अतिरिक्त उन्हें इस बात का ख्याल मात्र भी नहीं था कि जीवन इसके अतिरिक्त भी कुछ और हो सकता है। बस जो है वह ठीक हैं। यही मुसलमान समझते थे, यही ब्राह्मण, यही क्षत्रिय, यही चमार; और सब मिलकर भाराम को गालियां देते थे क्योंकि उसकी कोई कल भी सीधी न थी।

भक्तराम लठ-गंवार धा। बात करने में अक्खड़, देखने में अक्खड़, बुद्धहीन, बड़े-बड़े हाथ-पांव, बड़े-बड़े दांत, बत्तीसी हर समय खुली हुई, होंठों से राल टपकती हई, जब हंसता तो बत्तीसी के साय मसूढ़ों की भी पूरी-पूरी नुमायश हो जाती। गांव में प्रत्येक व्यक्ति का सिर घुटा हुआ था और प्रत्येक हिन्दू के सिर पर चोटी थी परन्तु भाक्तराम ने बलोचों की तरह लम्बे-लम्बे बाल बढ़ा लिए थे और चोटी गायब थी। बालों में जूओं की भरमार होती जिन्हें वह प्रायः घराट के बाहर बैठकर चुना

करता था। दिन में दो तीन बार सिर में सरसों का तेल रचाता, गले में फूलों का हार डालता और बीच में सीधी मांग निकालकर और केश संवारकर वह संध्या समय गांव के चश्मों के चक्कर काटने शुरू कर देता! अपनी इन बुरी हरकतों से कई बार पिट चुका था परन्तु इसका उस पर कुछ भी असर न होता था। बड़ी मोटी खाल थी उसकी और फिर मेरा अनुमान है कि उसकी प्रात्मा की आवाज़ बिलकुल ही मर चुकी थी। वह चिंगारी लुप्त हो चुकी थी जो पशु को मनुष्य बना देती है। भक्तराम शत-प्रतिशत पशु था और इसीलिए गांव वाले ब्राह्मण और क्षत्रिय, धनवान और निर्धन, हिन्दू और मुसलमान, सुनार और चमार सब उससे घृणा करते थे।

परन्तु चूंकि लाला कांशीराम का छोटा भाई था और गांव के सबसे बड़े घराने का एक व्यक्ति, इसलिए गांव के लोग उसकी समस्त हरकतों को सहन करते चले आ रहेथे, पर जब हम रंगपुर में आए उस समय भक्तराम के बड़े भाई ने परेशान होकर उसे अपने घर से निकाल दिया था और तब्बी का एक घराट उसके सुपुर्द कर दिया था। भक्तराम वहीं काम करता था और रात को सोता भी वहीं था क्योंकि घराट दिन-रात चलता था। न जाने किस समय किसे आटा पिसाने की आवश्यकता आ पड़े और वह चादर या भेड़ की खाल में मक्की या गेहूं के दाने डाले घराट पर चला आए और फिर उसके अलावा यह भी होता था कि दिनभर में जो अनाज पाया था या जो अनाज अभी पिसने को पड़ा होता उसकी देख-रेख के लिए भी एक व्यक्ति का वहां होना ज़रूरी था। यह सोचकर लाला कांशीराम ने अपने छोटे भाई भक्तराम को अपने घराट का काम सौंप दिया था। लाला कांशीराम का घराट गांव में सबसे बड़ा घराट था अर्थात् लगभग सारे गांव का अनाज वहीं पिसता था। एक और घराट भी था परन्तु वहां प्रायः मुसलमानों,अछूतों आदि का अनाज पिसता था या जब कभी बड़ा घराट चलते-चलते रुक जाता या जब पाटों के स्तर पर पथरीले दन-दाने बनाने के लिए उन्हें उल्टा दिया जाता तो कुछ दिनों के लिए दूसरे घराट वालों को अच्छी आय हो जाती थी। जिन दिनों बड़ा घराट चलता होता उन दिनों किसी मुसलमान या अछूत को यह साहस न हो सकता था। साहस तो क्या कभी उनके मस्तिष्क में यह विचार भी न पा सकता था कि उनका अनाज कभी

बड़े घराट पर पिस सकता है। प्रारम्भ में जब भक्तराम ने काम संभाला तो उसने भी कुछ दिनों तक यही ढंग अपने यहां रखा परन्तु बाद में उसके स्वभाव के लाबालीपन ने, बल्कि यों कहिए कि शैतानीपन ने ज़ोर मारा और उसने सोचा, चलो जी क्या है इसमें! जो भी आए आटा पिसवाकर ले जाए। इन पत्थर के दो पाटों में धरा ही क्या है और यह आखिर अनाज ही तो है जिसे कुत्ता भी खाता है। इससे घराट की आय में बढ़ती ही होगी और दूसरे घराट का हाल जो पहले ही पतला है और भी पतला हो जाएगा और सम्भव है बिल्कुल ही बन्द हो जाए। न जाने उसने क्या सोचा। जो हो, उसने कोई ऐसे ही बुरी बात सोची होगी जो उसने गांव के अछूतों, चमारों तक को घराट पर आटा पिसाने का निमंत्रण दे दिया। पहले तो लोगों ने बड़े ज़ोरदार शब्दों में इन्कार किया, "भला कहीं ऐसा भी हो सकता है? क्या कहते हो लाला, हम प्रजा हैं, तुम राजा हो, यह तुम्हारा घराट है, हमारा घराट वह है, हम भला यहां आटा पिसाने क्यों आएंगे। न बाबा, यह काम हमसे न होगा। और जो काम हमसे चाहो, ले लो, लेकिन यह काम हमसे नहीं होने का।" परन्तु भक्तराम ने आखिर अपनी चालाकियों से उन बेचारों को फुसला ही लिया और उन्हें इस बात पर राज़ी कर लिया कि वे अनाज उसीके घराट पर लाया करेंगे और वहीं से पिसवाया करेंगे।

भला बिरादरी में कहीं ऐसी बात भी छिपी रह सकती है? बिरादरी में शोर मच गया, काना-फूसी होने लगी। प्रतिदिन भक्तराम से झगड़ा होने लगा। तगड़ा आदमी था इसलिए गालियां सहन कर गया। हंस-हंसकर टालता रहा, फिर उसने क्रोध में आकर दो-चार को पीट डाला। फिर एक दिन स्वयं पिटा। बात बढ़ते-बढ़ते कांशीराम के कानों तक पहुंची। उन्होंने भक्तराम को बुलाकर डांटा। समझाया-बुझाया। ठंडे दिल से, नम्रतापूर्वक पुचकार-पुचकारकर बातें कीं, ऊंच-नीच समझाई, परन्तु जिसके दिल में कमीनापन हो वह भला धर्म-कर्म की बात क्या सुनेगा? भक्तराम ने इस कान से सुनी और उस कान से निकाल दी। पहले जब भक्तराम अपने घर पर रहता था, उसके लिए थोड़ी-बहुत रोक-टोक भी थी। यह भय भी था कि बड़े भाई क्या कहेंगे, परन्तु अब तो वह दिन-रात घराट पर रहता था। अब उसे वहां रोकनेवाला कौन था? अब वह खूब खुलकर खेला। उन्हीं दिनों वह भंग पीने लगा और

एक मुसलमान फकीर के यहां आने-जाने लगा जो उन दिनों अपनी पत्नी और एक नौजवान लड़की के साथ नदी के किनारे एक तकिये (मठ) में आकर ठहरा हुआ था। जूं-जूं दिन गुज़रते गए भक्तराम घराट के काम-काज से विमुख-सा रहने लगा और दिन का एक बड़ा भाग तकिये में चर्स और गांजा पीने में व्यतीत करने लगा। भाई ने बहुत समझाया, स्वयं गांव के सज्जन मुसलमानों ने उसपर घुमायुक्त वाक्य कसे परन्तु वह तो किसी और ही नशे में चूर था। कुछ दिन और गुज़रे और फिर पता चला कि भक्तराम ने नये शहर जाकर उस मुसलमान फकीर की बेटी से निकाह (शादी)कर लिया है और इस्लाम कबूल कर लिया है। सारे गांव में हलचल मच गई, जब उन्होने भाक्तराम को काले फुन्दने-वाली सुर्ख रंग की ऊंची टोपी पहने हुए देखा। फकीर तो खैर भय के मारे फिर कभी उस गांव में न घुसा, और यह उसने अच्छा ही किया; अन्यथा लाला कांशीराम और कांशीराम के साथी अवश्य उससे बदला लेने की कोशिश करते। परन्तु अपने भाई को अब क्या कह सकते थे जो अपनी पत्नी को लेकर फिर गांव में आ धमका था और घराट में—अपने भाई के घराट में—आकर बस गया था। दोनों पति-पत्नी यहीं रहते थे और भक्तराम अब बहुत प्रसन्न था और श्वेत लट्ठे की शलवार और पाली चिकन की वास्कट, जिसपर कई सौ घुंडीदार बटन लगे हुए थे, पहनकर गांव में आज अभिमानपूर्वक सिर ऊंच किए घूमता था और गांव की बहू-बेटियों पर बिना धार्मिक भेद-भाव के आवाज़ें कसता था। ऐसा दस-नम्बर का बदमाश था वह कि जब मेरी मां मुझे गाली दिया करती तो मेरी तुलना भक्तराम से किया करती और मैं सदेव रो देता। भक्तराम से मुझे बड़ी चिढ़ थी। एक तो उसने हमारा धर्म छोड़ दिया था। भला ऐसे आदमी का क्या भरोसा और फिर अक्तराम की शैतानी देखो कि मुसलमान होते ही उसने गांव के मुसलमानों को उकसाना शुरू कर दिया कि वे मसजिद के मुनारे पर चढ़कर आज़ान दें। परन्तु वह तो भला हो मुसलमानों का जो किसीने उसकी बात न मानी और डरते-डरते कहा कि गांव में आज तक कभी ऐसा नहीं हुआ। इसपर वह बद-माश बहुत हंसा और उसने स्वयं वुज़ू कर के मसजिद के मुनारे पर चढ़-कर अज़ान दे दी और उसकी गूंजती-गरजती आवाज़ गांव की चौहदी में, नदी के किनारे के नाशपातियों के झुंड में और दूर सनोबरो से ढंकी

हुई पहाड़ियों की छातियों में धमक पेदा करती हुई गूंज गई और गांव के प्रत्येक ब्राह्मण और क्षत्रिय का दिल एक अज्ञात भय से सिहर उठा। घोर कलियुग है··· घोर कलियुग। अब कोई दिन में अवश्य निष्कलंक अवतार उत्पन्न होंगे···हरे राम···हरे राम···और लाला कांशीराम ने ब्राह्मणों से विचार-विनिमय करके एक बहुत बड़ा यज्ञ किया और प्रायश्चित्त किया और अपने छोटे भाई भक्तराम को बिरादरी से निकाल दिया और जायदाद से बेदखल कर दिया और पुराने घराट के पानी का बहाव मोड़कर एक और अच्छा-सा घराट बनवा लिया। पुराना घराट जहां अब भक्तराम और उसकी पत्नी रहते थे अब बड़ी जर्जर हालत में था। ग्राहक कम होते-होते बिल्कुल गायब हो गए।

मुसलमानों के जो घर शेष रह गए थे उन्होंने भी सहायता से हाथ खींच लिया क्योंकि गांव के सामाजिक जीवन में भक्तराम ने यहां-वहां छिद्र डाल दिए थे और उसे कोई पसन्द नहीं करता था। उन्हीं दिनों भक्तराम की पत्नी के बच्चा होनेवाला था। लोग कहते थे कि यह फकीरन ब्याह से पहले ही गर्भवती थी और वह फकीर भक्तराम को जुल देकर स्वयं सटक गया है। कोई कुछ कहता कोई कुछ ; जितने मुंह उतनी बातें। हां, यह बात ज़रूर थी कि भक्तराम हर समय अपनी पत्नी की दिल जोई में लगा रहता था। वह उसके लिए हर प्रकार का परिश्रम करने को तैयार था। परन्तु गांव में अब उसे कोई काम देने को तैयार न था और ऐसे बदचलन के लिए भला उस सज्जन पुरुषों के गांव में काम करने की क्या सबील हो सकती थी। मुझे वह रात नहीं भूलती जब भक्तराम की पत्नी के बच्चा होनेवाला था। सुबह ही से उसने हमारे घर के चक्कर काटने शुरू कर दिए थे। मेरी मां की मिन्नतें कीं थीं और उसके पांव पर सिर रखकर कहा था, "तुम चलोगी मां तो मेरी बीवी बच जाएगी।" परन्तु मेरी मां ने, जो बड़े-बड़े क्षत्रिय घरानों और ब्राह्मणों के घर में दाई बनकर जाती थी, भक्तराम को टका-सा जवाब दे दिया था। आधी रात के समय भक्तराम ने चीख-चीखकर दुहाई दी परतु हम लोगों ने दरवाज़ा नहीं खोला और मस्त होकर सो रहे। दूसरे दिन पता चला कि भक्तराम की पत्नी की मृत्यु हो गई। बच्चा उत्पन्न न हो सका था। भक्तराम बहुत रोया, दहाड़े मार-मारकर रोया। एक पशु के आंसू थे जो योंही अपने दुःख पर टसुए बहा रहा हो।

कुछ दिनों में ही वह उस फकीरनी को भूल गया। इसलिए अब उसने अपना मुसलमानी नाम भी छोड़ दिया। अब वह फिर अपने-आपको खुदाबक्श की बजाय भक्तराम कहता था और पहले की तरह गांव की गलियों में चक्कर लगाता था; परन्तु वाह रे हिन्दुओं, किसीने उसे मुंह न लगाया, यहां तक कि उसके भाई भी उससे बात तक करने को तैयार न हुए और भक्तराम अपना-सा मुंह लेकर रह गया।

कुछ दिनों के बाद भक्तराम गांव छोड़कर कहीं दूर चला गया। तीन-चार मास के बाद जो लौटा तो उसके पास तीन दर्जन सांप थे और बहुत-से छछूंदर, नेवले और ऐसे ही कई और जानवर और एक पिंजरे में एक सुन्दर मैना थी जो बहुत अच्छा गाती थी और मैं घंटों उस मैना के पिंजरे के निकट जाकर गाना सुना करता था और गांव के बहुत-से लड़के मेरी तरह भक्तराम के पास आया करते थे और अब भक्तराम के पास बहुत-सी जड़ी-बूटियां भी थीं जिनके सम्बन्ध में वह कहता था कि संसार के प्रत्येक रोग यों चुटकियों में दूर कर सकती हैं। धीरे धीरे लोग उसकी ओर खिंचने लगे और उसे अच्छी-खासी आय होने लगी। मेरी मां को, जो गांव की प्रसिद्ध दाई थी और स्त्रियों के प्रत्येक रोग का इलाज जानती थी, भक्तराम का यह स्वरूप एक आंख न भाया परन्तु वह कर ही क्या सकती थी? हां, जब कभी उन दोनों की मुठभेड़ हो जाती वह उसे खूब खरी-खरी सुनाती। भक्तराम ये गालियां सुनकर हंस देता या अपना सिर खुजाने लगता और फिर एक ज़ोरदार कहकहा लगाकर चल देता। पहले दर्जे का छटा हुआ बदमाश था वह···

होते-होते यह हुआ कि भक्तराम की जड़ी-बूटियों की धाक सारे गांव में बैठ गई। फिर आसपास के गांवों के रोगी भी उसके पास आने लगे। अब उसने गांव के छोटे-से बाज़ार में एक चमार की आधी दुकान किराए पर ले ली और बैठकर दवाइयां बेचने लगा। आधी दुकान में मौलू चमार जूतियां बनाता था। मौलू चमार और उसकी पत्नी और उसकी विधवा बहिन रामदई—बस ये तीनों प्राणी हर समय जूतियां सीते रहते थे। दुकान के दूसरे भाग में भक्तराम नये ग्राहकों को फांसता और सांपों का तमाशा दिखाता था और अपनी ज़बान को सांपों से डसवाता था और संखिया खाकर बताता था कि उसपर विष का कोई

असर नहीं होता क्योंकि उसके पास ऐसी रामबाण जड़ी-बूटियां हैं जो बड़े से बड़े विष की काट हैं। अर्थात् इसी तरह की गप्पें हांककर और शेखियां बघारकर वह भोले-भाले लोगों से टके बटोरता था और मेरी मां को उसकी बातें सुन-सुनकर बहुत क्रोध आता था। परन्तु हम लोग उसका कुछ बिगाड़ न सकते थे क्योंकि अब लोगों को उसपर विश्वास-सा हो गया था और अब उसकी जेब में रुपये भी थे और उसने गांव से बाहर नदी के उस पार मिट्टी का एक कच्चा-सा घर भी बना लिया था जहां वह अवकाश के समय अपनी छोटी-सी फुलवाड़ी बनाने में जुट जाता। मुझे भक्तराम से सख्त घृणा थी और मैं कभी उसके घर न जाता था परन्तु अब वह उस सुन्दर मैना को, जो दुकान के बाहर लटके हुए पिंजरे में गाती रहती थी, अपने घर उठा ले गया था। इसलिए कभी-कभी मैं उस मैना को देखने चला ही जाता। अच्छा ही हुआ जो मुझे वह टोकता न था अन्यथा मेरा इरादा तो यह था कि यदि उसने कभी मुझे टोका तो गोफिये में ढेला रखकर उसका सिर फोड़ दूंगा।

भक्तराम का धन्धा अब उन्नति पर था परन्तु उन्हीं दिनों उसने एक ऐसी हरकत की कि गांव के लोग उससे फिर नाराज़ हो गए और उस घटना के बाद गांव में और आसपास के गांवों में कभी उसकी साख न बंध सकी। बात असल में यह थी कि रामदई, जो कि मौलू चमार की विधवा बहन थी, लाला कांशीराम की दाश्ता थी और हर सम्भव सावधानी के बावजूद गर्भवती हो गई थी और लाला कांशीराम ने भीतर ही भीतर भक्तराम को कहला भेजा था कि वह कोई ऐसी औषधि दे जिससे रामदई का गर्भ गिर जाए परन्तु भक्तराम एक छटा हुआ बद-माश था। वह भला ऐसे अवसर पर किसी सज्जन की सहायता क्यों करता! उसने साफ इन्कार कर दिया बल्कि उसने यह बात ऐसी फैलाई कि लाला कांशीराम को कुछ महीनों के लिए गांव छोड़ कर नये शहर जाना पड़ा और रामदई के लिए मुंह छिपाना कठिन हो गया। यह बात अब ऐसी फैल चुकी थी कि अब लाला बांशीराम के बड़े भाई कांशीराम ने मेरी मां को, जो उनकी खानदानी दाई थी, इस नाज़ुक मामले को अपने हाथ में लेने को कहा तो मेरी मां ने भी साफ इन्कार कर दिया। परिणाम यह हुआ कि बेचारी रामदई नौ मास तक उस हरामी बेटे को पेट में लिए-लिए फिरी और गांव-भर में उसका तिर-

स्कार हुआ और हरामी बच्चा उसने अलग जना। इसपर उसकी बिरादरी ने उसे 'जात बाहर' कर दिया और उसके भाई-भौजाईने उसे घर से बाहर निकाल दिया। ऐसी अवस्था में जब कि उसका कोई सहायक न था और जब वह कई दिन से दर-ब-दर ठोकरें खाती फिर रही थी और अपने बच्चे को दूध देने के लिए स्वयं उसके स्तनों में दूध न रहा था, वह भक्तराम के घर पहुंची। वह बदमाश तो जैसे उसकी प्रतीक्षा में ही था। उसने झट उसे अपने घर में डाल लिया और बिना शादी-ब्याह किए वे लोग हंसी-खुशी एकसाथ रहने लगे। गांव में इससे पहले कभी ऐसा न हुआ था—यह अंधेर—निर्लज्जता, सीना ज़ोरी अपनी आंखों से तो देखी न जा सकती थी। परिणाम यह हुआ कि भक्तराम की दुकान उठवा दी गई और उसे यह बात जता दी गई कि अब यदि वह गांव की ओर मुंह करेगा तो अपनी जान से हाथ धो बैठेगा।

भक्तराम अब अपने ही घर में रहता था और बगीचे और घर के आसपास जो उसने थोड़ी-सी ज़मीन मोल ले ली थी उसमें खेती करके अपना, रामदई और उस हरामी बच्चे का पेट पालता था। कुछ लोगों का ख्याल है कि वह बड़ा उदास जीवन व्यतीत करता होगा! यह ख्याल बिलकुल गलत है। जैसे पक्के घड़े पर पानी का कोई असर नहीं होता, उसी प्रकार इन तमाम बातों ने भक्तराम पर कोई असर नहीं किया। उसके स्वभाव में कोई परिवर्तन नहीं आया। उसे इस बात का ख्याल नहीं था कि उसने अपने व्यवहार से अपने मां-बाप, अपने खानदान, अपने गांव की इज़्ज़त को बट्टा लगाया है। वह उसी प्रकार प्रसन्न नज़र आता था जैसे कभी कुछ हुआ ही न था, जैसे वह अब भी गांव के अन्दर अपने भाई के सुन्दर घर में, जिसकी छत टीन की थी, रहता हो। मैंने एक दिन उसे उसके घर में दोपहर के समय देखा था, वह आंगन में एक चारपाई पर लेटा हुआ था और रामदई को चूम रहा था। मैंने इससे पूर्व किसी पुरुष और स्त्री को एक-दूसरे को चूमते नहीं देखा था। यह देखकर मैं एकदम भौंचक्का रह गया और मेरे कानों में एकदम मेरी मां के शब्द गूंज गए, "कभी भूलकर भी भक्तराम के घर की ओर न जाना। वह बड़ा ही बदमाश है।" मेरी मां ने सच कहा था। भला शरीफ लोग कहीं ऐसे होते हैं? घृणा और क्रोध के वशीभूत हो मेरी आंखों में आंसू भर आए। मैं वापस आने को ही था

कि मैना ने मुझे देख लिया और चिल्लाने लगी, "आओ, आओ, नन्हे-मुन्ने बालक, मिठाई दूंगी। आओ, आओ नन्हे-मुन्ने बालक मिठाई दूंगी।"

मैना की आवाज़ सुनकर भक्तराम जल्दी से उठा और मेरी ओर बढ़ा। शायद वह मुझे पकड़ना चाहता था। बदमाश! मैं तेरे काबू में आसानी से नहीं आऊंगा। खूनी। डाकू! मैं रोता हुआ आगे-आगे भाग रहा था और मेरे पीछे-पीछे भक्तराम दौड़ता चला आ रहा था। "बात तो सुन बेटे!" परन्तु मैं ऐसा मूर्ख नहीं था कि रुक जाता। एकाएक उसने मुझे गरदन से पकड़ लिया और मैंने कटकटाकर उसके अंगूठे को अपने दांत तले दबा लिया और इस ज़ोर से काटा कि वह चीख पड़ा। परन्तु उसने मुझे थप्पड़ नहीं मारे, कुछ नहीं किया; हां, मुझे छोड़ा भी नहीं। वह मुझे अपने घर ले भीतर आंगन में ले गया। मुझे अब भी गरदन से पकड़े हुए था कमबख्त! मैं अब भाग भी न सकता था। उसने रामदई की ओर संकेत करते हुए कहा, "यह तुम्हारी मौसी हैं, इन्हें राम-राम कहो!"

मैंने कहा, "मौसी तुम्हारी होंगी। मैं इन्हें राम-राम नहीं कहूंगा।"

उसने हंस-हंसकर कहा, "देखो यह तुम्हारा छोटा भाई है मात्नो। इसके साथ खेलो।"

मैंने कहा, "मैं इसके साथ नहीं खेलूंगा। मेरी मां कहती है रामदई का बच्चा हरामी है! हरामी यह बच्चा···।"

एकाएक रामदई ने बच्चे को अपनी छाती से चिपटा लिया। भक्त-राम खिलखिलाकर हंस पड़ा। उसके मैले-मैले दांत और मसूढ़े होंठों के बाहर निकल आए। कहने लगा, "सेब खाओगे? सेब खाओगे? आलूचे? आलूचे···हां-हा"—मैंने सिर हिलाकर इन्कार कर दिया।

उसने ज़बरदस्ती बहुत-सेब और आलूचे मेरी जेब में ठूंस दिए; फिर मुस्कराकर बोला, "यह मैना तुम्हें अच्छी लगती है न। ले जाओ इसे।"

वह पिंजरा उतारकर मुझे देने लगा।

मैंने कहा, "कोई थूकता भी है तुम्हारी इस मैना पर? मेरी मा कहती है कि भक्तराम आदमी नहीं जानवर है। वह तो चमारों से भी बुरा है। छोड़ो मुझे नहीं चाहिए तुम्हारी मैना-वैना···।"

उसने हंसकर मुझे छोड़ दिया, कहने लगा, "तो अब भाग जाओ।"

उस बदमाश के पंजे से निकलकर जो मैं भागा तो सीधा घर आकर ही सांस लिया। मैंने मां को सारी बात बताई तो पहले तो वह मुझपर बहुत बिगड़ी फिर भक्तराम को खूब कोसा और सारे सेब और आलूचे उठाकर गली में फेंक दिए।

उसके बाद मैं कभी भक्तराम के घर पर नहीं गया।

कुछ मास पश्चात् जब लाला कांशीराम नये शहर से लौटा तो उसने मौलू चमार से कह-सुनकर भक्तराम पर बदचलनी और भगवा का मुकदमा कर दिया। छः-सात महीने भक्तराम जेल में रहा आखिर रिहा हो गया। परन्तु जेल में रहकर उसका स्वास्थ्य काफी गिर गया था और अब जब वह जेल से छूटकर आया तो लोग कहते थे कि उसके चेहरे पर वह पहली-सी प्रफुल्लता नहीं थी। न अब वह पहले की तरह छाती तानकर ही चलता था। कुछ झुका-झुका-सा था, कुछ उदास! परन्तु यह स्थिति भी कुछ दिनों तक ही रही। फिर वह उसी प्रकार ढीठ, निर्लज्ज बनकर इधर-उधर घूमने लगा और गांव-गांव जाकर अपनी जड़ी-बूटियों का कारोबार करने लगा। परन्तु शरीफ लोग उसे मुंह न लगाते थे और उसकी परछाई से भी कतराते थे। हिन्दू, मुसलमान, चमार, हर धर्म और हर जाति के लोग उसे आवारा और शोहदा समझते थे और हमारे गांव में तो उसकी बुराइयां उदाहरणतः प्रयोग में आतीं और माताएं अपने बच्चों को सदाचारी बनने को कहते समय कहा करती थीं, "देखो अगर कोई बुरा काम करेगा तो तुम्हारी भी वही दशा होगी जो भक्तराम की हुई है।"

जैसा व्यर्थ-सा उसका जीवन था वैसी ही व्यर्थ उसकी मृत्यु हुई···

मैंने उसे मरते समय नही देखा परन्तु जिन लोगों ने उसे मरते समय देखा वह भी उसके पागलपन पर आज तक हंसते हैं। कहते हैं मरने से पूर्व वह बहुत खुश था। नदी के किनारे रामदई के साथ खड़ा था और उन तूफानी लहरों की ओर देख रहा था जो अधिक वर्षा के कारण नदी में बड़े-बड़े भंवर बना रही थीं। एकाएक उसने अपने किनारे के निकट भेड़ के तीन-चार बच्चों को देखा जो बाआ-वाआ करते-करते चले जा रहे थे। क्षण-भर के लिए भक्तराम ने उनकी ओर देखा और दूसरे ही क्षण वह नदी की तूफानी लहरों की गोद में था और भेड़ के बच्चों को बचाने का निष्फल प्रयत्न कर रहा था। इसी प्रयत्न में उसने अपनी

जान भी दे दी। दूसरे दिन जब तूफान थम गया तो उसकी लाश नदी के पश्चिमी मोड़ पर तुंग के एक तने से लिपटी हुई पाई गई, जिसका आधा भाग पानी में डूबा हुआ था। कैसी मूर्खों, पागलों की सी मृत्यु थी वह! पशु-जीवन की पशु-मृत्यु! भला ऐसी मृत्यु में भी कोई तुक है··· परन्तु उसके अच्छे भाइयों ने अच्छा ही किया। उसे क्षमा कर दिया और यद्यपि वह बिरादरी से निकाला जा चुका था और अब हिन्दू रहा था न मुसलमान, न अछूत, फिर भी उन्होंने अपने धर्म के अनुसार उससे अच्छा व्यवहार किया। वह उसकी लाश को घर ले गए, उसे नहलाया-धुलाया और रीति के अनुसार उसे श्मशान घाट जाकर जला दिया। इस समय मैं वहीं था···

परन्तु यह 1620 की बात है। आज 1944 है और मेरे नन्हे बेटे ने मेरी उंगलियों को ज़ोर से काट खाया है और मैंने क्रोध में आकर उसे दो थप्पड़ जड़ दिए हैं और मासूम बालक सोफे में मुंह छिपाए रो रहा है और मैं सोचता हूं—आज मैं यह सोचता हूं भक्तराम! कि तुम जो दस नम्बर के बदमाश थे और तुम्हारा कोई धर्म न था, तुम जो एक गंवार उजड्ड झूठे पनसारी थे और जड़ी-बूटियां बेचते थे और लोगों को ठगते थे और उनसे रुपया बटोरते थे और एक मुसलमान फकीरनी से निकाह किए हुए थे और एक विधवा अछूत से झूठ-मूठ का विहाह रचाए हुए थे ; भक्तराम! तुम जो जेल की हवा खा चुके थे और गांव-भर के माने हुए लफंगे और गुण्डे थे···तुम! जिससे लोग घृणा करते थे और शायद आज भी करते हैं, एक मेरे गांव में ही नहीं, हर गांव में, हर शहर में, हर जगह में···आज मैं यह सोचता हूं भक्तराम! शायद मैंने तुम्हें पहचाना नहीं। शायद मैंने तुम्हें पहचानने में गलती की। शायद तुम उन बड़े आदमियों से भी बड़े और महान थे जो रेलें बनाते हैं और लोगों को भूखों मर जाने देते हैं; जो ऊंचे-ऊंचे भवन बनाते हैं और ईश्वर की सन्तान को गलियों में नंगा फिरने पर विवश कर देते हैं। जो बेबस स्त्रियों से उनका सतीत्व छीन लेते हैं,जो अपनी सामयिक प्रेमिकाओं के लिए महल और अपनी सन्तान के लिए अनाथालय बनवाते हैं और समाज के मन्दिर में बैठकर उनपर लानत भेजते हैं। हां, तुम उन सब आदमियों से महान हो जो ट्रैक्टर, हवाई जहाज़, स्कूल, मशीनगनें, थिएटर, सिनेमा, ऐम्पायर बिल्डिंग, नाचघर,

बैंक, राज्य, तख्ते ताऊस, उपनिषद, दर्शन-शास्त्र, भाषा और साहित्य का निर्माण करते हैं और मानव जाति को विश्व के अन्धकार में सदैव के लिए हैरान और परेशान छोड़ देते हैं। तुम उन समस्त व्यक्तियों से महान हो भक्तराम! क्योंकि तुम पनसारी हो, जड़ी-बूटी बेचते हो, आवारा हो, नहीं, नहीं, तुम सचमुच के कवि हो, तुम वह कविहो जो हर शताब्दी में, हर वर्ष, हर जगह, हर गांव में उत्पन्न होता है परन्तु लोग, अच्छे लोग, नेक लोग, बड़े लोग उसे समझने से इन्कार कर देते हैं। तुम वह कवि हो मित्र! आओ हाथ मिलाओ!

परन्त भक्तराम अब मुझसे हाथ नहीं मिला सकता क्योंकि वह मर चुका है। 1920 की बाढ़ में भेड़ के बच्चों को बचाते समय मर गया था और वहीं नदी के किनारे उसकी चिता जलाई गई थी और कोई उसकी मृत्यु पर रोया न था। शोले उसकी चिता से उठकर आकाश की ओर बढ़ रहे थे। लाल-लाल शोले, शोलों के पत्ते, शोलों की कलियां, शोलों के फूल उसकी चिता से खिल रहे थे और चिता जल रही थी और किसीकी आंख में आंसू न थे और वातावरण भी उदास न था। आकाश निर्मल था, नीला गहरा, सुन्दर। धूप भी स्वच्छ थी, खिली हुई, चमकदार, नरम और गरम और कहीं-कहीं बादलों के श्वेत-श्वेत राजहंस तैर रहे थे और नदी का पानी गीत गाता हुआ, भंवर बनाता हुआ, लहरों के जाल तानता हुआ उसकी चिता के निकट से गुज़र रहा था और चिता के पास ही खट्टे अनारों के झुण्ड में शोलों ऐसे सुर्ख फूल दहक रहे थे। विश्व प्रसन्न था, भगवान प्रसन्न था, स्वयं कवि प्रसन्न था क्योंकि आज उसका दिल शोला बन गया था और उसकी आत्मा फूल! ये शोले जो तुम्हारे दिल में हैं, ये फूल जो हर जगह हैं, जो तुम्हारे अन्दर हैं, और मेरे अन्दर हैं, और फिर अन्दर और बाहर हर जगह हैं। विश्व और कवि और मनुष्य एक हो गए थे। भला ऐसी मृत्यु किसे प्राप्त होती है भक्तराम!

शमा के सामने

मेरा गांव अभी दस कोस था। तीसरे पहर के परछांये लम्बे हो गए थे, खच्चर के कदम धीमे पड़ गए थे और ढलवान पगडंडी के दोनों ओर की सुम्बलू, नबाथ और भीकड़ की झाड़ियों में बटेरों, बनसियों और रतचिड़ियों ने सरकाना, फुदकना और शोर मचाना आरम्भ कर दिया था। कहीं-कहीं कोई झींगर टर्रा उठता और फिर एकदम चुप हो जाता। शायद उसने भी सह-पहर की घटती हुई धूप और मिटती हुई गरमी में संध्या के सुहावने, शीतल, सुगन्धित श्वास का स्पर्श पा लिया था और इसलिए अधीर होकर चिल्ला रहा था। फिर एकाएक चुप हो जाता जैसे उसे अभी संध्या के आगमन का विश्वास न हो। अभी नहीं, अभी नहीं, शायद संध्या अभी नहीं आएगी। फिर कहीं से हवा का कोई शीतल झोंका उसके समीप से गुज़र जाता और उसे अपने प्रेमी के आगमन का विश्वास जाता हो और वह झाड़ी की टहनी से लगा हुआ वहीं प्रसन्नता से चिल्ला उठता—आएगी, आएगी, संध्या अवश्य आएगी। इसी आशा और निराशा के मध्य में कहीं प्रसन्नता की मंज़िल है··· परंतु मेरा गांव तो अभी दस कोस दूर था और मेरा खच्चर थक चुका था और भूख से परेशान होकर बार-बार कान हिलाकर रुक जाता, नथने फड़फड़ाकर इधर-उधर देखने लगता था—शायद कहीं मंज़िल का पता मिले—अन्त में हम उस स्थान पर पहुंचे जहां वह ढलवान पगडंडी समाप्त होती थी और नीचे पहाड़ी कस्सी पर चीड़ के कुन्दों का बना हुआ पुल था। नये-नये कुन्दों से जेगन की महक आ रही थी। यहां पहुंचकर मेरा खच्चर रुक गया और बड़े प्रयत्न के बावजूद अपनी जगह से न

हिला। विवश हो मैं उत्तर पड़ा और लगाम हाथ में लेकर उसे पत्थर की बावली की ओर खींच ले गया जो पहाड़ी कस्सी के बिलकुल किनारे पर बनी हुई थी और जिसके सम्बन्ध में कहा जाता था कि आज से हज़ारों वर्ष पूर्व उसे पांडवों ने बनवाया था। यहां पर खूबानी के पेड़ थे और एक छोटी-सी फुलवाड़ी। मैंने फुलवाड़ी से खच्चर को बांध दिया और दाना निकालकर उसके सामने रखा। फिर झोले में से अपने लिए मक्की की रोटी और गनियार का साग निकाला—काश! इस समय कहीं से एक हरी मिरच मिल जाती और थोड़ी-सी चटनी···

एक-दो बार पहले भी मैं अपने काम-काज के सम्बन्ध में इस रास्ते से गुज़र चुका था। बावली से कुछ कदम की दूरी पर दूर तक धान के खेत फैले हुए थे और जहां यह खेत समाप्त होते थे वहां से चमन कोट की बस्ती आरम्भ होती थी। चमन कोट के गांव में मेरा मामू अल्लादाद खां रहता था और सारे इलाके में अपनी डकैती के लिए प्रसिद्ध था। इसके विपरीत मेरा बाप सरकारी नौकर था; और यों भी हमारे रंगपुर के निवासी बहुत ही शान्तिप्रिय हैं। इसलिए इस सम्बन्ध के होते हुए भी मैंने कभी चमन कोट अपने मामू के यहां ठहरना उचित नहीं समझा। उस समय भी जबकि दिन तेज़ी से ढल रहा था मैंने यही उचित समझा कि जिस तरह हो अपना सफरतै करके रंगपुर पहुंच जाऊं। मेरे पास अपने भारी-भरकम बटुए में सरकारी लगान की अच्छी-खासी रकम थी और यद्यपि अल्लादाद मेरा मामू था और मेरे पास दोनाली बन्दूक थी और पेटी में कारतूस भरे हुए थे और मेरा निशाना कभी न चूकता था, फिर भी रात वहां बिताने के लिए मेरा हृदय न मानता था। ज़रा वह खच्चर सुस्ता ले तो जैसे भी होगा इसे घसीट ले चलूंगा। खाना खाकर मैंने खच्चर की ओर देखा। उसने भी अपना दाना समाप्त कर लिया था। मैंने उसे फुलवाड़ी से खोलकर रास उसकी अयाल पर र ख दी और उसे बावली की ओर बढ़ने का संकेत किया। फिर मैं घुटने टेककर बावली पर झुक गया और मेरे होंठ पानी के स्तर से जा मिले। मुझे इस प्रकार पानी पीने में बहुत आनन्द आता है। यह आनन्द ओक से पीने में कहां। खच्चर भी मेरे निकट ही खड़ा पानी पी रहा था। एकाएक वह अपनी थूथनी बढ़ाकर मेरे बिलकुल निकट ले आया। यहां तक कि मैं उसका गरम-गरम श्वास जिसमें

घास और चनों की मिली-जुली सुगन्ध बसी हुई थी, अपने गालों पर महसूस करने लगा। मैंने धीरे-से उसकी थूथनी को परे कर दिया। आखिर प्रेम का यह कौन-सा ढंग है?

"यह बावड़ी पशुओं के लिए नहीं है।" पीछे से किसीने कहा। मैंने घूमकर देखा, दो औरतें हाथों में घड़े लिए खड़ी थीं—दोनों में से किसी एक ने कहा होगा। दोनों जवान थीं, दोनों सुन्दर, आंखें काली और बड़ी-बड़ी, हां एक की ठोड़ी लम्बोतरी थी और दूसरी की गोल और मुलयाम नाशपाती की तरह। दोनों पांव से नंगी थीं। उन्होंने काली घघरियां पहन रखी थीं और घघरियों के ऊपर काले रंग की कमीज़ें थीं। हाथ-पांव परिश्रम के अभ्यस्त मालूम होते थे। कलाई से लेकर उंगली की अन्तिम पोर तक और टखनों से लेकर पांव के नाखून तक जिल्द का रंग जैतूनी न था, भूरा था। कभी जैतूनी होगा, कभी भूरा भी न रहेगा। जब जवानी गुज़र जाएगी तो हाथ-पांव कालिमामय हो जाएंगे ओर पकी हुई नाशपाती की सी जैतुनी जिल्द में समय अपने तेज़ चाकू से गढ़े डाल देगा और झुर्रियां बुनता चला जाएगा और फिर गालों का सोना उड़ जाएगा और...मगर ऐ अन्धे दार्शनिक! इस समय तो देख! आंखों में जवानी नाच रही है, होंठ कांप-कांप जाते हैं, गालों के सेब चमक रहे हैं जैसे सूर्यास्त की डालियां झुक गई है और पश्चिमी आकाश के बाग की बसंत इन दो मूर्तियों में उतर आई हैं। मैं आश्चर्य से उनकी ओर देखने लगा। उनमें से एक—वह जिसकी ठोड़ी लम्बोतरी थी, बोली, "यह बावड़ी जानवरों के लिए नहीं है।"

मैंने कहा, "हर इन्सान जानवर होता है—जो पानी पीता है वह जानवर है, क्या आदमी क्या खच्चर। पियो बेटा!" यह कहकर मैं अपने खच्चर को जो मेरी तरह आश्चर्य से उन औरतों की ओर देख रहा था (आह! इस देश में बेचारा खच्चर भी वासना-भूख से मुक्त नहीं) थूथनी से पकड़कर फिर ज़बरदस्ती पानी पिलाने लगा।

लम्बोतरी ठोड़ी वाली के नेत्र क्रोध से लाल हो गए। वह जल्दी से आगे बढ़ी और उसने रास पकड़कर खच्चर को अपनी ओर खींचा। खच्चर उछलकर फुलवाड़ी के पास जा रहा। इसी उछल-कूद में उसने जो दोलत्ती झाड़ी तो क्रोध से लाल हो रही सुन्दरी का घड़ा चूर-चूर हो। गया।

मैं हंसने लगा, दूसरी औरत जिसे उसकी ठाड़ी के आधार पर नाशपाती कहना चाहिए, खिलखिलाकर हंस पड़ी।

"इसमें हंसने की क्या बात है मरजाना?" पहली औरत ने क्रोध से कहा और झट मरजाना के हाथ से घड़ा छीनकर नदी में लुढ़का दिया। और लहरों पर फुदकता-कूदता घड़ा बहुत दूर तक बिना टूटे बहता चला गया। हम आश्चर्यचकित-से उसका सफर देख रहे थे। फिर एक बड़ी लहर ने उसे एक ऊंची चट्टान के किनारे से टकरा दिया और एक धक्के के साथ वह बेचारा भी...।

"हाय हाय..." मैंने हाथ मसलते हुए कहा।

"क्यों हंसते हो।" पहली औरत दांत पीसकर बोली।

मैंने कहा, "जब दो जानवर लड़ते हैं तो घड़े टूट जाते हैं।"

वह बोली, "जानवर तुम हो, सुअर...एक तो बावली खराब कर दी खच्चर को पानी पिलाकर, फिर हमारे घड़े...और अब बातें बनाते हो, पैसे निकालो नहीं तो... ।"

"नहीं तो क्या होगा?" मैंने पूछा।

"मैं तुम्हारा खच्चर ले जाऊंगी।" यह कहकर वह खच्चर की ओर लपकी और इससे पहले कि मैं उसे रोक वह उसकी पीठ पर चढ़कर भाग निकली। मरजाना भी खच्चर के साथ-साथ दौड़ने लगी और मैं भी दोनों के पीछे-पीछे बन्दूक उठाए दौड़ने लगा। जी में आया कि फायर कर दूं। परन्तु क्या करता, औरत ज़ात पर हाथ कैसे उठाता?

"ऐ...सुनो तो...खुदा की कसम...यह लो पैसे, ठहर तो जाओ, खुदा की कसम, मुझे आज रंगपुर जाना है।"

परन्तु उन कमबख्तों ने एक न सुनी। खच्चर भी जो पहले एक कदम न उठाता था अब घाटी पर लुढ़कते हुए पत्थर की तरह तेज़ी से चला जा रहा था। मरजाना हिरनी की तरह चौकड़ियां भर रही थी। दूसरी औरत मुड़-मुड़कर मेरी ओर देखती और हंसती जाती थी। "ठहर तो सही, सूअर की बच्ची, आज ही रात तुम से ब्याह न किया तो शाहज़मां नाम नहीं।" मैं झाड़ियों पर से कूदता, फलांगता, नदी के किनारे-किनारे भागा चला जा रहा था। अगर दोनाली और कारतूसों का बोझ न होता तो कब का उन्हें जा लेता। आखिर दौड़ते-दौड़ते मेरा दम फूल गया। मैं रुक गया और चिल्लाकर बोला, "ठहर जा...ऐ डाकू की बेटी...नहीं तो

अभी फायर करता हूं। मगर कमबख्त ने यह धमकी सुनकर भी मुड़कर न देखा। वह उसी प्रकार खच्चर को सरपट भगाए लिए जा रही थी और मैं वहीं एक टीले पर खड़ा होकर उसे देखता रहा। अब वह घाटी के नीचे जा रही थी जहां नदी एक छोटी-सी वादी में बहती थी, जहां एक छोटा-सा वन था और हरे तल्ले पर तीन-चार खैमे खड़े थे। खैमे? ये खैमे तो खानाबदोशों के सिवाय और किसीके नहीं हो सकते। इनमें आग जल रही थी और हल्का-हल्का धुआं उठता हुआ आकाश की ओर जा रहा था जहां बादलों का रंग गुलाबी से लाल और लाल से गहरा सुर्ख होता जा रहा था और सितारों के कमल खिलते जा रहे थे……
मरजाना और खच्चर पर बैठी हुई इस औरत को मैंने उन खैमों के पास उतरते देखा और फिर वे दोनों एक खैमे में घुस गईं। खच्चर बाहर चरने लगा। थोड़े समय के बाद एक आदमी खैमे से बाहर निकला। उसने अपने हाथ अपनी कनपटियों के पास ले जाकर वहीं दूर से मेरी ओर देखा और फिर खच्चर को एक खैमे में बांधकर भीतर चला गया। मैंने सोचा, लो, अब इन खानाबदोशों से उलझना पड़ेगा। फिर ख्याल आया, क्यों न अपने मामू अल्लादाद खां से सहायता लूं। फिर सोचा, मेरे बटुए में सरकारी लगान के पैसे हैं, कहीं उसे पता चल गया तो वह डाकू तो है ही, कहीं हाथ न साफ कर दे। अब तो अकेले ही इनसे निपटना होगा। खैर, यह 'ट्वेल्व-बोर' इन्हें डराने के लिए काफी होगी। यह सोच मैं नीचे उतरने लगा, जल्दी-जल्दी, क्योंकि अंधेरा बढ़ रहा था, सूर्यास्त के तुरन्त ही बाद अंधकार जैसे पहाड़ों की चोटियों से उभर पड़ा और सारी आबादी पर फैलने लगा। हां, खैमों में आग जल रही थी और परे एक वृक्ष से बंधा हुआ मेरा खच्चर खड़ा था। घबराओ नहीं मेरे प्यारे! मैं तुझे इन ज़ालिमों के चंगुल से अभी आज़ाद कराता हूं।

मैं आगे बढ़ा। किसीने पुकारा, "कौन है?"

"मैं हूं एक आदमी।"

"आदमी या जानवर," वह कमबख्त फिर बोल उठी। अब वह दोनों हाथ अपने कूल्हों पर रखे बड़े गुस्से से खड़ी थी और खैमे का पर्दा हवा में हिल रहा था और शोलों की लपक उसके गालों पर नाच रही थी।

"शमा! तुम अन्दर चलो," उस आदमी ने कहा, "मैं इससे खुद

निपट लूंगा।"

मैंने कहा, "मैं लड़ाई-झगड़ा करने नहीं आया, तुम्हारी बीवी मेरा खच्चर चुरा लाई है, वह मुझे दे दो।"

वह बोला, "मेरी बहन को मेरी बीवी न कहो राही।"

मैंने कहा, "वह जो कोई भी है, तुम्हारी बहन, बीवी या मां, मुझे इससे कोई सरोकार नहीं, मुझे अपना खच्चर चाहिए।"

"मैं तुम्हारी मां हूं सूअरनी के जने।" वह फिर चिल्लाई और खैमे से बाहर निकल आई।

"तुम चुप रहो शमा, मुझे इससे बात करने दो।"

वह भीतर चली गई। आदमी बोला, "तुम कहां के रहने वाले हो?"

"रंगपुर का।"

"तुम्हारा नाम?"

"शाहज़मां!"

"क्या करते हो?"

"मैं—मैं नम्बरदार का बेटा हूं।"

"मैं पूछता हूं तुम क्या करते हो? तुम कहते हो, मैं नम्बरदार का बेटा हूं।"

मैंने कहा, "मैं शिकार खेलता हूं, प्रेम करता हूं, कभी-कभी अपने बाप के लिए गांव से लगान वसूल करता हूं—अच्छा अब लाओ मेरा खच्चर।" यह कहकर मैं खच्चर की ओर बढ़ा।

वह बोला, "हम दो-तीन दिन तक रंगपुर आनेवाले हैं, क्या वहां खेतों में काम मिलेगा?"

मैंने कहा, "तुम खानाबदोश बड़े कामचोर होते हो, काम से जी चुराते हो, दिन-भर आवारागर्दी करते हो या किसानों की भेड़-बकरियां चुराते रहते हो, और जब गांव से चले जाते हो तो मालूम होता है कि फलां किसान के यहां से हल चोरी हो गया, फलां के घर से मुर्गियां चोरी हो गईं। उसकी बकरी नहीं मिलती तो उसका गधा।"

वह बोला, "यह तो मामूली-सी बात है। तुम लोग ज़मीन के बादशाह हो, इन छोटी-छोटी बातों पर तुम्हारा ध्यान न जाए तो अच्छा है।"

उसके स्वर में बड़ी विनय थी, "हमें काम की बड़ी ज़रूरत है।"

"चमन कोट तुम्हें पसन्द नहीं?"

"जगह अच्छी है मगर डाकुओं की बस्ती है और अल्लादाद हमें बहुत डराता-धमकाता है। अगर यहां रहे तो किसी दिन खून-खराबा हो जाएगा।" एकाएक उसने अपना हाथ बढ़ाया। मैंने देखा उसके हाथ में भी बन्दूक थी।

वह बोला, "तुम अपना खच्चर ले जाओ, मेरी बहन तो बेवकूफ है। भला राहियों से कौन उलझता है। वे भी तो एक तरह से हमारे ही ऐसे खानाबदोश होते हैं—" वह हंसा। उसकी हंसी में बड़ा आकर्षण था।

मैं निकट के एक खैमे के भीतर एक बुढ़िया, एक जवान औरत, दो बालक और एक अधेड़ आयु के खानाबदोश को देख सकता था। सब लोग खाना खा रहे थे। बुढ़िया बार-बार हांड़ी में लकड़ी का चमचा डालकर शोरबा निकालती थी और सबको बांटती जाती थी—महक उड़-उड़कर मेरे नथनों में आ रही थी।

उसकी नज़रों ने मेरी नज़रों का पीछा किया। फिर मेरे स्वभाव का अनुमान करके बोला, "तो आओ,आज की रात यहीं रह जाओ। आगे भयानक जंगल है, अकेले कैसे जाओगे?"

"अकेला तो नहीं हूं, यह दोनाली मेरे साथ है।" मैंने कहा।

"इस दोनाली पर तुम्हें बड़ा अभिमान है, इसे चला भी लेते हो?" वह फिर हंसा। उसके व्यंग्य को मैंने क्षमा कर दिया और चुपचाप उठकर खैमे में चला गया।

चूल्हा ज़मीन खोदकर बनाया गया था और उसपर हांडी चढ़ी हुई थी। मरजाना पास बैठी चमचे फेर रही थी और आंच मद्धिम करती जाती थी। शमा सिर झुकाए मक्की का आटा मल रही थी। दीपक का प्रकाश उसके गालों पर, उसके बालों पर पड़ रहा था। मरजाना की आंखों में आश्चर्य था तो शमा की आंखों में कोई अपरिचित-सा भाव। नज़रें फर्श पर बिछी हुई थीं। यह खैमा जो गन्दे चीथड़ों, रंगारंग कपड़ों के टुकड़ों और गन्दम के खोशों से बना हुआ था देखने में योंही सा था परन्तु था बड़ा मज़बूत। तांत की सिलाई थी। एक कोने में दो गठड़ियां रखी थीं, एक ओर बकरी बंधी थी जिसके थनों पर एक मैला-सा कपड़ा

लिपटा हुआ था। एक बड़े-बड़े बालों वाला कुत्ता मुझे भीतर आता देख कर गुर्राने लगा, "चुप बे ज़ालिम" आदमी की आवाज़ ने उसे खामोश कर दिया। उस कुत्ते के बालों का रंग फौलादी था और आंखें लाल। अच्छा नाम पाया था उसने "ज़ालिम।"

मैंने उस आदमी से कहा, "और तुम्हारा नाम क्या है!"

"मुझे खुदादाद कहते हैं।"

मैंने कहा, "तुम अपनी बहन की शादी क्यों नहीं करते? जब तक यह अपने घरवाले से पिटेगी नहीं, ठीक नहीं होगी।"

वह हंसने लगा, "कोई ऐसा घरवाला भी तो मिले जो इसे ठीक कर सकता हो।"

मैंने कहा, "मुझे ब्याह दो। इस सूअरनी की मार-मारकर चमड़ी न उधेड़ दूं तो शाहज़ मां···"

शमा बिजली की तरह लपककर उठी और अपने भाई से बन्दूक छीनकर बोली, "हाथ लगाकर तो देखो। राही हो इसलिए छोड़े देती हूं, कोई और होता तो गोली छाती से पार होती।"

खुदादाद मुस्कराकर कहने लगा, "शमा सच कहती है, इसका निशाना कभी नहीं चूकता।"

"यह तो हम भी मानते हैं", मैंने आह भरकर कहा और वह तेज़ी से मुड़ गई और मरजाना के पास जाकर बैठ गई। मरजाना की बड़ी-बड़ी हैरान आंखें मेरे चेहरे पर जमी हुई थीं। शमा अपने होंठ चला रही थी। वह फिर लकड़ी की परात के पास जा बैठी और मक्की का आटा गुंधकर टोडे (रोटी) पकाने लगी। नरम-नरम टोडे चूल्हे में सेंके जा रहे थे और उनमें से मक्की के ताज़ा भुट्टों की सी महक उठ रही थी। सामने के एक खैमे में एक लड़का रो रहा था और उसकी मां उसे गालियां दे रही थी और उसका बाप पांव से चार्खी चलाता हआ चकमाक पर ऊन कतरने की कैंची तेज़ कर रहा था, "चुप हो जा शैतान की औलाद, नहीं तो यही कैंची तेरी छाती में झोंक दूंगा।"

लड़का रोते-रोते कहने लगा, "शैतान की औलाद तू है अब्बा।"

बाप मुस्कराने लगा और अपने अंगूठे पर फल की धार का अंदाजा लगाने लगा। फिर उसने ज़ोर से चर्खी घुमाई और कैंची के एक फल को चकमाक पर रख दिया। शरारों को एक फुलझड़ी-सी अन्धकार में

छूटती नई···

"खुदादाद!"

"कौन है—रावल?"

"हां।"

"क्या बात है रावल?"

"भई आज खैमे से बाहर नहीं आओगे क्या? ऐसी अच्छी चांदनी खिली है।"

हम लोग खैमे का पर्दा बन्द किए रस्सी बट रहे थे। मैं और मरजाना सन के खोशों को भिगोकर रस्सी में लगाते जाते थे। शमा ने रस्सी के एक सिरे को अपने पांव के अंगूठे में दबा रखा था। दूसरी ओर से खुदादाद बटता जा रहा था परन्तु क्या मजाल जो शमा के पांव में ज़रा-भर कम्पन पैदा हो जाए। हां उसके गालों का रंग गहरा सुर्ख हो गया था और पलकें और बोझिल होकर गिरी पड़ती थीं। वह उन्हें बार-बार संभालती परन्तु अब नज़र न मिला सकती थी। तीखी नाक के नीचे फूल की पंखुड़ियों ऐसे होंठ थोड़े-से खुले हुए थे और उसका श्वास तेज़ था और वह कभी-कभी अपनी पतली-सी सुर्ख ज़बान निकालकर अपने होंठ पर फेर लेती। उसकी यह अदा मुझे बहुत भाई।

रावल के बुलाने पर खुदादाद उठा और खैमे का पर्दा खोलकर बाहर जा खड़ा हुआ। फिर उसने एक लम्बा सांस लिया जैसे खिली हुई चांदनी को सूंघ रहा हो। शमा इस प्रकार बैठी थी कि जब खैमे का पर्दा खुला तो चांदनी का प्रवाह एकदम उसके मुखड़े से टकराया और फिर हवा से उछलता हुआ धान के खोशों पर से फिसलता हुआ खैमे के दूसरे कोने तक चला गया जहां वह बकरी बंधी थी। शमा का जैतूनी सौंदर्य श्वेत मरमर में बदल गया। उसकी आंखें झपक गई और मुझे जैसे उसकी बन्द पलकों के अन्दर काली पुतलियों में चांदनी की किरणें कांपती हुई नज़र आईं। चांदनी, जवानी और कुछ शायद उन नज़रों का उपद्रव था कि उस समय मुझे शमा के मुख पर एक अनूठी-सी सुन्दरता नज़र आई। दूसरे ही क्षण खुदादाद की आवाज़ ने यह भाव मिटा दिया। वह कह रहा था,"शाहज़मां—आओ—बाहर आ जाओ—शमा —मरजाना!"

शमा अपने भाई की तोड़ेदार बन्दूक और मेरा 'ट्वेल्व-बार' उठाए

हुए बाहर निकली। मैंने पूछा तो बोली, "तेरे अभिमान का इम्तहान लेना चाहती हूं।"

बाहर रावल खड़ा था—छ: फुट कद, नंगे पांव, घेरेदार शलवार जो केवल घुटनों तक आती थी। घुटनों के नीचे टांगें बिलकुल नंगी थीं और उनपर घावों के चिन्ह थे। सिर पर लम्बे-लम्बे बाल रख छोड़े थे और सिर पर उसने बगदादी चोर की तरह एक रूमाल बांध रखा था। दायें कान में एक लोहे की बाली थी। वह खानाबदोश की अपेक्षा किसी फिल्म का हीरो मालूम होता था। वह मेरी ओर देखकर मुस्कराया, फिर उसकी नज़रें शमा के चेहरे पर गड़ गई।

रावल बोला, "खुदादाद कहता है तुम्हारे पास अंग्रेज़ी बन्दूक है।"

"हां, यह देखो राही को बन्दूक! "शमा चहकी।

रावल उसे ध्यान से देखता रहा, फिर बोला, "यह कैसी बन्दूक है? इसकी एक नाल में दनदाने हैं और दूसरी नाल बिलकुल साफ है, हमारी लोड़ेदार बन्दूक की तरह।"

मैंने कहा, "दनदानेदार नाल में मैं बड़े शिकार के लिए गोली डालता हूं। सीधी नाल से तीतर का शिकार करता हूं—गोली वाला कारतूस है ''यह छर्रेदार'''देखो यह है।"

रावल बोला, "अंग्रेज़ी राइफल अच्छी होती है मगर हमारी तोड़े-दार का मुकाबला नहीं कर सकती।"

शमा बोली,"बन्दूक अच्छी या बुरी नहीं होती, यह तो जवान का हाथ होता है।"

रावल हंसने लगा। मुझे उसकी हंसी मिसरी की तरह मीठी मालूम हुई। मैंने कहा, "जवान के हाथ भी देख लो, कौन रोकता है।"

रावल आगे बढ़ा। खुदादाद का चेहरा बिलकुल गम्भीर था। रावल मेरे समीप आ रहा था। खुदादाद ने धीरे से कहा, "शाहज़मां हमारा मेहमान है।"

रावल फिर पीछे हट गया।

खुदादाद ने कहा, "वह देखो सामने,वह देवदार की बुम्बल (टहनी) हमारा निशान है।"

चांदनी रात में देवदार की बुम्बल, एक सलीब की तरह आकाश की ओर उठी हुई थी।

शमा ने बन्दूक मेरे हाथ में थमा दी और कहा, "तुम हमारे मेहमान हो, पहला हक तुम्हारा है।"

उसके स्वर में छिपे हुए व्यंग्य से मैं झल्ला उठा। मैंने निशाना बांधकर बन्दूक चलाई। मगर मैं जानता था कि मैं चूक जाऊंगा। वह बुम्बल वहीं खड़ी थी।

खुदादाद ने अपनी नज़रों से एक बार उस बुम्बल को ध्यान से देखा और फिर बन्दूक सीधी करके लबलबी दबा दी—ठांय।

परन्तु बुम्बल वहीं खड़ी थी। रावल हंसने लगा।

अब रावल ने बड़ी शान से अपनी बन्दूक हाथ में ली और इस प्रकार बन्दूक चलाई कि सामने देवदार की बुम्बल तो क्या यदि किसी काल्पनिक चिड़िया का पंख भी होता तो वह भी छिद जाता।

परन्तु बुम्बल वहीं खड़ी थी। एक सलीब की तरह आकाश की ओर उठी हुई।

शमा ने झल्लाकर बन्दूक रावल के हाथ से छीन ली और बोली, "आज तुम्हें हुआ क्या है?" और यह कहकर उसने नाल में तोड़ा डालकर भरा और फिर ठांय...

बुम्बल गायब थी। शमा ने बन्दूक की नाल को अपने होंठों से लगाकर फूंका और फिर बन्दूक को रावल के हाथों में दे दिया। रावल के हाथ एक क्षण के लिए शमा की उंगलियों पर दृढ़ता से जम गए। फिर शमा ने तुरन्त हाथ छुड़ा लिया। बन्दुक ज़मीन पर जा गिरी। रावल हंसकर मुझसे बोला, "बीनी (कलाई) पकड़ते हो जवान।"

"क्यों नहीं, लाओ हाथ।"

फिर हम बीनी पकड़ने लगे।

वे नहीं जानते थे कि मैं बीनी पकड़ने में कितना निपुण था। बहुत जल्द मैंने खुदादाद को मात दे दी। फिर रावल से जूझने लगा। बीनी छुड़ाते हुए मैंने उसे ऐसा झटका दिया कि वह दस गज़ परे जा गिरा और मरजाना ताली बजाकर हंसने लगी। शमा ने क्रोध में आकर मरजाना के मुंह पर थप्पड़ मारा और वह रोने लगी।

मैंने शमा से कहा, "मरजाना ने तुम्हारा क्या बिगाड़ा है?"

वह बोली, "तुम चुप रहो जी, बड़े हिमायती बनकर आए हो। एक रात के मेहमान और अभी से ऐसी बातें करता है जैसे खानाबदोशों

का सरदार हो, एक रावल से बीनी क्या छुड़ा ली आफत आ गई।"

खुदादाद हंसने लगा। इतने में सामने के खैमे में जो खानबदोश कैंची तेज़ कर रहा था उसने अब चर्खी और चकमाक उठाकर अलग रख दिए और दफ बजाकरगाने लगा। उसकी बीवी और बच्चे भी उसके साथ मिलकर गाने लगे। हम सब लोग भी वहीं चले गए। रावल के खैमे के लोग भी उठकर वहां चले आए और फिर चौथे खैमे के लोग भी जो केवल एक बूढ़ा और बुढ़िया थे। अलाव में दो बड़े सूखे मुढ जल रहे थे और शोलों का प्रतिबिम्ब हर चीज़ पर पड़ रहा था और पीछे बकरी का रबाब बज रहा था, हल्का मद्धिम, मीठा और खानाबदोशों की आवाज़ें चांदनी रात में घुलती हुई, गूंजती हुई क्षितिज तक फैलती जा रही थीं। चांदनी का तूफान, नशे का तूफान और तारों की सुन्दर नौकाएं झिल-मिल झिल-मिल करती हुई तैर रही थीं और अब शमा के पांव नाच रहे थे और उसका शरीर उसकी आत्मा में पिघल गया था और अब वह हमारे घेरे में बाहर, यहां-वहां ज़मीन पर, आकाश पर हर जगह मालूम होती थी। उसकी आवाज़ धरती की आवाज़ थी, अजर, अमर, अजय। उसका नृत्य विश्व का नृत्य था, स्थायी,निरन्तर, अवि-रल। उसके केश उड़-उड़कर उसके गालों पर पड़ रहे थे और जब नृत्य के दूसरे चक्कर में वह उन्हें झटक देती तो एक बिजली-सी कौंध जाती, अन्धकार, बिजली, स्वर और चक्कर—जैसे सातों आकाशों के सूर्य, चांद और तारे ठिठक गए थे और हेवले के रूप में धरती पर नृत्य कर रहे थे; जैसे आरम्भ और अन्त, जीवन और मृत्यु, भगवान और मनुष्य एक ही शरीर में गडमड होकर किसी अनुभूति का आरम्भ कर रहे थे और नाच-नाचकर कह रहे थे—देखो, देखो यह है वह औरत, वह शमा, वह प्रकाश की लौ जो दया के मन्दिर में देवताओं और मनुष्यों को जन्म देती है। उनकी सभ्यता और संस्कृति को अमर बनाती है, उनकी छाती में नैतिकता और ज्ञान को उज्ज्वल करती है। आदिकाल से अंतकाल तक, यह वही औरत है, वहशी, शोला, तूफान, नृत्य करते हुए जीवन का केन्द्र! ...

नृत्य और संगीत की यह महफिल सुबह तक जमी रहती यदि मेरा मामू अल्लादाद खां आकर रंग में भंग न डाल देता। एकाएक वह उस महफिल में आकर चिल्लाने लगा,"अबे हरामज़ादो खानबदोशो, उठाओ

यहां से अपना बोरिया-बिस्तर और निकल जाओ हमारे गांव से······ अभी, इसी वक्त, वरना···" शमा नाचते नाचते एकदम बैठ गई और हांपते हुए अपने भाई की ओर देखने लगी। रावल और खुदादाद दोनों अल्लादाद की ओर बढ़े परन्तु उसके हाथ में पिस्तौल देखकर वहीं रुक गया

रावल बोला, "हम खानाबदोश हैं। हम किसीका दबदबा बर्दाश्त नहीं कर सकते। इस आकाश के नीचे जितनी ज़मीन है, हमारी है। हम—हमारा जहां जी चाहेगा रहेंगे। जब जी चाहेगा उठकर चले जाएंगे।"

अल्लादादखां ठिगने कद और गठीले बदन का डाकू था। छोटी-छोटी मूंछे, छोटी-छोटी आंखें, जो अपने गढ़ों में मशाल की तरह चमकती थीं। उसके शरीर से फुरती और चालाकी प्रकट होती थी और निर्दयता भी···पिस्तौल उसने रावल के सीने पर बांध रखा था! बोला, "यह रंगपुर का गांव नहीं है। यहां हीजड़े नहीं बसते। यह अल्लादाद खां का गांव है। एक गुफा में दो शेर नहीं रह सकते। कल यहां से चुपचाप चले जाना वरना खैमे तक जलवा दूंगा।"

मैंने क्रोध में आकर खुदादाद को पीछे ढकेल दिया और अल्लादाद के सामने खड़ा हो गया।

मैंने कहा, "मामू, इन गरीब खानाबदोशों से क्यों लड़ते हो? अगर लड़ना है तो मेरे साथ लड़ो। रंगपुर वाले हीजड़े हैं तो आओ, मैं मुका-बले के लिए तैयार हूं।"

वह मुझे देखकर हैरान रह गया, "अरे तू शाहज़मां··· यहां क्या कर रहा है इन जंगलियों के खैमों में? अपने घर क्यों नहीं आया?"

फिर शमा और मरजाना की ओर देखकर मुस्कराने लगा, "अब तो खैमें ज़रूर ही जलाने पड़ेंगे। गांव के सारे जवान मर मिटे इन खानाबदोश औरतों पर···"

रावल आगे बढ़ा, अल्लादाद ने पिस्तौल आगे बढ़ा दिया! खुदादाद ने रावल को रोक लिया। फिर अत्यन्त कोमल स्वर से बोला, "अल्ला-दाद खां! कल शाम को हम यहां से चले जाएंगे, बस इतनी मोहलत और दे दो।"

"अच्छा! कल शाम को ज़रूर चले जाइयो। अगर फिर मैंने तुम्हें

यहां देखा तो गांव के कुत्तों से तुम्हें फड़वा डालूंगा।" फिर मेरी ओर देखकर बोला, "घर चलते हो?"

मैंने इन्कार में सिर हिला दिया।

"कहां से आ रहे हो? लगान वसूल करके। बटुआ तो आज बहुत भारी होगा।" उसकी तेज़ आंखें चमकने लगीं।

मैं चुप हो रहा। रावल और खुदादाद ने मेरी ओर देखा फिर अल्लादाद खां ने उन दोनों की ओर देखा, "यह शहाज़ मां बड़ा होशियार लौंडा है," अल्लादाद ने व्यंग्यपूर्ण स्वर में कहा, "अच्छा तो मैं चलता हूं। सुबह मुझसे मिलकर जाइयो यहां से···"

रावल और खुदादाद दोनों अल्लादाद को कस्सी (नदी) के उस पार पहुंचाने गए और बहुत देर के बाद लौटे। वह अभी पलटे न थे कि मैंने अपनी तजबीज़ पक्की कर ली। मैंने अपना बटुआ उठाकर शमा के सामने फेंक दिया और उससे कहा "सुबह तुमसे ले लूंगा।"

वह बटुआ देखकर मुस्कराई। बोली, "मैं इसे अपने पास नहीं रखती, यह तुम्हारा माल है। इसकी हिफाज़त करना तुम्हारा काम है।"

मैंने कहा, "मैं तुम्हारा मेहमान हूं"

शमा ने कहा, "मैंने तो तुम्हें नहीं बुलाया था।"

"डरती हो?"

उसने बंटुआ मेरे हाथ में से छीन लिया। चमककर बोली, "मर्द अपनी बन्दुक, अपने खैमे और अपनी औरत की खुद हिफाज़त करता है लेकिन तुम मिट्टी के घरों में रहनेवाले हीजड़े भला इन बातों को क्या जानो···"

मैंने दोनाली सरहाने रख ली और घ्याल पर लेट गया "बके जाओ" मैंने कहा, "मुझे तो नींद आ रही है" और मैंने अपनी आंखें बन्द कर ली। बहुत देर के बाद रावल और खुदादाद अल्लादाद को पहुंचा कर लौटे और देर तक खैमे के बाहर कुछ चर्चा करते रहे। देखने में तो मैं सो रहा था लेकिन वास्तव में उनकी हरएक बात सुन रहा था। मेरा हाथ अपनी दोनाली पर था। वे दोनों शमा को बुरा-भला कह रहे थे और शमा कह रही थी कि अब वह कुछ नहीं कर सकती, वह वचन हार चुकी है। रावल उसे गालियां देने लगा और शमा उसे··· फिर

खुदादाद ने कहा, "क्यों न हम उसे जान ही से मार डालें और जंगल में गाड़ दें?" परन्तु शमा न मानी,उसने कहा,"अल्लादाद का क्या भरोसा, वह कल को तुम्हें भी फांसी पर लटकवा देगा। भला कहीं खानाबदोश भी कत्ल करते हैं? चोरी, डकैती तो खैर अलग बात है लेकिन कत्ल तो खानाबदोशों ने आज तक नहीं किया। फिर क्या अपने खानदान को बट्टा लगाओगे?" आखिर रावल और खुदादाद को शमा की बात माननी पड़ी।

खुदादाद और शमा ने खैमे में आकर आग बुझा दी और ध्याल पर लेट गए। मरजाना पहले से ही सो गई थी। शमा उसके पास लेट गई और खुदादाद मेरे पास लेट गया। अब मैं शमा और खुदादाद के बीच में लेटा हुआ था। खैमे का दरवाज़ा किसीने बन्द न किया था और पर्दा हवा के तेज़ झोंकों से कड़कड़ा रहा था और चांद की किरणें ध्याल पर फैलती चली आ रही थीं। 'ज़ालिम' दरवाज़े पर चौकन्ना खड़ा था और नथने ऊंचे किए शायद किसी अनजाने दुश्मन को सूंघ रहा था। जरा-सी आहट पर वह भौंकने लगता। मैं दम साधे जाग रहा था। एक ओर शमा थी तो दूसरी ओर खुदादाद। खुदादाद शीघ्र ही सो गया और खर्राटे लेने लगा। ये खर्राटे दिखावे के न थे। मैंने करवट बदलकर शमा की ओर देखा। उसके चेहरे और उसके बिखरे हुए बालों के गिर्द चांदनी का हाला था और उसकी लम्बोतरी ठोड़ी के नीचे उसका बायां हाथ था। वह मेरे इतनी निकट लेटी हुई थी कि मैं हाथ बढ़ाकर उसकी ठोड़ी को छू सकता था। उसकी ठोड़ी को छू लेने,उसके गालों को चूम लेने और उसके सारे शरीर को अपने बाहुपाश में लेकर कुचल डालने का तूफानी भाव मेरे हृदय में उठने लगा। मैं शरीर की आवाज़ न सुनना चाहता था इसलिए मैंने अपने कानों में उंगलियां डाल लीं परन्तु यह गूंज तो जैसे हृदय की तेज़ धड़कन और रक्त तक में बस गई थी औरशरीर के अंग-अंग से एकही आवाज़ आ रही थी—शमा को कुचल डालो, शमा को कुचल डालो ̈ मैं धीरे-से उसके औरनिकट सरक गया और फिर मुड़कर खुदादाद की ओर देखने लगा। वह पूर्ववत् गहरी निद्रा में था और खर्राटे ले रहा था। मैंने अपना हाथ शमा के बायें हाथ की उंगलियों पर रख दिया। कोई हिल-जुल न हुई। देर तक मेरा जलता हुआ गरम हाथ उसकी ठंडो बरफ ऐसी उंगलियों पर पड़ा रहा। फिर धीरे-से मैंने उसकी ठोड़ी को छुआ और मेरी रग-

रग में लाखों शोले तड़पने लगे और तूफानी लहरों के रेले उछल-उछलकर जीवन-तट से टकराने लगे। कानों में एक ही संगीत था, एक ही निरन्तर गूंज—शमा को कुचल डालो, शमा को कुचल डालो। मैंने एक नज़र फिर खुदादाद पर डाली। फिर मरजाना की ओर देखा जो पूर्ववत् दूसरी ओर मुंह किए सो रही थी। फिर मैं शमा के और भी निकट सरक गया। ध्याल पर एक हल्की-सी सरसराहट हुई। यह सरसराहट जो एक मीठी खुसर-पुसर थी,एक भेदपूर्ण संगीत था, प्रसन्नता की लहर थी और मैं उसके बहाव में तैरता हुआ शमा के बिल्कुल निकट चलागया। फिर मैंने अपने हाथ की उंगलियों को उसके हाथ की उंगलियों में डालकर उन्हें ज़ोर से दबाया ̈ ̈जाग ̈ ̈जाग ऐशयनगृह की शमा।"

शमा जागी नहीं। उसकी आंखें पूर्ववत् बन्द रहीं परन्तु मेरे हाथ की उंगलियों ने उसकी उंगलियों का फौलादी स्पर्श इस प्रकार महसूस किया कि यदि मैं पुरुष न होता तो पीड़ावश बिलबिला उठता। वह धीरे-धीरे मेरी उंगलियों को मरोड़ रही थी। चुपचाप, बिना हिले-जुले, बिना आंखें खोले—मुझसे कोई बात किए बिना ही वह मेरे हाथ की उंगलियों को एक फौलादी शिकंजे में कसकर मरोड़ रही थी और मैं अपनी उंगलियां छुड़ाने का प्रयत्न करते हुए सोच रहा था कि उन उंगलियों में इतना बल और शक्ति कहां से आ गई थी। इस फूल के से शरीर में फौलाद की शक्ति कहां छिपी हुई थी। बड़े प्रयत्न के बाद भी मैं अपना हाथ छुड़ाने में सफल न हो सका। आखिर जब वह मेरा हाथ तोड़ने लगी तो मैं दूसरी ओर करवट बदलने पर विवश हो गया। अब मेरी पीठ उसकी तरफ थी परन्तु मेरा हाथ अब भी उसके हाथ की उंगलियों की जकड़ में था।

शमा ने हौले से कहा, "बीनी पकड़ोगे।"

मैंने कहा, "तुम औरत नहीं हो, चुड़ैल हो।"

वह धीमे से हंसी, बोली, "और शिकंजा।"

मैंने कहा, "देवनी की औलाद हो, सूअरनी।"

उसने कहा, "माहिया सुनोगे।"

मैंने कहा, "मेरा हाथ छोड़ दो, तुम्हारी सात पुश्तों पर लानत।"

वह बोली, "मुझे माहिया से इश्क है। जब घाटियों में इसकी आवाज़ गूंजती है—हा, हा, हा।"

"चुप हो जाओ, "मैंने कहा, "खुदा के लिए, अगर कोई सुन लेगा तो—"

"मैं किसीसे डरती नहीं हूं···अच्छा तो माहिया सुनो।" और वह धीमे-धीमे सुरों में गाने लगी। उसकी आवाज़ में सी और चंचलता के सुर मिले हुए थे।

बाजार बिकेंदी पट्टी···बाजार बिकेंदी पट्टी
नढो मार गई प्लटी
नढा कमज़ोर वे—जी वे जानी

"हरामज़ादी" मैंने क्रोध से कहा और उसने मेरे हाथ की उंगलियों को एक बल और दे दिया। कहने लगी, "शमा खानाबदोश लड़की है। वह किसी मिट्टी के घर में रहनेवाली किसी किसान की लड़की नहीं जो नम्बरदार के लड़के को देखकर उसपर आशिक हो जाएगी और अपनी ज़िन्दगी की सारी दौलत चुपचाप उसके हवाले कर देगी। तुम सभ्य लोग जंगलियों की सभ्यता क्या जानो।"

यह कहकर उसने मेरी उंगलियों को और भी शिकंजे में कसा। उफ! अब तो हाथ टूटने को था। एकाएक मुझे लगा जैसे मैं खैमे में नहीं बल्कि किसी जंगल में लेटा हुआ हूं और कोई जंगली जानवर मेरा हाथ चबा रहा है और अगर तुरन्त मैंने अपना हाथ न छुड़ाया तो थोड़े समय के बाद उस जंगल में मेरी हड्डियां चमकती हुई नज़र आएंगी। दर्द बढ़ रहा था। शायद यह बांह टूट जाएगी···मैं तड़प उठा और फिर जो मैंने ज़ोर लगाया तो हाथ उसकी जकड़ से निकलकर तड़ाख से उसके मुंह पर जा गिरा। उसके होंठों से एक दबी-सी चीख निकली और वह एकदम मौन हो गई। एकाएक खुदादाद हड़बड़ा कर उठ बैठा; शमा ने भी झूठ-मूठ जाग उठने का बहाना किया।

'राही, क्या है?"

"कुछ नहीं···" मैंने उत्तर दिया।

"शायद मैंने एक चीख सुनी थी," खुदादाद बोला।

"शायद बेचारा राही डर गया था। क्या बहुत बुरा सपना था राही?" शमा ने फिर कहा।

मेरा खून खौल रहा था परन्तु मैं चुप हो रहा।

"क्या हुआ?" एकाएक मरजाना ने आंखें खोलकर आश्चर्य से

पूछा।

"कुछ नहीं, बेचारा परदेशी डर गया था। कुछ सपने बड़े भयानक होते हैं," शमा ने गम्भीर मुद्रा धारण करते हुए कहा।

"सो जाओ", खुदादाद ने करवट बदलकर कहा और स्वयं सो गया।

देर तक चुप्पी रही। फिर शमा धीरे-से अपनी जगह से उठी और खैमे का पर्दा उठाकर बाहर चली गई। थोड़ी देर के बाद मैंने भी अपनी बन्दूक उठाई और खैमे के बाहर आ गया। चारों ओर चांदनी छिटकी हुई थी और शमा नदी के किनारे बैठी मुंह धो रही थी। मैं उसके निकट जा पहुंचा और बोला,"भला आधी रात के वक्त मुंह धोने से क्या होगा?"

उसने मुड़कर मेरी ओर देखा और ने देखा कि उसके दांतों से रक्त बह रहा था और होंठों के कोने से भी रक्त रिस रहा था। शायद मेरा हाथ यहीं पड़ा था। मैं उसके पास ही बैठ गया और हाथों के प्याले में पानी भर-भरकर उसके होंठों के निकट ले जाने लगा। थोड़ी देर के बाद रक्त बहना बन्द हो गया और होंठों के किनारे पर लाली की दो छोटी-छोटी रेखाएं-सी बन गईं। याकूत की रगें ·· जिन्हें चूमने के लिए मेरे होंठ बेकरार होकर फड़कने लगे परन्तु मैंने उन्हें दांतों तले दबा लिया और हैरान होकर देवदार की उस बुम्बल को ढूंढ़ने लगा जो अब वहां न थी। नज़रें अभी तक उस बुम्बल को ढूंढ़ रही थीं जो बन्दूक की ठांय से मर चुकी थी परन्तु अब वह शोर न था, वह ठांय न थी, रावल की भारी आवाज़ न थी, डफ का संगीत न था, शमा का नृत्य न था। अब शमा चुपचाप मेरे सामने खड़ी थी और उसकी आंखों की अनुभूतिपूर्ण गहराइयों में चांद चमक रहा था और वादी का संगीत समाप्त हो गया था और उसकी चुप्पी लौट आई थी और हम दोनों उस चुप्पी के मध्य में खड़े थे और एक दूसरे की ओर देख रहे थे। क्या देख रहे थे? क्या पहचान रहे थे? जैसे दो आत्माएं आगे बढ़ रही हों और अपनी कोमल अदृश्य उंगलियों से उन आंखों, उन पलकों, उन गालों, उन ठोड़ी को पहचान रही हों। मैं जानती हूं, मैं जानती हूं तुझे। हर-एक ही हरकत की ताल हैं, एक ही लय की गूंज हैं, एक ही सचाई की मूर्ति हैं, आज लाखों वर्ष के बाद हम मिले हैं—दो अणु, दो आत्माएं, दो शरारे जो इस महान हेवले के गर्भ से निकल भागे हैं जो सारे विश्व का स्रोत है, और आज तक अपनी छोटी-सी पहनाई के गिर्द घूमते रहे

हैं और अब एकाएक उसी तरह चलते-चलते घूमते-घूमते, चक्कर काटते-काटते एक-दूसरे के सामने आ गए हैं। दो आवारा सितारे, एक क्षण के लिए केवल एक क्षण के लिए जो अजर और अमर हैं, एक-दूसरे के सामने आ गए हैं, केवल एक ही क्षण के लिए, जो मुझमें, तुझमें अपने-आपमें बिलकुल पूर्ण है।

दूसरे क्षण में वह फिर मेरे लिए अपरिचित थी। उसने खैमे की ओर कदम बढ़ाए और वह क्षण समाप्त हो गया। शरारा बुझ गया। चुप्पी भाग गई और रात का शोर लौट आया। अब देवदार के वृक्षों में वायु कराह रही थी। जंगल में गीदड़ चिल्ला रहे थे। नदी कहकहे लगा रही थी, चांद हंसता हुआ मालूम होता था। वायुमण्डल में शोर-सा मचा हुआ था यहां तक कि शमा के कदमों की आहट और खानाबदोशों के श्वास और खैमों के पर्दों की सरसराहट भी सुनाई दे रही थी। उस पहले क्षण में हर चीज़ बिलकुल मौन थी और अब दूसरे क्षण में हर चीज़ बोल रही थी, चीख रही थी और मस्तिष्क में बरमे की तरह घुसती चली जा रही थी। बस यही होता है। कभी एक क्षण दूसरे क्षण की तरह नहीं होता, कभी नहीं होता। अब जीवन का क्रम, सन्तुलन इस प्रकार है, दूसरे क्षण में इस प्रकार क्यों नहीं··· क्यों नहीं?

शमा खैमे का पर्दा उठाकर भीतर चली गई। मेरे पांव खैमे के बाहर रुक गए। मैं वहीं 'ज़ालिम' के पास बैठ गया। ज़ालिम अपनी गरम-गरम ज़बान से मेरे हाथ की पुश्त चाटने लगा और मैं उसे थप-थपाने लगा और उसके खुरदरे बालों में अपनी उंगलियां डालकर उसकी पीठ को सहलाने लगा। शायद मैं उसकी त्वचा को नहीं अपनी त्वचा को सहला रहा था। अपने-आपको थपक रहा था क्योंकि मुझे बहुत शीघ्र ही नींद आ गई, और मैं वहीं पथ्थर पर, तारों की शीतल छाया में, सो गया और जब जागा तो तारे अदृश्य हो चुके थे और प्राकाश पर ऊषा झांक रही थी और शमा सामने नदी में से निकलकर मेरे खच्चर पर लकड़ियों का गट्ठा लादे चली आ रही थी। वह मेरे पास आकर रुक गई। उसने लकड़ियों का गट्ठा खच्चर से उतारकर खैमे के सामने डाल दिया और मुड़कर भीतर जाने को थी कि मैंने उसे रोककर कहा, "लाओ, मेरा बटुआ मुझे दे दो, मैं जा रहा हूं।"

यह कहकर मैंने खच्चर की बाग अपने हाथ में ले ली।

"कैसा बटुआ?" शमा ने गम्भीरतापूर्वक पूछा!

"वही जो मैंने रात को तुम्हें दिया था।"

"रात को दिया था? मुझे? क्या कह रहे हो!"

"यह मज़ाक का वक्त नहीं," मैंने झल्लाकर कहा, "बटुआ निकालो मुझे जल्दी जाना है।"

खुदादाद और रावल सामने से इधर आ रहे थे।

खुदादाद बोला, "किस बटुए की बात कर रहे हो?" उसके स्वर में मज़ाक की पुट थी।

मैंने चिल्लाकर कहा, "मैंने इसे बटुआ दिया था। रात को मर-जाना के सामने, कहां है मरजाना बुलाओ उसे..."

शमा बोली, "मरजाना यहां नहीं है। वह जंगल से अभी तक नहीं लौटी। लकड़ियां चुनने गई है।"

"बटुआ तुमने इसे क्यों दिया था?" रावल ने मुस्कराकर पूछा।

"मैंने सोचा इसके पास सुरक्षित रहेगा।"

"अच्छा तो तुम हमें ठग समझते हो," रावल चिंघाड़ा, "रात-भर हमने तुम्हें पनाह दी। तुम्हें डाकुओं के गांव में कत्ल होने से बचाया और अब तुम हमें चोर कहते हो।"

शमा ने रावल के हाथ से बन्दूक छीन ली और मुझसे बोली, "अभी चले जाओ, इसी समय...वरना..."

मैंने शमा की ओर देखा। रावल की ओर देखा, खुदादाद की ओर देखा और फिर खच्चर को नदी के तट पर डाल दिया।

आज मार्ग अकेला था। मैं अकेला था। मेरे आसपास हर वस्तु अकेली थी। बटुए के चले जाने का भी दुःख न था, फिर किस वस्तु के खो जाने का दुःख था? दिल दुखित था। मस्तिष्क में एक अज्ञात उल झन थी जिसका वर्णन तक न हो सकता था। शमा पर, खानाबदोशों पर, अपने-आपपर, खच्चर पर, किसीपर क्रोध न था। बस एक हल्की-सी, कभी समाप्त न होनेवाली उदासी चारों ओर छाई हुई थी और खच्चर धीरे-धीरे चला जा रहा था। एक खरगोश सामने से रास्ता काटकर तेज़ी से निकल गया। एक वृक्ष के नीचे मुझे लोमड़ी की समूर दार दुम भी नज़र आई परन्तु मेरा हाथ बन्दूक पर न गया। एक स्थान पर वहसूखा वृक्ष खड़ा था जहां से पगडंडी अपना रुख बदलती थी,परन्तु

आज मुझे यह भी मालूम न हुआ कि पगडंडी ने अपना रुख बदला है। यही लग रहा था जैसे यह पगडंडी इसी प्रकार एक ही रुख पर चली जा रही है। यह मार्ग बहुत लम्बा है, यह मार्ग अनिश्चित है··· मैं ऊंघने लगा।

सहसा मैं जाग उठा। किसीने ठहोका देकर मुझे जगा दिया था। "राही उतरो" शमा बोली।

मैं खच्चर में उतर पड़ा और हम दोनों साथ-साथ चलने लगे। मैंने उससे यह नहीं पूछा कि तुम क्यों आई हो? किधर जा रही हो? बस हम दोनों साथ-साथ चलने लगे। काव के एक झुंड के निकट पहुंचकर हम आप ही आप रुक गए। उस झुंड पर अंगूर की जंगली बेलें फैली हुई थीं और नीचे बनफशे के फूल प्रेम के चुम्बनों की तरह बिखरे हुए थे। यहां से दोनों वादियों का सुन्दर दृश्य दिखाई दे रहा था, एक ओर रंगपुर की घाटी थी दूसरी ओर चमन कोट की। बीच में दोनों घाटियां मिल जाती थीं और बीचोबीच नदी का पानी चांदी की रेखा-सा चमक रहा था।

मैंने शंमा की ओर देखा।

उसने कमीज़ के भीतर हाथ डाला और बटुआ निकालकर मेरे हाथ में दे दिया।

मैं आश्चर्य से उसको ओर देखने लगा और मेरी नज़रें उसके ज़ख्मी होंठों पर जम गई। वह याकुती रगें, कोमल बारीक किनारे, बनफशे की पत्तियों का झुकाव···मैं उसके चेहरे पर झुक गया।

वह मुंह मोड़कर धीरे-से कहने लगी, "मुझसे शादी करोगे?"

"शादी?" मैंने पूछा।

वह चपचाप मेरी ओर देखती रही।

"शादी" मैंने फिर कहा, "तुम···" मैं सोचने लगा···

"तुम हमारे गांव चलो—तो फिर···मैं तुमसे शादी कर लूंगा।"

"तुम्हारा गांव?"

"हा हां, वह रहा सामने रंगपुर···"

"परन्तु मैं गांव जाकर क्या करूंगी?" वह हैरान होकर बोली।

"मैं नम्बरदार का बेटा हूं," मैंने अभिमान से कहा, "वहां मेरा घर है, ज़मीन है, खेत है, नौकर-चाकर, इज़्ज़त, दौलत और··· और,"

मैं रुक गया।

वह बोली, "मैं चाहती थी तुम मेरे साथ चलो।"

"तुम्हारे साथ कहां?"

घरण कोट में मेरा कबीला है—मेरी मां का कबीला जिसे मेरे बाप ने छोड़ दिया था। घरण कोट में आजकल भी बर्फ होगी। चारों तरफ सफेद-सफेद बरफ···"

शमा की वहशी आंखें चमकने लगीं। उसने दृढ़ता से मेरा हाथ पकड़ लिया और बोली, "हम दोनों वहां एक खैमे में रहेंगे। तुम्हारी अंग्रेज़ी बन्दूक बहुत अच्छा शिकार करेगी··तुम हमारे कबीले के सरदार होगे। रात को मैं दफ पर नाचूंगी, तुमने मेरा नाच देखा है ना···" उसने अपनी बांह झटक दी।

मैंने कल्पना में उस कबीले को देखा। चारों ओर पड़ी हुई बरफ़ को देखा, दफ को देखा, मैले-कुचैले खैमे को देखा, उस बिस्तर को देखा जिससे पुराने ध्याल की बू आती थी और मेरे मुंह से निकल गया ···"लेकिन शमा! मेरे खेत, मेरा घर, मेरी दौलत, वह सारा सामान, वे गाड़ियां, वह बिरादरी··उनके बिना मैं कैसे ज़िन्दा रह सकूंगा?"

शमा ने बड़े सादेपन से कहा, "ज़िन्दा रहने के लिए क्या यह खुली ज़मीन और यह खुला आसमान काफी नहीं?···एक खैमा हो, एक बन्दूक और''और''क्या यह काफी नहीं?"

"तुम समझती नहीं हो··तुम··मैं तुम्हें कैसे बताऊं कि तुम खानाबदोश हो···"

एकाएक उसकी आंखों का प्रकाश मर गया। वह चमक जाती रही। उसन धीरे-से मेरा हाथ छोड़ दिया। फिर रुक-रुककर बोली, "मैंने तुम्हें गलत समझा था, तुम वह आदमी नहीं हो···"

"कौन-सा आदमी?"

"जाने दो··तुम नहीं समझोगे।"

"मुझे बहुत दुःख है···" मैंने कहना शुरू किया। परन्तु शमा ने मुझे बीच ही में टोक दिया और बोली,"अब मैं धरण कोट जाना चाहती हूं··अब मैं अपने भाई के पास न जाऊंगी, अब रावल·· मेरा मुंह न देख सकेगा, आज से मरजाना मेरे लिए मर गई। क्या तू यह खच्चर मुझे दे देगा? राही, मेरा रास्ता बहुत लम्बा है।" रास्ता बहुत लम्बा

है और उसकी कोई मंज़िल नहीं, मैं सोचने लगा। लाखों वर्ष के बाद दो सितारे एक क्षण के लिए एक-दूसरे के सामने आते हैं और दूसरे क्षण में अलग होकर चक्कर काटने लगते हैं···एक क्षण···एक दूसरा क्षण··· दोनों में सात समुद्रों का अन्तर है और सात विश्वों का भेद—एक क्षण में मानव का जंगल मे नाता है दूसरे क्षण में यह नाता टूट चुका है, सदैव के लिए···"

"शमा" मैंने धीमे से कहा, "कभी एक क्षण दूसरे क्षण की तरह नहीं होता।"

"क्या कहते हो तुम?" उसकी पुतलियां हैरान थीं।

"···जाने दो, तुम नहीं समझोगी···"

मैंने खच्चर की लगाम उसके हाथ में थमा दी। उसने अपने ज़ख्मी होंठों के किनारों पर ज़बान फेरकर क्षण-भर के लिए मेरी ओर देखा। फिर उचककर खच्चर पर सवार हो गई और फिर मेरी ओर देखे बिना बोली, "अच्छा खुदा हाफिज़" और फिर मेरे उत्तर की प्रतीक्षा किए बिना वह खच्चर को दौड़ाती हुई धरण कोट के रास्ते पर चली गई।

मैं देर तक उस दोराहे पर खड़ा रहा—वह दोराहा जिसका एक मार्ग शमा के कबीले की ओर जाता था—वह दोराहा जिसका दूसरा मार्ग मेरे गांव की ओर जाता था। मैंने दो कदम धरण कोट के रास्ते की ओर बढ़ाए, परन्तु फिर पलटकर धीरे-धीरे अपने गांव की ओर चलने लगा।

OOO